그리고 다시는 고향에 갈 수 없으리

신동규 申東珪

전남 장흥군 유치면에서 태어났다. 1998년 월간 『신동아』 1천만 원 고료 논픽션 공모에 당선되었고, 1999년 계간 『문예연구』 신인문학상 중편소설 당선, 2000년 제2회 '해양문학상' 소설부문 수상으로 작품 활동을 시작했다. 소설집 『운명에 관하여』(2001)를 상재한 바 있으며, 현재 한국문인협회, 한국소설가협회, 한국문예연구문문학회 회원으로 활동중이다.

그리고 다시는 고향에 갈 수 없으리

2003년 9월 25일 1판 1쇄 인쇄/ 2003년 9월 30일 1판 1쇄 발행

지은이 신동규 / 펴낸이 임은주
펴낸곳 도서출판 청동거울 / 출판등록 1998년 5월 14일 제13-532호
주소 (137-070) 서울 서초구 서초동 1360-28 익산빌딩 203호 / 전화 02)584-9886~7
팩스 02)584-9882 / 전자우편 cheong21@freechal.com

편집장 조태림 / 편집 하은애 조은정 / 북디자인 김세희 / 영업관리 정재훈
사진 조규주 최상순

값 13,000원

ISBN 89-5749-006-X

그리고
다시는 고향에 갈 수 없으리

신동규 지음

청동거울

기록문학으로서의 의미

나는 이 글을 쓰는 동안 실체 없는 호곡성을 수없이 들어야만 했다.

이명으로만 들리는 그 울음소리는 분명, 6·25 한국전쟁 당시 유치 산골에서 좌우 이데올로기 갈등 와중에 억울하게 목숨 잃은 원귀들과 근자에 팔자에도 없는 생이별로 고향 떠난 수몰 실향민들의 울음소리 일 터였다.

나는 유치 허공을 방황하는 수많은 원혼들을 잠재우고, 아울러 수몰 실향민들의 서글픈 심정도 어루만질 수 있는 묘방을 찾는데 몰두했다. 말하자면 한 개의 돌멩이로 두 마리의 토끼를 잡으려 한 것이다.

이런 나의 취지가 이 글에서 제대로 반영되었는지? 그 판정은 독자 여러분들이 해주시겠지만 혼신의 노력을 기울인 흔적만은 곳곳에서 발견할 수 있을 것이라 믿는다.

졸작『그리고 다시는 고향에 갈 수 없으리』는 탐진댐 건설로 이 세 상에서 영원히 사라져 버린 내 고향 유치 지역에서 6·25전쟁을 전후 하여 전개되었던 이데올로기 갈등에 얽힌 여러 사건들을 체험과 밀착 취재, 그리고 역사적인 자료를 수집하여 집대성한 르포 성격의 다큐 멘터리이다.

이 글은 1998년 월간『신동아』지가 1천만 원 고료를 걸고 공모한 논픽션 당선작『유치여 안녕』을 모태로 하였다.

당시 공모작 심사를 맡았던 강현두(서울대 언론정보학과) 교수는,

"우리 현대사는 이데올로기 갈등의 질곡을 걸어온 역사다. 이글의 작가는 우리 역사의 슬픈 단면을 자신의 가족 이야기를 통해 투영하고 있다. 미국의 뉴 저널리스트인 '노먼 메일러'가 미국 현대사의 고민이었던 월남 이슈를 다룬 그의 작품을 '소설로서의 역사, 역사로서의 소설'이라고 말한 뜻을 이 작품에서 엿볼 수 있었기 때문에 주목을 끌었다."

라고 평했고, 이재선(서강대 국문과) 교수 역시,

"이 작품은 개발이라는 미명 아래 매몰되어 가는 지역의 역사 및 개인사에 대한 기록 보존을 의식한 글이다. 광복 이후 6·25를 겪는 시기에 숨겨진 이념의 갈등과 격동의 세월 속에 숨겨진 역사는 단순한 지역사나 개인사이기보다는 우리의 일반사로 보편성을 충분히 지니고 있다고 믿는다"고 극찬한 바 있다.

당시 『신동아』지에 게재된 글은 원고지 2백 매 정도의 소품으로 미흡한 점이 무척 많았다. '지면이 충분하였더라면 좀더 잘 쓸 수 있었을 텐데……' 하는 아쉬움이 항상 가슴 한구석에 남아 있던 차, 이번에 장편 분량으로 내용을 대폭 늘리고 자료 사진을 첨부, 아담한 책자로 세상에 선보이게 되었다.

앞에서 언급한 바와 같이 『그리고 다시는 고향에 갈 수 없으리』는 우리나라 근현대사에서 격동의 시기에 투영된 이 지역의 역사서라고 해도 무방할 것이다.

이 글은 언뜻 보기에는 내 개인적인 가족사로 보이겠지만 깊이 음미하면 할수록 암울했던 그 시대를 살았던 우리 모두에게 공통된 슬픈 이야기라는 생각을 읽는 분들은 은연중 갖게 될 것이다. 나는 이 글에서 구성의 편의상 명칭과 배경만 제공했을 따름이다.

유치 산골은 해방 이후 여순반란사건과 6·25전쟁을 겪는 동안 지리산에 버금 가는 좌익 세력들의 아지트가 되었던 곳이다. 당시 매스컴의 집중 조명으로 그 사실이 세상에 알려지고, 온 국민들의 관심사가 되기도 했지만 그에 걸맞지 않게도 역사의 기록이나 문학 작품에서는 철저하게 배제되어 매우 소홀하게 취급되어 온 실정이다. 나는 그 점이 항상 불만이었다. 언젠가 기회가 오면 기어코 유치 산골에 묻힌 역사의 진실을 파헤쳐 세상에 널리 알리리라는 각오를 빚으로 간직하며 살았었다.

나는 지금 오랜 세월 동안 양 어깨를 짓누르고 있던 무거운 짐을 훌훌 벗어 버린 홀가분한 느낌으로 있다. 그 까닭은, 유치 땅의 역사나 다름없는 『그리고 다시는 고향에 갈 수 없으리』를 상재하여 이천여 수몰 실향민들의 품에 안겨 줌으로써 그들의 슬픔을 다소나마 위로하였으며, 더 나아가 지역 사회에 이바지했다는 자부심에 곁들여 해묵은 빚도 갚고 진혼(鎭魂)의 소임도 완수하였다는 안도감 때문일 터이다.

나는 이 책자를 유치 허공을 헤매는 무주 고혼, 고향 잃은 수몰 실향민, 지역 사회, 더 나아가 좌우 이데올로기 갈등으로 희생된 온 나라의 모든 영혼들에게도 천도재를 지내는 심정으로 헌정하고자 한다. 또한 2001년 벽두에 95세를 일기로 파란만장한 생을 마감하신 어머님의 영전에도 겸허한 마음으로 바친다.

이 글의 내용 중에서 1998년 『신동아』지 발표 당시와 달라진 부분은, 댐의 완공 시기가 2002년에서 2004년으로 2년이나 늦추어졌고 이 글의 주인공인 모친께서 세상을 뜨셨으며, 유치면의 중심부와 주요 마을의 수몰로 인해 행정구역 폐쇄 등의 후속 조치가 있을 것으로 예상하였으나, 다행스럽게도 수몰 제외 지역인 산간 마을을 중심으로 유치면의 명맥이 그대로 이어진 점을 들 수 있다.

끝으로 해설을 써 주신 광주대 문예창작과 신덕룡 교수님, 조규주·최상순 두 분 사진 작가님, 이 책자 발간에 물심 양면으로 애쓰신 김인규 장흥군수님, 문평열 군의원님께도 감사드린다.

2003년 가을

신동규

| 차례 |

그리고
다시는 고향에 갈 수 없으리

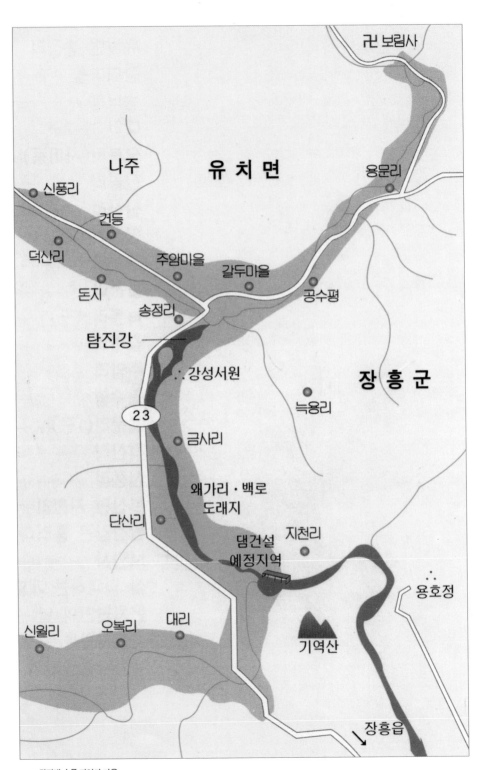

탐진댐 수몰 지역과 마을.

들어가는 글

　　　　　　　　　고향 가는 내 발걸음은 마냥 가벼
웠다. 날씨도 화창하여 나들이에 일조하고 있었다.

"그렇게도 좋으세요?"

내가 고향길을 서두르며 환한 얼굴이 될 때마다 아내는 곧잘 그렇
게 이죽거리곤 했다. 도심의 한복판에서 태어나고 그 울타리 안에서
성장한 아내는 시댁 외에는 시골과 아무런 연고가 없으므로 내 심사
를 잘 이해하지 못하는 성싶었다. 아내의 말투는 시골에 고향을 둔
나에 대한 부러움과 시샘, 그리고 나이 먹었으면서도 동심의 늪에서
헤어나지 못하는 나의 여린 심사에 대한 비아냥거림이 골고루 섞인
게 분명했다. 시 외곽 신흥 주택 단지에 위치한 우리집에서 버스 터
미널까지는 한 시간 정도의 시간이 소요되므로 나는 아침 일찍 행장
을 꾸려 길을 서둘렀다.

고향을 한마디로 딱 부러지게 정의할 수는 없지만, 우리네 인간들
이 공통으로 느끼는 그리움과 회귀 본능의 대상이라 해도 지나침이
없을 터이다. 그래서인지 우리의 선인들은 예로부터 고향 지키기를
숙명으로 여기며 대를 이어 살아왔었다. 심지어는 '고향을 떠나면 천
하다'는 경구(警句)로 무분별한 탈향 심리를 경계하였다. 판소리 『토
끼전』에도, '…… 속담에 고향을 떠나면 천하다 하였으니, 네 설혹
수궁에 들어간들 무슨 부귀를 일조에 얻을 소냐……'는 대목이 있다.

나 역시 그런 인간 본연의 범주에서 탈피하지 못하는 성싶었다. 그
렇지 않고서야 어찌 고향 가는 발걸음이 새털처럼 마냥 가벼울 수 있

단 말인가.

광주(光州)발 유치(有治) 경유 장흥(長興)행 직통 버스는 좌석이 거의 빈 채로 출발했다. 석유 한 방울 생산되지 않는 좁은 땅덩어리에서, 더군다나 외환 위기의 후유증이 채 가시지 않아 온 국민들이 곤욕을 치르고 있는 현실에 비추어 이건 분명 낭비라는 생각이 들었다. 전세 버스로 호사를 누리는 듯한 자신의 처지가 계면쩍어서인지 성능 좋은 히터를 작동시켰을 텐데도 버스 안이 썰렁하고 을씨년스럽기만 하여, 모처럼 고향을 찾는 내 기분을 울적하게 만들었다.

광천동 종합 터미널을 출발한 버스는 개미 떼처럼 우글거리는 차량들로 번잡한 시가지를 빠져 나와 목포(木浦)에서 신의주(新義州)로 이어진다는 1번 도로로 들어섰다. 남평(南平)읍과 나주(羅州)시 외곽을 통과한 버스는 영산포(榮山浦) 터미널 부근 삼거리에서 좌회전하여 세지(細枝)면 방면 23번 도로로 방향을 잡았다. 버스는 벌거벗은 과일 나무들이 빼곡이 들어찬 구릉지대를 지나, 퇴각하던 동장군의 복병(伏兵)인 양 응달진 언덕배기에 듬성듬성 매복한 잔설(殘雪)들과 봄의 첨병(尖兵)들이 마지막 힘 겨루기를 하고 있는 황량한 들녘을 가로지르며 남행을 계속하고 있었다. 차창으로 스며드는 따사로운 햇살을 이불삼아 오수의 경지에 빠져들고 있는데, 갑자기 예리한 금속성의 급브레이크 소리가 들리며 차체가 심하게 요동을 쳤다. 부스스 단잠에서 깨어난 나는 몸을 일으켜 버스 차창으로 비치는 전방을 주시했다. 어미 소를 따르던 어린 송아지 한 마리가 도로 중앙으로 튀어나와 버스 앞을 가로막으며 줄곧 앞으로만 가고 있는 것이었다.

나는 후유! 하고 안도의 한숨을 몰아쉬었다. 소 주인이 허겁지겁 달려와 사태는 곧 수습되고 버스는 정상 운행을 계속했다. 나는 도망가버린 단잠의 꼬리를 다시 붙잡으려고 안간힘을 썼으나 말짱 헛일이었다. 잠은 다시 올 것 같지 않았다.

금정(金井)면 소재지를 벗어나 한동안 한적한 도로를 달리던 버스가 갑자기 요란한 소음을 내질렀다. 가파른 고갯길로 접어들었다는 신호였다. 고갯길은 보일 듯 말 듯 숨바꼭질을 계속하며 덤재 정상으로 아득하게 이어지고 있었다. 차츰 가팔라지는 구불구불한 산모롱이를 돌아 나가자 길 왼쪽 산협에 자리잡은 제법 규모가 큰 저수지가 시야에 들어왔다. 저수지 둑에 앉아 낚시를 드리운 채 월척을 꿈꾸며 유유자적 여가를 즐기는 태공들의 모습이 무척 한가로워 보였다. 그들 주변을 살피던 내 눈길은 이내 저수지 뒤 산 능선을 따라 정상으로 향했다. 두루뭉실한 국사봉(國師峯) 정상에서 내 시선은 오래 머물렀다. 정상에 걸린 엷은 구름 사이로 웅장한 자태를 뽐내는 국사봉은 파란 하늘에 그려진 한 폭의 수채화 같았다.

가지산(迦智山) 보림사(寶林寺)를 창건한 보조국사(普照國師) 체징(體澄)을 기리기 위해 이름지어진 국사봉은, 6·25전쟁을 전후하여 이 고장에 암약했던 좌익 세력들의 아지트로 널리 알려진 요충지이며 격전지였다. 또한 산 중턱 범바웃골 성터샘은 탐진강(耽津江)의 발원지이기도 하다. 국사봉 기슭 산협으로 빠끔하게 뚫린 덤재를 넘으면 내 고향 장흥군(長興郡) 유치면(有治面)이다.

유치면은 예로부터 지형적인 조건이 댐 건설에 알맞은 천혜의 땅이라고 알려져 왔다. 일정 시대에도 댐 조성 계획이 거론된 바 있었다는 것이다. 그렇다면 유치면의 지형을 한번 살펴볼 필요가 있다. 유치면은 사방이 험준한 산으로 빙 둘러싸인 산간지대이다. 이곳에서 바깥 세상으로 내왕하자면 유치면의 3대 재(峙)인 서쪽의 덤재, 남쪽의 빈재, 동북쪽의 피재 등 험준한 고개를 넘어야만 한다. 유치면은 장흥군 최북단의 면 단위 행정구역으로서 화순군 청풍, 도암면과 영암군 금정면, 나주군 세지, 다도면, 강진군 옴천면과 인접해 있다.

남도의 거점 도시인 광주에서 유치면을 가자면 두 갈래 길이 있다. 지금 내가 탑승하고 있는 직통 버스의 노선인 23번 도로를 이용해 영산포·세지·금정면을 경유하여 덤재를 넘는 코스가 그 하나이고, 그 둘은 광주에서 29번 도로를 따라 화순(和順)읍·능주·춘양면을 경유 이양면 면 소재지에 이르러, 29번 도로에서 곁가지를 튼 839번 도로로 빠져 나와 곰치재를 넘고, 장흥군계로 진입하여 장평면 봉림 삼거리에서 우회전해서 820번 도로로 피재(血峙)를 넘는 코스이다. 이 코스는 광주─장흥 간의 지름길이긴 하나 피재의 험준함 때문에 정기 버스 노선에서 제외되어 있다. 그러므로 정기 버스는 839번 도로를 계속 직진하여 장평·장동면으로 나와 목포─순천 간을 연결하는 2번 도로를 따라 장흥읍으로 운행되고 있는 것이다. 그러나 정기 버스를 제외한 대부분의 차량들은 지름길인 피재길을 이용함으로 갓길이 없는 비좁은 도로에 교통량이 넘쳐나 운행에 어려움이 뒤따르는 실정이다. 이 길을 눈여겨보면, 곰치재 정상에서부터 장평·장동면 일대와 피재의 시발점인 정상 지점까지는 고원지대로 형성되어 있음을 알 수 있다. 피재 정상에서 유치면으로 내려가는 경사가 가파르고 구절양장 험난한 고갯길은 천년 고찰 보림사로 갈리는 당산 삼거리에서 마침내 종지부를 찍는다. 당산 마을의 유래는 이곳에서 당산제를 지낸 연유에서 비롯되었다고 한다.

이곳 피재 발치 당산 마을에서부터 유치면의 3대 재에 이르는 삼십여 리 안통은 오르막길이 전혀 없는 질펀한 들녘과 수량이 풍부한 계곡으로 형성되어 있다. 이렇듯 유치면 소재지를 비롯한 주요 마을들은 빈재·덤재·피재 안통의 광활한 분지(盆地) 안에 각기 둥지를 틀고 있는 것이다.

유치면은 하늘에서 내려다보면 소쿠리 형태의 광대한 웅덩이로 보인다. 병풍처럼 사방을 둘러친 험준한 산자락 틈으로 빠끔하게 뚫린 단 한 군데 낮은 목, 산골짜기에서 흘러내린 실개울들이 몸피를 불려 계곡을 이루고 어깨동무하며 강진만 구강포(九江浦)를 향해 발길을 재촉하는 탐진강 중류 지점 지천리 협곡을 틀어막으면 유치 계곡은 거대한 댐이 되어 수백만 톤의 용수를 갈무리할 수 있다는 것이다.

유치면은 그 면적이 122.17평방 킬로미터로 장흥군 전체 면적의 20%를 차지하는 관할 10개 읍면 가운데서 가장 면적이 넓다. 지목별로 보면 임야가 85%이고 농경지는 9.8%에 불과하다. 많고 많은 산들 가운데 해발 500m가 넘는 산을 꼽으면 대천리 소재 삼계봉이 504m, 국사봉 613m, 가지산 515m, 수인산성 561m이고, 덤재는 220m로 유치면 3대 고개 중에서 가장 높다. 빈재 110m, 피재는 기록에는 나와 있지 않으나 빈재와 비슷한 높이이다.

유치에 댐이 완공되면 중심부인 면 소재지를 비롯한 대리·단산·송정·능용·덕산·용문 마을을 비롯한 평야지대에 속한 대규모 거주 마을이 수몰되고 신월·내삼·대삼·봉덕·산태몰·대천·운월·소양·강만 마을 등 산골 내지(內地) 취락들만이 남게 된다. 이들 수몰 지역에서 제외된 마을의 인구가 면 구성 요건에 미치지 못하므로 유치면은 행정구역이 폐쇄되어 인근 면에 합병된다는 설이 파다하였으나, 당국에서는 방침을 바꾸어 탐진댐 상류 원등 마을에 새롭게 문화 마을을 조성하고, 그곳에 면 소재지를 옮겨 현 체제를 유지키로 하였다는 것이다.

탐진댐 건설 근거는, 1983년 후반기 정부의 제3차 국토종합건설개발계획과 건설교통부의 중규모 댐 건설 계획에서 비롯된다. 이어 1993년 11월 국회 건설위원회에서 '탐진댐 조사 설계 추진'이 결의되면서 댐 공사는 본격 착수되었다.

댐 건설의 당위성과 필요성은, 목포시를 비롯한 강진·해남·진도·완도·영암 등 서남부 소도시들의 식수난이 최근 들어 심각해지고, 또 영암 삼호면에 대단위 대불공업단지가 조성되면서 공업용수 확보 문제가 시급해졌기 때문이다.

댐 건설 계획이 확정되자 유치면민들은 장흥 지역 환경 단체들과 연계하여 댐 건설 저지 투쟁을 벌였으나 다른 지역 환경 단체들의 무관심과 비협조, 국책사업이라는 명분에 밀려 성공하지 못했다. 영월의 동강댐 건설 계획이 환경 단체들의 강력한 투쟁으로 백지화된 점과는 좋은 대조를 보이고 있는 것이다. 댐 건설 사업은 1996년 12월 30일 댐 예정 지역 고시를 거쳐 계획대로 추진중에 있다.

태고의 정적을 안고 있는 숨겨진 땅 유치에 중장비가 투입되고 댐 공사가 착공되자, 고향 떠나 광주에 살고 있는 나는 자주 고향을 찾아야겠다는 생각을 하게 되었다. 머지않아 이 세상에서 영원히 사라져 버릴 고향 산천을 한 번이라도 더 찾아 한 폭의 산수화 같은 자연의 풍취며 유소년기의 추억거리들을 모두 찾아내 뇌리 깊숙이 각인하고 싶어서다. 훗날 수몰되어 볼 수 없는 고향이 생각나면 회상의 늪 속에 침전되어 있는 여러 추억들을 꺼내 반추할 수 있게끔, 시쳇말로 입력해 두고자 함이다.

겨우내 고향 나들이를 못 했으므로 날이 풀리면 짬을 내어 할머니 묘소에 참배도 하고 댐 공사 현장도 둘러볼 겸 고향에 다녀올 생각을 하고 있었는데 텔레파시가 통했는지, 마침 '수자원 공사 탐진댐 지원 사업소'로부터 통보가 왔다. '수몰 예정지에 위치한 묘지 이장 문제를 협의코자 한다'는 내용이었다. 고향 마을 개울 건너에 위치한 강동 부락 뒤 복숭짐이 골짜기에 안장된 할머니 묘소가 간접 보상 대상이었던 것이다.

나는 요즘 들어 고향을 잃고 방황하는 꿈을 자주 꾸곤 한다.

고향에 간다고 길을 나섰는데 험한 낭떠러지를 만나 갑자기 길이 끊긴다거나 멀쩡하던 신발끈이 끊어져 오도가도 못 하는 등, 해몽에 아무런 식견이 없는 문외한이 판단하기에도 썩 기분 나쁜 불길한 꿈 투성이었다. 그럴 때마다 나는 몽유병 환자처럼 선잠에서 벌떡 깨어나 가까스로 정신을 수습한 다음, 꿈의 가닥을 추려 보려 안간힘을 써 보지만 진행 과정이 시공(時空)을 초월한 뒤죽박죽이어서 헝클어진 실타래처럼 도통 갈피를 잡을 수가 없었다.

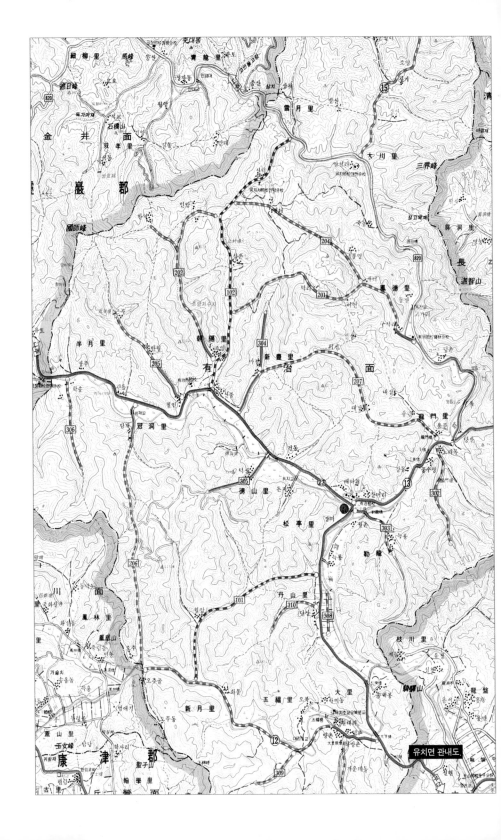

유치면 관내도.

예로부터 음유시인들은 고향을 가리켜, 어머니의 품속 같다고 읊조렸다. 자신이 태어나고 성장하여 인격 완성의 무대가 된 고향을 잃는다는 사실은 절통할 일임에 틀림없다. 이역만리 타국이나 천리 타향 어디에라도 고향이 존재한다면 언젠가는 찾아볼 수 있다는 한 가닥 희망이라도 있으련만……. 그런 고향이 이 세상에 존재하지 않는다면 그 슬픈 감정은 이루 말로 표현하기 어려우리라. 통일이 되면 고향에 갈 수 있다는 희망 속에 역경을 이겨내는 이북 실향민만도 못한 처지가 될 것이기 때문이다.

유치면 소재지 전경(사진자료 제공 : 유치면).

역사와 지리로 살펴본 유치면

유치면은 병풍을 둘러친 것처럼 사방이 산으로 둘러싸여 있어 산세가 험준하며 분지 형국을 이루고 있다고 앞에서 밝힌 바 있다. 비옥한 땅은 농산물과 가축을 살찌우고 수많은 골짜기는 청정수를 토해내며 임야에 그득한 수목들은 울창하여 하늘을 가린다.

첩첩 산중에는 너구리, 고라니, 수달 같은 멸종에 임박한 야생 동물들도 고루 서식하며 머루, 다래, 돌배, 멧감나무 같은 토종 수종들이며 이름 모를 각종 야생초들도 지천으로 널려 있다. 뿐만 아니라 맑은 물이 사시사철 흘러내리는 실개울은 희귀 어류들의 서식처로 안성맞춤인 것이다.

이렇듯 유치 산골은 현존하는 보기 드문 생태계의 보고이므로 영원히 보존되어야 한다고 학계에서나 환경 단체들이 댐 조성 반대 의견을 개진하였지만 수자원 확보와 국토 개발이라는 명분에 밀려 그 뜻을 이루지 못했다.

수려한 풍광과 빼어난 자연 조건에 걸맞게 이곳에 뿌리를 내린 주민들의 인심 또한 후하고 순박하기 그지없어 대문을 걸지 않아도 도둑 맞는 일이 없었다.

유치 산골의 주요 생산물은 콩·팥·조·수수·감자 등 밭곡식이 주류를 이루며 비좁은 농경지와 계단식 산골다랑치에서 생산되는 미곡은 그 양이 미미하기 짝이 없다. 특산물로는 표고버섯·고추·잎담배·목화 등을 들 수 있는데 그 질은 모두 상품에 속한다. 경성화산암대에 속하는 지질 때문에 땅 속에 암석류를 형성한 사력토가 많아 참나무과에 속하는 수종들이 잘 자란다. 그래서인지 유치면 일대는 우리나라 토종 수목인 소나무보다도 참나무 같은 활엽수가 훨씬 더 많이 분포되어 있는 것이다. 온 산에 널려 있는 참나무는 질이 좋은 참숯의 원료가 되었고 최근에는 표고버섯 재배용 원목으로 각광받고 있다. 현재, 유치 산골에서 생산되는 표고버섯은 전국 생산량의 상당부분을 차지하는 효자 수출 품목이기도 하다. 또한 유치 산골에는 산

삼·더덕·마·골단초 뿌리 같은 각종 한약재와 한지의 원료가 되는 닥나무도 무성하게 자생한다. 모시·대마·목화 같은 섬유 재료와 염료로 사용되는 쪽풀도 재배된다. 이들을 재료로 한 아낙들의 길쌈 솜씨 또한 뛰어난 고장으로 정평이 나 있다. 아무튼 유치는 무공해 자연 생태계의 보고이며 원시의 삶 방식을 그대로 보여주는 인류박물관이라고 해도 무방할 것이다.

현재까지 연구된 학자들의 학설에 의하면 유치면에 사람이 살기 시작한 것은 멀리 청동기시대부터라고 한다. 대리·오복·단산·송정·용문·덕산 마을 등 탐진강 강줄기를 따라 산비탈에 산재한 19개소 144기의 고인돌, 그리고 단산 마을과 복거리 사이에서 수습된 돌화살촉이며 최근 수몰지 정리 작업 중 여러 마을에서 출토된 많은 유물들은 유치 땅에 오래 전부터 사람이 살기 시작했다는 흔적이기도 하다.

유치면은 백제시대 장흥의 명칭이었던 고마미지현(古馬彌知縣)과 계천현(季川縣)의 일부였는데, 통일신라 때 마읍현(馬邑縣)과 계수현지(季水縣址)로 되었다 한다. 백제 최후의 왕 의자왕은 초년에는 효용을 겸비한 현군이었으나 말년에 간신들의 농간에 놀아나 주색을 즐기고 국사를 소홀히 하며 이를 충간하는 성충을 배척하고 흥수는 고마미지현으로 귀양 보냈다. 나당 연합군이 침공해 오자 다급해진 의자왕은 고마미지현에 귀양 가 있는 흥수에게 사람을 보내 그 방비책을 물었다. 이에 흥수는 '신라 군사는 탄현의 천험을 이용해 저지하고 당나라 수군은 백강에서 막으라' 충언하였으나 왕이 듣지 않아 멸망하기에 이르렀다는 기록도 남아 있다.

　장흥은 고려 초에 정안현(定安縣)으로 영암(靈巖)의 속현이 되었다
가 17대 인종(仁宗)이 왕비 공예태후(恭睿太后)의 고향이라 하여 장
흥부(府)로 승격시켜 남해안의 중심축으로 자리잡게 하였다고 전해
온다. 지금까지 정설로 굳어진 공예태후가 친정 고을을 '오랫동안 길
이 흥하라'는 뜻으로 장흥이라 이름지었다는 유래를 가지고 최근 많
은 향토 사학자들 사이에 치열한 이론 공방이 이루어지고 있다. 이의
를 제기하는 논객들이 주장하는, 공예태후의 왕비 책봉 시기와 장흥
이라는 지명 부여 연대가 기록상 불일치한 부분은 앞으로 사학자들
이 연구해야 할 과제로 사료된다.

　장흥 고을과 불가분의 관계에 있는 고려 17대 인종과 여걸 공예태
후에 대해서 좀더 알아볼 필요가 있다. 고려 중기의 척신인 이자겸의
집안은 선대부터 왕실과 연을 맺어 호사를 누리고 있었다. 이자겸은
금상(今上)인 인종에게 자신의 두 딸을 왕비로 바치고 최고의 벼슬에
올라 전횡을 일삼았다. 그는 그것도 부족하여 황당하게도 왕위를 노
리고 있었다.

　낌새를 눈치챈 인종은 탐진(耽津)인 최사전을 은밀히 불러 척신 이
자겸을 몰아낼 방도를 도모토록 명하였다. 왕의 밀령을 받은 최사전
은 이자겸의 오른팔인 장군 척준경을 꼬드겨 거사를 감행, 마침내 이
자겸을 몰아내 전라도 영광 땅으로 귀양 보냈다. 인종은 역신의 딸인
두 왕비를 폐위시키고, 장흥군 관산면 옥당리 출신인 중서령 임원후
(任元厚)의 딸을 세 번째 왕비로 맞아들이니 이분이 바로 공예태후이

시다.

공예태후는 여러 아들을 두었는데, 전국 곳곳에 별궁과 누정 같은 놀이터를 짓고 국사를 소홀히 한 채 주지육림 속에서 연회와 놀이만 즐기다가 정중부(鄭仲夫) 일당에게 무인 집정의 빌미를 준 18대 의종(毅宗), 이들 무신들의 꼭두각시에 불과했던 19대 명종(明宗), 20대 신종(神宗), 세 아들이 왕위를 이어받았다. 공예태후는 무지막지하고 방약무인(傍若無人)한 무인들 등쌀에 마음 고생이 심하였지만 추상 같은 기개로 역성지변을 막고 자신의 소생으로 왕위를 이어받게 하여 고려 사직의 명운을 지켜낸 걸출한 여걸이었다.

무인 집정의 서막을 연 정중부는 해주 정씨로 천민 출신이었으나 기골이 장대하여 인종 때 견룡대정(牽龍隊正)으로 발탁되었다. 정중부는 어느 연회석상에서 연소한 김부식(金富軾)의 아들 김돈중(金敦中)에게 촛불로 수염을 태우는 모욕을 받고 불같이 노하여 김돈중을 때려 눕힌 일이 있었다. 그는 김부식의 노여움을 사 위기를 맞았으나 인종의 만류로 화를 면했다. 의종 초 교위(校尉)가 되고 여러 벼슬을 거쳐 상장군에 이르렀다.

당시 계속된 태평성대로 인한 숭문억무(崇文抑武) 정책 때문에 무신들은 문신들에 비해 전혀 대접받지 못했다. 고려 창업의 대업과 거란의 침입을 막아낼 당시에는 문신들과 대등한 위치에 있던 무신들이었지만, 송나라와의 화평 관계에 따라 오랜 동안 평화가 지속되자 효용 가치가 줄어든 때문이었다. 무신들은 문신들의 권위에 밀려 맥을 추지 못하고 궁궐 경비나 어가 호위 같은 사소한 임무만 수행하는 처지가 되었다. 더군다나 2품 이상으로의 진급이 막혀 있고 군대를 통솔하는 병마권 역시 문신들이 쥐고 있는 데다가 전시과에 규정된 군인전(軍人田)도 제대로 받지 못했다. 왕실에 주연이 있을 때마다 문신들은 왕과 같이 즐겼지만 무신들은 경비만을 맡을 뿐 홀대당해 이런저런 불만으로 가득 차 있었다.

1170년 의종은 놀이차 보현원(普賢院)으로 행차 도중 무신들을 불러 심심풀이로 오병수박희(五兵手搏戲) 놀음을 벌이도록 지시했다. 이 놀음에서 늙은 장수 이소응(李紹應)이 사병에게 지고 말자 젊은 문신 한뢰(韓賴)는 노장을 야유하며 뺨을 때려 그를 땅바닥에 쓰러뜨렸다. 이를 목격한 이의방·이고·채원·이의민 등의 무인들이 상장군 정중부를 앞세워 정변을 일으켜 한뢰를 비롯한 문신들을 도륙하고 '문관을 쓴 자는 모두 죽여라!' 외치며 궁궐에까지 난입하여 문신들의 씨를 말렸다. 무인들은 내친걸음에 의종까지 폐위시킨 후 왕제 익양군을 옹립하니 그분이 19대 명종이시다.

졸지에 정권을 거머쥔 무인들은 마침내 내분을 일으켜 서로가 서로를 죽이는 대살육극을 벌였는데, 기고만장하던 이고와 채원은 이의방에 의해 처단되고, 이의방은 정중부의 아들 정균에게 암살된다. 문하시중 벼슬에 올라 영화를 누리던 정중부는 1179년 젊은 무인인 경대승(慶大升)에게 일가족이 몰살당하는 참화를 입는다. 정권을 가로챈 경대승이 병으로 죽자 종의 아들인 이의민이 권력을 이어받았다. 이의민의 권세도 오래 가지 못하고 최충헌에게 타도된다. 무인 집정 26년 만에 6차례의 권력 변동이 일어난 것이었다. 최충헌으로부터 시작된 최씨 정권은 우·항·의, 4대를 이어 가며 장기 집권의 호사를 누리다가 마침내 몽고의 내침으로 종말을 고했다. 18대 의종 말년부터 시작된 무인 집정은 비로소 그 막을 내린 것이다.

장흥 고을은 한때, 회주목(牧)으로 승격했으나 26대 충선왕 때 다시 장흥부로 강등되었다는 기록도 있다(목에서 한 단계 낮은 부로 강등된 내용은 기록이 자세하지 않다). 이조 태조 원년에 수녕현(遂寧縣) 중령산에 성을 쌓아 고을의 치소로 삼았고, 태종 13년에 도호부가 되었는데 치소가 너무 좁아 태종 14년에 성을 내려와 수녕현 옛터로 옮겼다는 기록도 보인다. 세조 때에 비로소 진(鎭)을 두었으며, 고종 32년에(1895년) 군(郡)이 되고, 일제 치하인 1914년에 지금의 행정구역 체제를 갖추었다.

백제시대 이후 계수현지와 장택현지(長澤縣址)로 불리던 유치는, 이조 영조 때 장흥군 유치(有恥)면이 되었다가 1914년 대대적인 행정구역 개편에 따라 有恥의 恥자가 治로 바뀌어 오늘에 이르고 있는 것이다.

유치 산골은 천험(天險)한 지리적인 조건 때문에 세상이 어지러울 때마다 각광받는 고장이었던 모양이다. 비교가 되진 않지만, 유치 산골의 험준함을 중국의 서촉(西蜀)에 비견하는 사람들도 많다. 분지 형국인 천험한 서촉은 외부로부터 폐쇄되어 한(漢)의 유방(劉邦)과 초(楚)의 항우(項羽)가 천하를 다툴 때 항우의 의심을 피해 유방이 잠시 은거했던 곳이다. 유방 휘하의 대장군 한신(韓信)은 그곳에서 비밀리에 군사를 조련하여 중원 진출의 기틀을 마련하였고 마침내 초를 멸망시키고 한나라를 세우는 대업을 이루었다. 후한(後漢) 말 군웅 할거 때에도 유비(劉備)의 모사 제갈량(諸葛亮)은 존립 근거가 없는 유비를 위해 서촉을 정벌, 그곳을 근거삼아 촉한(蜀漢)을 세우고 위(魏)나라에 망한 한의 대를 잇고 삼국 정립의 위업을 완수하였다.

앞에서 역사적으로 고찰해 본 유치가 병란시 피난처로서 어떠한 역할을 하였는지 몇 가지 예로 들어 보자.

고려 7대 목종(穆宗)조, 대장군 강조(康兆)가 왕을 시해하고 8대 현종(顯宗)을 옹립한 일이 있었다(이 사건을 우리나라 정치학사에서는 군부 쿠데타의 효시로 본다고 한다. 그러나 필자의 생각은 다르다. 그보다도 훨씬 전 고구려 27대 영류왕을 내쫓고 28대 보장왕을 추대하여 대막리지의 권한을 행사한 연개소문으로 보는 것이 타당할 것이다. 이 정변은 당태종이 100만 대군을 일으켜 고구려를 침공했던 안시성 싸움의 구실이 되었다). 요(거란)의 성종은 역신(逆臣) 강조를 응징한다는 구실로 친히 40만 군사로 고려를 침공하였는바, 이 사건이 거란의 2차 침공인 것이다(1차 침공 때는 서희 장군이 담판으로 교전 없이 물리침). 통주 싸움에서 승리한 성종은 강조를 사로잡아 칭신(稱臣)할 것을 요구하였으나 이를 거부하는 강조를 죽이고 계속 남진해 오자 현종은 전라도 나주(羅州) 땅으로 몽진하였는데, 나주군과 유치면은 산등성이로 가로막힌 지척의 거리였다. 그러므로 현종의 몽진처가 혹시 유치 산골이었을지도 모른다는 추측이 가능한 것이다.

그후의 여러 외란, 즉 거란의 3~6차 침입, 고려 말 홍건적(紅巾敵)의 내침, 왜구(倭寇)의 출몰, 이조 최대 국난인 임진(壬辰)·정유(丁酉)왜란, 정묘(丁卯)·병자호란(丙子胡亂) 때에도 유치 산골은 벼슬아치, 지방 토호들을 비롯한 인근 거주민들의 피난처로 선택받은 고장이었다고 한다.

내 나이 어렸을 때, 마을 어른들이 당산나무 그늘이나 사랑방에 모여 앉아 자주 뇌까리던 탄식조의 푸념을 귀가 아프게 들은 기억이 있다.

"유치는 예로부터 큰 난리를 많이 겪는 곳이다. 난리가 평정되고 입은 피해를 겨우 복구하여 살 만하다 싶으면 또 난리가 나서 가옥이며 세간살이를 다 태우고 거지꼴이 된다. 어른들 말에 의하면 난리는 반드시 30년을 주기로 터진다고 한다. 앞으로 패가망신하는 흉한 꼴을 보지 않으려면 하루빨리 유치 산골을 떠나 대처로 나가야 하는데, 가진 게 없으니 어떡한다……!"

나는 마을 촌로들이 한숨으로 내뱉던 그 푸념의 의미를 국사를 공부하면서 비로소 터득할 수 있었다. 우리의 역사는 무수한 외침으로 인한 수난으로 점철되어 있었다고 해도 지나친 말은 아닐 것이다.

5천 년 역사 동안 조상 대대로 겪어 온 이민족의 외침은, B.C. 109년 전한(前漢)의 무제가 위만조선을 멸망시킨 다음 낙랑·진번·임둔·현도 4군을 설치한 것으로부터 비롯된다. 한사군(漢四郡) 가운데 호동왕자와 낙랑공주의 사랑 이야기로 잘 알려진 낙랑군은 420년 동안이나 우리 민족을 지배하다가 B.C. 313년경 고구려 미천왕 때 이 땅에서 추방되고 만다. 고구려 말 수·당의 침공을 고구려 백성들은 일치 단결하여 물리치고 만주 벌판을 굳건히 지켰으나 신라가 외세를 빌어 삼국을 통일한 이후 우리의 국토는 한반도로 축소되었다. 대를 이은 왕조들이 잃어버린 영토를 수복하려 애썼으나 영영 기회가 오지 않았다.

　유치 산골의 수난은 근세에 접어들어 자주 되풀이되었다. 구한말 이후의 역사적인 사건들을 추적해 보면 그 실상을 알 수 있다. 1894년에 발발한 갑오 동학농민혁명, 일본에게 강탈당한 주권을 되찾고자 1906년부터 봉기한 의병 활동, 1919년에 일어난 기미년 삼일만세 사건, 대한민국 정부 수립 직후인 1948년의 여순반란사건, 곧이어 1950년에 발발한 6·25 한국전쟁……. 역사의 소용돌이 때마다 유치 산골은 전란의 중심부에 자리하였으므로 '큰 난리 30년 주기'라는 촌로들의 우려는 결코 허황된 얘기가 아니었음이 입증된 것이었다. 촌로들이 말한 30년 주기설은 숫자상으로 맞아 떨어지는 건 아니지만, 큰 난리가 나면 유치 산골은 반드시 피해를 입게 된다는 경험적 법칙상의 예언으로 받아들여도 좋을 것이다.

　世界大百科事典 長興郡편에 보면,
　'……高麗 忠善王 2년에 長興府가 되고 麗末에는 倭寇의 잦은 침입 때문에 거주민 전부가 북쪽 다른 지방으로 옮겨가 버려 텅 빈 땅이 되었다가…….'

라는 기록이 있다. 70여 리 광범위한 해안을 끼고 있는 장흥은 고려 말부터 조선 초까지 기승을 부렸던 왜구의 침략으로 많은 곤욕을 치렀던 모양이다. 위 기록에 적힌 북쪽의 다른 지방이란 천험한 유치면과 왜구 등쌀에 잠시 장흥부의 치소(治所)가 옮겨 가 있었다는 나주 땅 봉황, 세지면, 그리고 영암, 화순 접경의 산간지대를 가리키는 것이다. 이는 구전되어 온 촌로들의 고증과도 일치한다.

유치 산골은 외부 세력의 침입 때는 좋은 피난처로, 앞에서 잠간 언급한 대로 나라 안에서 발생한 정변(政變)이나 내란(內亂) 때에는 쫓겨온 저항세력들의 은둔처가 되었었다. 장흥 석대 전투에서 결딴난 동학농민군, 일본군에 저항한 구한말의 의병, 일제 치하에서 독립만세를 부르다 쫓겨온 독립 투사들의 은신처로 안성맞춤이었던 것이다. 유치의 천험은 널리 알려져 해방 후 좌우 이데올로기 투쟁에서 밀려나 지하로 숨은 좌익 사상자, 여순반란 패잔병, 6·25전쟁 때 숨어든 공비들도 이곳을 최후의 보루로 삼아 사생결단의 저항을 했었다.

가정이지만, 1980년 광주의 5월 의거가 전국으로 확대되어 국난으로 번지고 진압 부대에 밀린 역부족한 시민 세력들이 산지사방으로 뿔뿔이 흩어졌더라면 종내는 지리산이나 이곳 유치 산골로 숨어들었지 않았을까? 하는 생각도 든다. 아니 필시 그러했을 터이다. 그렇게 되었다면 광주항쟁이 1980년 사건이므로 6·25전쟁이 발발한 1950년에서 뺄셈하면 마을 촌로들의 30년 주기설은 기가 막히게도 적중할 뻔하였다. 사실이 그러하므로 앞으로 정변이나 내란이 발발한다고 가정했을 때 유치 산골이 쓰라린 지난날의 전철을 다시 밟지 말라는 보장 또한 없다(댐이 되어 수몰되고 나면 모든 게 끝장이겠지만). 아무튼 유치는 난세를 만나면 어김없이 수난을 당하는 슬픈 고장이었던 것이다.

보림사 김삿갓 시비 앞에서 신덕룡 교수(좌)와 함께.

이 글을 쓰게 된 동기

내가 이 글을 쓰게 된 동기는 다름 아니다.

내 고향 유치는 역사적인 고비마다 이를 극복하지 못하고 그 후유 증으로 피맺힌 한을 간직했던 슬픈 고장이다. 유치 땅에 뿌리를 내린 순진무구한 민초들은 험준한 지리적인 특성 때문에 겪어야만 했던 숱 한 아픔들을 되풀이하면서도, 이를 피하려 들지 않고 오로지 팔자로 치부하면서 고지식하게 대물림해 왔다는 사실은 오늘날 변덕을 다반 사로 여기는 후손들에게 많은 귀감이 되고도 남는다. 유구한 세월을 잡초처럼 짓밟히면서도 원망 한마디 없이 의연하게 버텨온 유치 사람 들의 삶의 정신은, 우리 민족성의 장점인 인내와 끈기의 표본임을 웅 변으로 말해 준다 할 것이다. 이렇듯 선인들의 얼이 고이 잠들어 있고 온갖 수난의 흔적들 또한 고스란히 남아 있는 내 고향 마을을 비롯한 유치면의 대부분 지역은 앞에서 언급한 대로 허울 좋은 개발이라는 미명 아래 머지않아 이 세상에서 자취를 감추게 된다.

탐진댐 공사가 시작되고부터 나는 심한 우울증에 시달리는 등 심적 갈등을 겪고 있었다. 단지 고향을 잃게 되는 설움 때문만은 아니었다. 역사적으로도 탐구해 볼 가치가 충분한 내 고향의 모든 것들이 자취 도 없이 사라져 버린다는 안타까움이 더 큰 비중을 차지한다고 봐야 한다. 그러한 안타까운 심정은 내 가슴 깊은 곳에 응어리되어 활화산 처럼 활활 타오르고만 있었다. 국책사업으로 지정된 대역사이므로 이 를 백지화시키는 일은 이미 물 건너갔다 할지라도, 뜻있는 고향 사람 누군가가 나서서 고향의 여러 사연들을 기록으로 남겼으면, 하고 기대했지만 이 일에 선뜻 나서는 사람이 없었다.

내 고향 유치는 문학 작품의 보고라고 해도 지나침이 없을 것이다. 나는 문학 작품의 소재로 이곳보다 더 좋은 곳이 있을 수 없다는 생각을 항상 하고 있었다. 나는 철이 들면서부터 유소년기에 고향 유치 산골에서 몸서리치게 겪었던 생생한 사연들을 소재로 문학 작품을 만들려는 생각을 한시도 잊어 본 적이 없다. 그리하여 비운의 땅 유치의 실상을 생생하게 세상에 널리 알리고 싶었다.

그렇지만 천학비재(淺學非才)한 내 처지로는 어림없는 일이라고 지레 겁을 먹고 망설이고만 있었다. 글재주가 탁월한 이 고장 출신 누군가가 나서서 내가 염원하는 바를 문학 작품으로 형상화해 주기만 기대하고 있을 뿐이었다. 그러나 내 여망과는 달리 여태까지 유치라는 지역에 관심을 갖는 작가가 한 사람도 나타나지 않음을 보고 실망이 이만저만이 아니었다.

나는 이 일이 내게 주어진 신의 섭리라고 생각하기 시작했다. 소싯적부터 문학 수업을 꾸준히 하였으므로(나는 마침내 늦깎이로나마 문예지를 통해 등단하여 꿈에도 그리던 소설가가 되었다) 불가능한 일도 아니었다. 나는 까마득하게 잊혀져 가는 유소년 시절의 기억을 되살려 가며 제반 자료를 모으고 작품의 틀을 짜는 등 기초 작업에 착수하였다. 때마침 다니던 직장에서 퇴직하고 별 볼일 없는 자영업에 종사하는 터라 시간적인 여유도 많아 취재와 집필에 별다른 애로는 없었다. 사실, 현직에 있을 때는 업무의 막중함 때문에 한눈 팔 여유가 없었다. 어느 직장이건 조직원이 본연의 업무에 충실하지 않으면 곧바로 인사고과에 반영되어 불이익 조치되기 마련이었다. 나는 직장에 근무하면서 문단에 구애의 눈길을 보내는 외도(?)를 시도하다가 상사에게 밉보였는가 보다. 나를 근무 태만으로 몰아붙이던 상사는 내게 경영 적자 누적의 장본인이라는 덤터기까지 뒤집어씌워 천리 타향 동해안으로 인사 조치하였다. 유배나 다름없는 엄청난 좌천이었다. 어이없어진 나는 당분간 펜을 던지고 이를 앙다문 채 명예 회복을 위해 불철주야 노력하여 다시 신임을 얻는 데 성공했다. 마침내 나는 여러 해 동안의 유배 생활을 청산하고 승진하여 원대 복귀할 수 있었다. 내가 좌천 발령된 포항(浦項) 사무소는 광주에서 아주 먼 거리이므로 집에 다니는 일을 어렵게 하려고 상사가 일부러 택한 것이었다(당시에는 지금처럼 광주 포항 간을 운행하는 고속버스 노선이 없었으므로 집에 가자면 대구로 나와 몇 차례나 버스를 갈아타야만 하였다). 포항 사무소 관할구역은 구미·김천·안동·상주·영양·울진 등 경북 내륙과 해안 지역이었다. 지방 출장이 잦았던 탓에 나는 지금도 그 지역을 손바닥 들여다보듯 하고 있다. 망망 해안선을 따라 북으로는 울진·삼척·동해·속초·간성, 가까운 영일만의 구룡포·호미곶 등대박물관은 물론 동해남부선 열차에 몸을 싣고 간절곶·동래·송정까지도 가보았다. 이러한 일련의 체험들은 전화위복, 새옹지마가 되어 후일 내가 문단에 진출하는 데 큰 도움이 되었다.

예향 혹은 문림(文林)의 고장이라 일컫는 장흥 고을은 문인들이 많기로 소문나 있다. 특히 훌륭한 소설가들이 많이 배출되었다. 송기숙·이청준·한승원·이승우 등 중앙 문단을 주름잡는 소설가들은 우리 장흥 고을의 자랑이기도 하다. 그들 선두 그룹의 뒤를 이을 차세

대 유망주들도 그 수를 헤아리기 어렵다. 작가들의 분포도를 보면 고을의 남부 지역인 안양·용산·관산·대덕·회진 같은 해안 면 출신들이 대부분이고 고을의 북부 산간지대 출신은 많지 않다.

나는 르포 성격의 이 다큐멘터리를 만들기 위해 노심초사 온갖 심혈을 기울였다. 반세기가 지나 버린 지난날 어린 시절의 어슴푸레한 기억들을 더듬고, 일일이 현지 답사를 통해 토박이들을 만나고, 그들의 중구난방 격인 증언을 모아 고증에 모순이 없는 작품을 만들려는 시도가 얼마나 어려운 일인가를 새삼 뼈저리게 느꼈다.

나는 이 글을 역사적인 사실에 충실한 근거를 두고, 내 주변은 물론 유치 산골에서 일어난 각종 사건의 기록 보존과, 이곳에 뿌리를 내렸던 민초들이 몸서리치게 겪은 모든 애환의 실상을 목격한 그대로 옮기려는 데 주안점을 두었다. 작품의 배경을 나를 중심으로 설정한 것은 6·25전쟁을 전후하여 유치면에서 가장 많은 피해를 입은 집안이 우리집이었으므로 그 모델로 삼아도 부족함이 없을 것 같았고, 또한 작품 구성의 기본인 서사 구조의 일관성 때문에도 부득이한 일이었다. 나는 이 글에서 교훈적인 면도 중시하였는데 예를 들면, 여러 차례 맞은 생과 사의 기로에서 좌우 이데올로기의 적절한 조화로 온 가족이 떼죽음의 위기를 모면한 사례를 비롯하여, 한쪽으로만 치우치지 않고 평형을 유지하는 중용의 원칙이 난세를 살아가는 데 더할 나위 없는 현명한 생활 철학이라는 동양 사상을 널리 전파하여 후세들에게 귀감이 되게 하고자 하는 점이 바로 그것이다.

그러므로 이 글은, 비단 나 자신과 내 집안에 국한된 얘기가 아니고 당시 유치면과 비슷한 지리적인 여건의 산골에 살면서 어렵사리 목숨을 부지하였거나, 좌우 이데올로기 알력의 틈바구니에서 엄청난 피해와 고난을 겪었을 우리 모두가 공감할 보편성을 지닌 민족 수난사라고 해도 무방할 것이다.

서두에서도 언급한 바와 같이, 나는 이 글에서 6·25전쟁을 전후하여 모스크바라고 불리었던 유치라는 지역에서, 좌우 이데올로기의 부산물로 빚어졌던 갖가지 해프닝들을 한 구절 여과나 부풀림 없이 보고 느낀 대로 쓰고자 노력했다. 지금까지 은연중 금기시 되어 온 이데올로기에 관한 문제들은 그 동안 여러 작가들의 문학 작품들, 이를테면 이태 선생의 『남부군』이나 조정래 선생의 『태백산맥』, 여타 다른 분들의 각종 수기를 통해 이미 만천하에 공개된 바 있지만 내가 보기에는 무언가 솔직하지 못한, 당국의 규제에 얽매어 제대로 발언하지 못한 부분이 있음을 종종 발견할 수 있었다.

그 동안 발설하고 나면 목이라도 날아갈까 봐 쉬쉬하고만 지내던, 경찰에 의한 보도연맹원 대량 학살사건, 승자의 입장 때문에 묻혀져 버린 진압 군경의 무차별 만행 및 무고한 양민학살사건, 더 나아가 민가며 문화재 방화 및 훼손 행위 등 그 보기는 한두 가지가 아니다. 50년 만의 정권 교체로 인해 군부 독재가 종식되고 국민의 정부가 탄생한 시대적인 배경이 내게 마음놓고 진실을 기록하도록 용기를 불어넣었음도 사실이다.

앞에서 언급한 대로, 작품의 특성상 우리 집안의 내력이며 처참한 수난 과정을 장황하게 소개하지 않을 수 없다. 다시 생각하기도 싫은 내 주변의 여러 사연들을 과감하게 까발리는 서글픈 심정을 이 글을 읽으시는 모든 분들께서 널리 이해해 주시리라 믿는다.

저자의 출생지 공수평 마을(사진자료 제공 : 유치면).

출생지 공수평 마을

내가 태어난 공수평(拱手坪) 마을
은 행정구역상 유치면 송정리 1구에 속한다.

십여 호 남짓한 조그만 취락 앞으로는 탐진강 원류인 실개울이 흐
르며, 마을 뒤에는 아흔아홉 골짜기 험준한 엉골(혹은 웅골)이 위치한
다. 엉골의 어원은 시국이 어수선할 때 어진이가 은둔했었다는 어은
골의 준말이라고도 하고, 옹기를 구운 가마터가 있어 옹기골로 불리
다가 엉골로 바뀌었다는 설도 있다(나는 엉골의 가마터며 그 주변에 깨
어져 나뒹구는 도자기를 수없이 목격하며 자랐었다). 또한 마을 뒤에 천길
벼랑이 있는데 벼랑을 이곳 사투리로 엉이라 부르므로 엉골이 되었
다는 등 여러 설이 있다. 한 골짜기가 부족하여 백 개를 채우지 못했
으므로 애석하게도 도읍지가 되지 못했다는 전설도 전해 온다. 최근
에 엉골의 도자기 가마터를 조사하기 위해 일본에서 건너 온 사계의
권위자들이 다녀간 일도 있다.

군청이 있는 장흥읍에서 유치면 소재지까지는 13.7km의 거리이
고, 공수평 마을은 그 면 소재지에서 동북쪽으로 2km 정도 더 가야
된다. 면 소재지 북단 파출소 옆 유치천 위에 걸린 송정교를 건너 영
암 방면으로 통한 23번 도로로 곧장 가다가, 보림사 안내 표지판이
서 있는 유치초등학교 교문 앞 삼거리 지점, 820번 도로가 시작되는
우측 길로 들어서면 당산나무가 무성한 갈머리(갈두) 마을에 이른다.
마을 형국이 호랑이의 머리, 혹은 칡머리처럼 생겼다고 해서 갈두라
고 붙여진 마을 이름이라 한다.

최근 탐진댐 수몰지구 정비 작업 중 마을 앞 들녘에서 고인돌 등 선사시대에 인류가 살았던 여러 흔적들이 출토되어 학계의 비상한 관심을 모으고 있다. 그 갈머리 마을에서 보림사 길로 가다 보면 탐진강 개울을 옆구리에 낀 산모롱이가 나타나는데 그 지점이 바로 '선대모롱이'이다. 지금은 없어졌지만 6·25전쟁이 수습되고 난 여러 해 후까지도 흐르는 물로 수차를 돌리고 쌀·보리·고추 방아와 목화를 타던 물방앗간 자리였던 선대모롱이 커브 지점을 돌아 조금 가면, 왼편 산 중턱이 온통 허물어져 흉물스런 몰골을 하고 있는 채석장과 감나무 단지가 한데 어우러져 있는 소규모의 강동 들녘이 자리하고 있다. 그 강동 들녘에서 탐진강 위에 걸쳐진 교량 건너편 마을로 눈길을 주면, 동구 밖 석축으로 단을 쌓은 동산에 우뚝 솟은 수백 년 묵은 당산나무가 마을의 수호신인 양 두 팔을 하늘로 뻗친 채 위풍당당하게 서 있는 아늑한 취락이 빤히 바라다보인다. 그곳이 바로 내 고향 공수평 마을이다.

공수평 마을의 유래는, 예전에 공수전이 있어서 부여된 지명이라고도 하고, 마을의 생김새가 팔을 안으로 굽힌 공수 형상을 하였다 하여 붙여진 이름이라고도 한다. 처음 마을을 조성하면서 동구 밖에 유난히도 높다란 단을 쌓아 그곳에 기념 식수로 느티나무를 심었는데 지금은 아름드리 노거수로 성장해 있는 것이다.

공수평 이웃 마을로는, 개울 건너 강동 마을, 보림사 창건 신화와 관련이 깊은 용문(龍門) 마을, 아흔아홉 골짜기 엉골 초입 노리목, 피재와 보림사 길이 갈리는 삼거리 지점 당산 마을, 당산 마을 안 골짜기에 위치한 금성 마을이 있다. 천 년 역사를 지닌 고찰(古刹) 보림사는, 당산 삼거리에서 유치면 내지 마을로 이어지는 820번 도로변 당촌 마을에 위치한다. 절은 탐진강 상류 물굽이가 한바탕 용트림하는 용소 산장을 지나고 보림 모텔 산모롱이를 꺾어 가지산(迦智山) 등산로 입구에서 조금 가면 산자락에 울창한 비자나무 숲 속에 아늑하게 묻혀 있다. 동양 3보림의 한 곳이라는 보림사는 우리나라에 선종(禪宗)이 가장 먼저 들어와 정착된 사찰이다. 원표대덕(元表大德)이 터를 잡을 당시인 759년에는 초암(草庵)의 형태를 벗어나지 못하다가 통일신라 헌강왕 때 보조국사가 나서서 대규모 사찰로 만들었다고 전한다. 절은 옛 모습이 웅장하고 수려하였으나 조선시대 숭유억불 정책 때문에 쇠락을 거듭하다가 6·25 한국전쟁 때 사찰 전체가 소실되는 수난을 겪었다. 폐허에 방치된 사찰은 대웅보전 중건을 시발로 재건 작업에 착수하였는데, 최근에 조계사 감찰 스님으로 근무하던 현광 스님이 새로 주지로 부임하여 갖은 고난 끝에 사찰 전체를 원형대로 중건한 바 있다.

어느 누구보다도 보림사에 많은 애정을 쏟아 복원 사업에 노심초사한 현광 스님에 대한 일화가 있다. 배짱과 뚝심이 남다른 현광 스님은 보림사 복원 자재로 탐진강 골재를 무단 채취하여 사용했다. 불법 채취 행위이므로 군(郡)의 관계자가 현장에 출동하여 여러 차례 작업을 제지하였다고 한다. 작업이 어렵게 되자 주지 스님은 특유의 뚝심을 발휘하여 제지하는 관계자의 멱살을 거머쥐었다는 것이다.

"나는 이 고장과 아무런 관계가 없는 객지 사람이다. 그럼에도 당신네 고장 문화재를 복원하기 위해 이처럼 애를 쓰고 있는데 고향 사람이 돼 가지고 협조는커녕 웬 잔말이냐!"

이렇게 호통쳐서 관계자를 내쫓고 공사를 강행하였다는 것이다. 그러한 해프닝을 소개하는 것은 주지 스님의 불법적인 행동을 정당화하자는 게 아니고 그만한 뚝심과 애정이 없었더라면 과연 보림사 복원 사업이 이처럼 빨리 매듭 지어졌겠느냐는 뜻에서 하는 말이다.

현광 스님이 부임하기 전에는 대웅보전 한 채만 달랑 지어 놓고 세월을 천연하고 있었던 게 사실이었다. 그러다가 현광 스님이 부임하고부터 작업에 가속이 붙어 대적광전·종각·산신각·선방·요사채·부속 암자·식당·화장실·매표소 등 부대시설과 담장 축조까지 마무리되고 마지막으로 6·25전쟁 때 화를 면한 사천왕각 보수 단장까지 마친 보림사는 본래의 모습을 찾아가는 중이다. 사찰 경내에는 귀중한 문화재도 부지기수인데 그 면면을 보면, 국보 제44호 보림사 삼층석탑 및 석등·국보 제117호 보림사 철조비로사나불 좌상·보물 제155호 보림사 동부도·제156호 보림사 서부도·보물 제157호 보림사 보조선사 창성탑·보물 제158호 보림사 보조선사 창성비 등이다. 특히, 사천왕각 안에 위엄을 갖춘 채 정좌한 동방 지국천·남방 증장천·서방 광목천·북방 다문천, 이들 목조(木彫) 사천왕의 형상은 국내 어느 사찰에서도 볼 수 없는 거대함과 웅장함이 엿보인다. 최근 두 차례에 걸친 사천왕각 보수 공사 와중에 사천왕들의 팔 다리와 몸통 속에서 귀중한 고서들이 수없이 발굴되어 사계의 비상한 관심을 끈 바 있다. 그 사천왕 몸통에서 발견된 불교서적은 총 126종 195책이다. 우리나라 불교사와 인쇄사 연구에 가치가 높이 평가되는 문화재를 전적 종류별로 구분, 그 가운데에서 12건을 문화재로 지정, 보림사에는 보관 시설이 없으므로 보관 시설이 갖추어진 송광사 경내

불교 박물관에 보관중이라 한다. 그 중에서 가장 눈여겨볼 자료는 이조시대 수양대군이 소헌왕후의 명복을 빌기 위해 석가모니의 일대기를 기록한 석보상절(釋譜詳節)과 세종대왕이 석보상절을 보고 석가모니의 공덕을 찬양하여 지은 월인천강지곡(月印千江之曲)이다. 월인천강지곡의 각 절과 석보상절의 해당 부분을 주석 달아 만든 월인석보 제25권은 보물 제745-9호로, 금강반야밀다밀경 제11권은 보물 제1251호로, 상교정본자비도량창법 제9~10권은 보물 제1252호로 각기 새로 지정되었다.

나는 유소년 시절부터 보림사를 자주 드나들었다. 불자인 어머니께서 보림사의 부속 암자인 가지산 중턱 송대암(松臺庵)을 찾아가 자주 치성을 드린 때문이었다. 나는 그때마다 어머니를 따라가 사하촌인 당촌 마을의 조무래기들과 어울려 사천왕각 주변을 맴돌며 숨바꼭질 놀음도 곧잘 하였다. 당시의 사천왕각 정문에는 괴물 형상을 한 문지기(인왕)가 양손에 송곳처럼 생긴 날카로운 무기를 꼬나 쥔 채 눈알을 부라리며 서 있었던 것으로 기억된다. 사람들이 사천왕각을 출입하려고 문을 밀치면 문지기 괴물은 바닥에 깔린 레일을 따라 앞으로 달려나오게 돼 있어 사람들을 놀라게 하였다. 그래서 노약자나 부녀자, 남자라도 담이 약한 사람은 접근을 꺼렸다. 영문 모르는 어느 임산부가 무심코 사천왕각 안으로 들어서려다가 괴물의 출현에 놀라 나자빠져 낙태하는 흉한 일을 당하고부터 괴물 문지기는 정지 상태로 붙박아 위엄만 갖추게 했다는 것이다.

공수평 마을의 당산나무.

가계(家系)와 성장 과정

나는 1940년 경진(庚辰)년 음력 10월 24일 전라남도 장흥군 유치면 송정리 공수평 마을에서, 작고하신 환(桓)자 철(澈)자 부친과 광산(光山) 김씨 애기 여사 사이에서 다섯째 막내아들로 태어났다.

나의 본관은 황해도 평산(平山)으로, 고려(高麗) 개국공신 태사(太師) 장절공(壯節公) 신숭겸(申崇謙) 장군의 35세 손이다. 시조 할아버지는 고려 태조 왕건(王建)과 후백제 견훤(甄萱)이 대치했던 대구 근교 팔공산 전투에서 후백제군에 포위되어 사경에 처한 왕건을 구하고 대신 전사한 충신이다. 그 공적은 길이 빛나 「도(悼) 이장가(二將歌)」라는 가사로도 전해 온다. 이조 선조조 임진왜란 때의 순무사 신립(申砬) 장군, 구한말 의병 활동을 전개한 신돌석(申乭石) 장군 등은 가문을 빛낸 분들이다. 우리 신문(申門)은 예로부터 무장이 많이 배출된 듯싶다.

집안 내력을 보면 우리집은 유치면 토박이는 아니었던 모양이다.

우리 조상은 대대로 성안이라 불리는 장흥읍에 뿌리를 내리고 살았다고 한다. 선친께서 유소년 시절(당시 구한말에는 공교육 시설이 없었으므로) 장흥읍성 북문 재 너머에 위치한 신흥사의 부속 시설 관서제에서 한학을 배웠다는 구전된 일화와, 갑오년 동학농민혁명의 와중에 목숨을 잃은 할아버지의 묘소가 장흥읍 연화금이 선영에 현존한다는 사실이 우리 가계의 읍내 거주 사실을 입증하고 있는 것이다.

척양척왜(斥洋斥倭)의 깃발을 들고 한양으로 진격하던 동학농민군은 공주(公州) 우금 고개에서 신무기로 무장한 채 매복해 있던 일본군에게 대패하고 말았다. 동학군은 패주를 거듭, 남으로 후퇴하며 재기를 노렸으나 순창 쌍치에서 우두머리 전봉준마저 사로잡혀 한양으로 압송되자, 구심점을 잃고 허둥대다가 종내는 남해안 장흥 땅으로 떼몰려 왔다. 동학농민군이 장흥으로 집결한 까닭은, 장성 황룡강 전투에서 장태라는 대나무 껍질로 만든 닭우리를 굴려 서울에서 토벌 작전 나온 관군을 물리쳐 장태 장군 칭호가 붙은 동학 용산 접주 이방언(李芳彦)이 장흥군 용산면 묵촌 마을을 근거삼아 버티고 있는 때문이었다. 당시의 소총은 성능이 별로라서 미끄러운 대나무를 관통하지 못하므로 장태 뒤에 몸을 숨기고 있으면 탄환이 빗겨 갔던 거였다.

장흥 주변으로 집결한 수많은 동학군들은 장흥읍성 외각에 진치고 있다가 1894년 12월 4일을 기하여, 파발마로 국가 통신 업무를 관장하며 지방 출장 관료들의 객사 제공 업무를 수행하는 찰방(察訪) 관할의 벽사역을 공격하여 함락시켰다. 동학군은 그 여세를 휘몰아 12월 5일에는 부사(府使)가 군림하는 장흥부성까지 단숨에 무너뜨리고 승승장구하였다. 또 12월 8일에는 인근 강진현을 함락하고, 12월 10일에는 내친걸음으로 일천여 명의 관군을 휘하에 둔 전라도 병마절

도사가 근무중인 병영(兵營)성도 접수하기에 이르렀다. 동학군의 기세에 겁을 먹은 전라도 병마절도사 서병무는 동학군과 한번 싸워 보지도 않고 북문을 열고 관찰사가 있는 나주 방면으로 홀로 도망치고 말아 후일 세상 사람들의 웃음거리가 되었다.

서병무와는 달리 세가 불리하고, 중과부적인 상태에서도 도망갈 생각을 않고 그 소임을 다하기 위해 죽기로 성을 사수하던 장흥 부사 박헌양(朴憲陽) 이하 관속들과 성안 거주 양반 계층들은 성을 무너뜨리고 진입한 동학군들에게 무참히 살해당하고 말았는데 할아버지도 그 와중에서 돌아가셨던 것이다.

당시 장흥부성을 사수하다 순절한 박헌양 부사 이하 관속 96명은, 난이 평정되자 전라도 순무사 이도재가 그 충절을 기리기 위해 장흥 남산공원 기슭에 건립한 영회당에 위패가 안치되고 정부 차원에서 제사를 지내 주었다. 그러나 민간인 신분인 할아버지는 그런 혜택도 받지 못하였다. 다만 우리 문중에서 발간한 문헌집을 살펴보면, 할아버지의 행장(行狀)에 순절사(殉節士)라고 기재되어 있음을 볼 수 있다.

장흥 사회에는 지금도 갑오(甲午)년 당시 가해자였던 동학혁명군과 피해자였던 수성군(守城軍) 자손간에는 불구대천(不俱戴天)의 앙금이 가시지 않고 있다. 장흥군 당국에서는 동학혁명 100주년을 맞아 기념사업으로 동학혁명기념탑을 세웠는데 탑은 미륵댕이 공동묘지 자리에 조성한 현대식 종합경기장 뒤 산록에 세워져 있다. 기념탑은 동학혁명군들의 마지막 항전지인 석대들과 이방언의 퇴각으로 자울재가 정면으로 바라다 보이게끔 설계되었다. 건립을 완료한 지 꽤 오래되었는데도 공식적인 제막 행사를 치르지 못하고 시일만 천연하고 있는 현상은 양측이 아직도 화해를 하지 못한 때문인 것이다. 나더러 어느 편이냐고 굳이 묻는다면 나는 서슴없이 수성군 측이라고 말할 수 있을 것이다.

선친께서는 어린 나이에 부친을 여의고 홀어머니 밑에서 한학을 익히다가 일제 치하 장흥군청에 취직이 되어 관직을 시작하였다고 한다. 그후 장평 면사무소로 발령 받아 행정 경험을 쌓고 인근 유치면장으로 승진하여 유치 땅에 발을 들여놓았다는 것이다. 장평면에서 피재를 넘어 유치 면사무소로 부임하던 아버지는 면 소재지에서 2km도 못 미친 지점에 있는 강동 마을에 정착하여 유치 생활을 시작하였다. 청상에 홀로 되어 아들 교육에 지극 정성이시던 할머니 역시 삼종지의(三從之義)의 철칙에 순응하여 아들을 따라 유치 산골로 오시게 되었다. 강동 마을에서 한 많은 세상을 하직하신 할머니는 할아버지가 묻혀 있는 장흥읍 연화금이 선영 대신, 가까운 마을 뒤 복송짐이 골짜기에 안장되었다.

선친께서 강동 마을에 터를 잡은 지 몇 년 후, 탐진강 건너 공수평 들녘에 흥덕 장(張)씨 3형제가 강진 고을로부터 입주하여 마을을 조성하자 아버지는 공수평 마을 첫들머리에 새로 집을 지어 이사하게 되었다. 마을 사람들은 어머니의 택호를 새로 지은 집의 주인이라는 뜻으로 새집댁이라고 불렀다. 나는 새로 이사한 공수평 마을에서 태어났으므로 그곳은 나의 탯자리 고향이 되는 것이다.

우리집 호적에 보면 내 아명이 도오랑(桃五郎)으로 기재되어 있다. 일본어로 말하자면 '모모다로상'이었다. 일제 후반기, 그러니까 1925

년부터 1935년까지 10년 동안 유치면장으로 재직하셨던 선친께서, 일제의 압력에 못 이겨 창씨 개명을 하면서 내 이름을 그렇게 지었다는 것이다. 일본 개국 신화에 보면 그들의 시조가 복숭아 속에서 태어났다는 기록이 있다. 선친께서는 나를 황족처럼 귀하게 자라서 나중에 훌륭한 사람이 되라는 의미로 복숭아 도(桃)자를 이름에 넣었다고 한다. 재벌이라고 이름지은 어느 운동 선수의 아버지처럼 말이다. 마을 애들은 그런 내 이름을 보고 모모다로상! 모모다로상! 하고 시도 때도 없이 골려 먹었다.

호적에 올라 있는 도오랑 대신, 집에서는 다섯째 아들이란 뜻으로 오동(五東) 또는 막둥이로 통했다. 일제의 잔재인 내 아명 도오랑은 해방이 되자 비로소 오동으로 바로잡아졌다. 그러나 한 차례 개명한 바 있는 내 이름은 또다시 개명 절차를 밟지 않으면 안 되었다. 나는 오동이라는 내 이름이 마음에 들지 않았다. 우리 집안의 내 대(代) 항렬(行列)은 첫 글자가 '東'자인데 나의 경우는 동자가 항렬의 역순인데다 어감 또한 좋지 않았다. 또한 '다섯 동이'라는 등의 별명으로 친구들의 놀림감도 되었다. 일본 이름을 개명할 때 신중을 기하지 못한 어른들을 원망해 봐야 소용없는 일이어서 나 스스로 동규(東珪)라고 작명하였다. 개명은 법원의 판결 절차를 밟아야만 함으로 장흥 법원 근처 법무사무소에 서사로 근무하는 죽마고우인 김송곤 친구(지금 여수에서 법무사무소 개업중임)의 도움을 받아 법원 수속을 진행하였다. 개명 허가 요건으로는 같은 동네에 동명이인이 있어 호칭에 혼선이 온다거나, 쇠똥이 말똥이처럼 이름 자체가 혐오감을 주기에 충분하다는 등 타당한 이유가 있어야만 가능하였으므로, 나는 동명이인(同

名異人)의 조건으로 개명 판결을 얻어냈다. 동규라는 새 이름은 내 나이 열여덟 살에 개명한 것이어서 소싯적 친구들이며 지인들에게는 생소한 이름이기도 하다.

선친께서는 지병 때문에 면장직을 사직하고 집에 칩거하며 병마와 싸우고 계셨다. 그런 와중에서도 사람을 좋아하여 사랑채에는 손님이 끊일 날이 없었다. 병문안을 겸하여 많은 면내 유지들이 다녀갔다. 후임을 맡은 분들이 자문을 구하러 오는 건 예사이고 노자 떨어진 식객들도 부지기수로 우리집 문턱을 넘나들었다. 아버지께서는 읍내 장터 엿도가에서 엿을 떼어 와 유치 산골 여러 마을을 상대로 행상을 하는 오서방이라는 혹부리 영감을 사랑채에 거두며 기거를 함께 하는 특이한 모습도 보여주셨다. 반상의 지체를 심하게 따지는 당시에 보통 사람으로는 행하기 어려운 용단이었다. 그 엿장수 오서방의 모습은 어린 나의 뇌리에 자리잡고 있다가 먼 훗날 문학 작품의 소재로 활용되는 계기가 되었다.

병약하신 아버지는 탕약으로 연명하신 듯싶었다. 아버지가 거처하시던 사랑채 앞마당에는 약탕관을 얹은 약 화로가 사시사철 자리하고 있었고 약 달이는 냄새가 온 집안에 진동하였다. 아버지는 항상 음식을 들고 나면 속이 거북하다며 트림을 끄억끄억 내뱉곤 하였는데 지금 생각해 보면 위암 비슷한 악성 위장병인 것 같았다. 아버지는 병에 이롭다는 별의별 약제며 전래된 단방약을 골고루 복용하였지만 별 효험이 없었다. 아버지는 생 대나무 즙을 내어 엿기름으로 만든 조청을 즐겨 자셨는데 나는 그 조청을 자주 얻어먹은 기억이 있다. 아버지는 막내아들인 나를 매우 귀여워해서 맛있고 색다른 음식이 생기면 그때마다 꼭 나를 불렀다.

"막둥아! 밥그릇만 가지고 건너오너라!"

안채 뒤편 대청이 딸린 당신의 서재에서 혼자 식사를 하는 아버지께서 나를 부르시면 나는 밥그릇에 숟가락만 꽂아 들고 정신없이 아버지 밥상으로 달려갔다. 아버지의 밥상에는 항상 낙지나 주꾸미를 두부·파 등 양념으로 조리한 맛있는 전골 냄비와, 한 겨울철이면 싱싱한 굴을 섞어 끓인 매생이탕이 차려져 있었다. 지금도 전골 음식과 매생이탕을 남달리 좋아하는 나의 식성은 선친의 영향이 컸던 것이다.

남해안 특산물인 매생이에 대해서 아는 사람이 그리 많지 않은 것 같다. 매생이는 갈파래과에 속하는 해조류로서 우리나라 남해안에 주로 서식한다. 11월경에 돌바위나 김발에 기생하여 머리털 같은 유체가 발생하고 혹한기인 2월경에는 최성기가 된다. 그러므로 매생이는 혹한에만 맛볼 수 있는 특이한 계절 식품인 것이다. 매생이 요리법은 매우 간단하다. 멸치나 굴을 섞어 미역국을 끓이는 방식으로 조리하는데 알맞게 데쳐진 국물에 참기름을 몇 방울 떨어뜨려 훌훌 들이마시면 부드럽게 목 안으로 넘어가는 그 맛은 천하일미였다. 매생이 국물은 끓는 솥에서 금방 떠내도 김이 나지 않아 급히 먹으면 입 안이나 목 천장을 델 우려가 있다. 그래서 미운 사위 골탕 먹이기 안성맞춤인 음식이라는 우스갯소리도 전해 온다.

피재, 보림사 길이 갈리는 당산 삼거리.

부친의 타계

아버지는 일제 36년의 압제하에서 조국이 해방된 다음 해인 1946년 5월 27일(음력) 한여름에 세상을 뜨셨다. 백약이 무효인 상황에서 모험삼아 부자(附子)를 섞은 탕약을 복용한 게 화가 되었다. 동의보감에 보면, 부자는 바곳의 구근으로 성질이 열(熱)하여 사람의 양기를 돕고 체온이 부족한 병증에 특효가 있지만, 때에 따라서는 극약과도 같아서 도리어 크게 해를 보는 무서운 약재라고 했다. 아버지에게는 그 부자탕이 병 치료에 도움이 되지 못하고 역효과를 초래한 극약이 된 셈이었다. 내 나이 여섯 살 되던 해의 일이었다.

아버지의 유해를 모실 장지로는 할머니가 모셔진 강동 마을 뒤 복송짐이로 정했으나 5일장을 치르고 장지로 운구하려는 날 새벽부터 장대비가 종일 쏟아져 마을 앞 탐진천이 범람, 통행불능이었다. 붉덕수(황토물)가 강둑까지 넘쳐 흐르고 징검다리는 자취도 없어져 도저히 강을 건널 수 없었다. 하는 수 없어 당산 삼거리 조금 지나 보림사 초입, 지금 보림 모텔 못 미친 용소 산장 부근 남의 산에 산 주인의 양해를 얻어 안장할 수 있었다. 선친의 유골은 그로부터 15년 후에 장흥읍 연화금이 소재 선영 할아버지 곁으로 이장하여 유택으로 자리잡았다. 지금 생각해 보면 선친께서는 때를 잘 골라 운명하신 듯싶다. 만에 하나, 병마와 싸워 재기라도 하였더라면 여순반란사건과 6·25전쟁의 와중에서 당신의 신상에 과연 어떤 결과가 미쳤을까 하는 의문이 인다. 선친의 죽음과 상관없이 역사의 수레바퀴가 정상적인 방향으로 굴러갔다고 가정했을 때(선친께서 국가의 운명을 뒤바뀌게 할 만한 위치에 계신 건 아니었지만) 선친께서는 셋째 아들 동훈 형의 14연대 입대로 마음 고생이 오죽이나 심하였을 것이며, 6·25전쟁 때는 제 세상 만난 듯 설치고 다니는 좌익 세력으로부터 부르주아라는 눈총을 받아 온전한 삶을 살기 어려웠을 것이었다. 설사 좌익 세력과 선이 닿은 동준·동훈 두 아들의 바람막이와 평소 선행으로 보아 인민재판 같은 군중 집회에서 살아남았다손 치더라도 병약하신 연로한 몸으로 곧이어 불어닥친 험난한 피난 생활을 과연 이겨낼 수 있었을까 하는 의구심은 비단 나 혼자만의 생각은 아닐 것이다. 한마디로 말해서 '선친께서는 그때 참으로 잘 돌아가셨다'고 공공연하게 말하는 내 자신의 행동이 불효를 저지르는 망발은 아닌지 선뜻 판단이 서지 않는다.

우리 집안의 기둥이며 가장인 아버지께서 돌아가시자 집안 형편은 매우 어려운 지경에 처하게 되었다. 오랜 동안의 병 수발로 가계는 이미 바닥났으며 해방을 전후하여 연이은 흉년으로 비축된 곡식도 많지 않아 금방 동이 나고 말았다. 선친께서는 청백하시어 평생 관직에 계셨으면서도 뇌물을 탐하여 비축하거나 전답을 사들여 축재하지 않고 다만, 가족이 겨우 연명할 정도의 전답만 소유하고 있을 뿐이어서 평소에도 생활이 풍족하지 못한 편이었다.

우리집 가족 관계를 보면, 서른 살이 넘은 장형 동준 형은 아내와 두 남매를 두었고, 그 바로 밑으로 미혼인 이십대 중반의 동숙 형, 셋째가 약관인 동훈 형, 넷째 동석 형과 막내인 나는 십대였다. 그 중간에 처녀티 나는 누나와 어린 누이동생이 있었다. 장형과 동숙 형은 두 형이 어렸을 때 병으로 세상 뜨신 큰어머니 소생이고, 나머지 형제들은 큰어머니 별세 후 재취로 오신 어머니 소생이었다. 장손인 동준 형은 결혼하고부터 윗마을 용문리에 분가해 살면서 선친의 음덕으로 유치 면사무소 직원으로 근무하고 있었고, 둘째 동숙 형은 집안 당숙이 경영하는 서울 종로의 어느 책방에 점원으로 취직되어 집을 떠나 있었으므로 집에는 어머니, 동훈·동석 두 형과 누나, 나, 여동생 그리고 머슴, 이렇게 일곱 식구만이 살고 있었다.

형편은 어려운데 식솔이 많아 생계를 꾸려 가는 일이 날로 벅차지자 어머니는 그 활로 찾기에 부심하셨다. 어머니는 지금도 사극에 간간이 등장하는 재래식 소달구지를 한 대 구입한 후 머슴을 시켜 우리 집 소로 끌게 했다. 그러나 얼마 지나지 않아 머슴은 집을 나가고 말았다. 마부 일이 고되었던가 보았다. 어머니는 고심 끝에 상급 학교에 진학하지 못하고 집안일을 거들고 있던 동훈 형에게 머슴 대신 소달구지를 몰게 했다. 산골 깊숙한 곳에 자리한 숯막이나 산판 벌목장에서 생산되는 숯과 장작을 장흥읍 오일장인 2·7장(장흥 장은 끝자리 날짜가 2일이나 7일에 장이 섬)에 내다 팔고, 돌아오는 길에는 가마솥·소금가마니·비료 포대·독그릇·가구 등 무게가 많이 나가는 마을 사람들의 장짐을 운반해 주고 짐삯을 받는 일을 시작한 것이었다. 당시에는 자동차가 매우 귀했으므로 유치 사람 거의는 읍내 출입이나 5일장을 볼 때면 장짐을 이고 진 채 걸어서 다녔다.

장작과 숯장사도 쉬운 일이 아니었다. 5일장 전날 일찍부터 산막에 들어가 숯과 장작을 적재하여야만 하였다. 산간 길은 울퉁불퉁 요철이 심한 비포장 도로인 데다가 수레바퀴 역시 목조틀에 금속판을 덧씌운 것이어서 완충 효과가 전혀 없었다. 그러므로 하물은 충격에 대비하여 밧줄로 단단히 묶어야만 하였다. 허위단심 험한 산간 길을 겨우 빠져 나와 대로에 이르러 손쉬운 운행을 하려는가 싶었으나 그마저 기대할 수 없었다. 일정시대 마을 앞개울에 가설한 세월교가 여름 대홍수 때 폭삭 내려앉아 폐교(廢橋)가 되어 있어 사용불능 상태인 때문이었다. 사람들은 폐교 바로 위에 사선(斜線)으로 걸쳐 만든(물의 흐름으로부터 충격을 완화하기 위해 징검돌을 비스듬하게 배치하였다) 징검다리를 이용하여 개울을 건넜지만 자동차나 달구지는 물이 얕은 목을 더듬어 건너야만 했다.

교각이 없는 무넘기다리(세월교)나, 바위돌을 보폭 간격으로 늘어 만든 징검다리는 강이 조금만 범람하여도 물에 잠겨 버려 그 기능을 상실하는 단점이 있었다. 우리 마을 사람들이 면사무소나 장터에 일을 보러 가거나, 아이들이 면내 유일한 초등학교에 등교하자면 개울에 걸린 세월교나 징검다리를 건너야만 했다. 그러므로 큰비가 내리면 교통이 두절되어 물이 빠질 때까지 기다리는 수밖에 없었다. 여름철 우기만 되면 결석이 잦은 탓에 나는 학년말이면 시상하는 개근상이나 정근상 한 번 받아 보지 못했다.

돌자갈이 깔리고 물살의 저항이 만만치 않은 개울을 건너야 하므로 하물을 실은 달구지는 밝은 낮에 개울 건너인 강동 마을 도로변까지 이동 완료하여야만 했다. 소달구지가 개울을 건너자면 소와 마부는 혼신의 힘을 다 쏟게 마련이었다. 연이어 강 언덕을 기어오를 때 힘이 부친 소가 뒷걸음을 쳐 사고 날 염려가 있으므로 사람들이 달라붙어 소달구지의 뒤를 밀어 주어야만 했다. 소 고삐를 틀어쥔 동훈 형 혼자의 힘으로는 어림없는 일이었다. 그때마다 나는 마을 조무래기들을 불러모아 달구지를 밀며 동훈 형을 도왔다. 다음날 새벽, 개울 건너에 옮겨 놓은 달구지에 소의 안장과 멍에를 씌우고 연결 고리를 채운 다음, 이랴 낄낄하면서 채찍으로 소의 엉덩이를 때리며 첫발을 내딛으면 읍내 5일장의 장도는 시작되는 것이었다.

소달구지의 관리도 보통 힘든 일이 아니었다. 수레바퀴를 구성하는 부품으로는 목재가 주로 사용되었다. 박달나무류의 재질이 단단한 목재로 부챗살 꼴 원형을 만들고 부챗살이 모이는 중심부에 견고한 수박통(일명)을 만들면 수레바퀴의 뼈대가 되었다. 그 목조 뼈대에 대장간에서 만든 원통 철판을 덧씌워 고정시키면 수레바퀴는 완성되었다. 짐을 싣는 적재함을 따로 만들고 적재함 중심부에 고정시킨 금속

축에 링이 장착된 두 개의 수박통 수레바퀴를 끼우면 비로소 달구지로서의 기능을 할 수 있는 것이었다. 축과 링의 역할은 동물들의 자웅의 이치와 하등 다를 바 없었다. 축으로부터 바퀴의 이탈을 방지키 위하여 축의 끝에 구멍을 뚫어 쇠비녀도 꽂았다. 수레바퀴는 요즘 자동차처럼 쇽아브쇼바와 허브베어링이 장착되지 않아 충격 흡수며 탄력 구동을 할 수 없고 그 기능 역시 신통치 않았다. 또한 금속과 금속이 직접 마찰하므로 심한 열이 발생하고 삐그덕삐그덕 소음도 심했다. 그러한 결점을 보완하기 위해서는 축과 수박통 링 사이에 윤활유를 주입해야만 하였다. 그 윤활유 기능은 관솔기름이 대신했다. 지금의 윤활유인 오일이나 그리스가 개발되지 않은 당시에 관솔기름은 훌륭한 윤활유 역할을 하였다. 대동아 전쟁 말기에 일제는 우리 백성들에게 관솔기름을 생산하여 공출하게 하였으므로 마을 뒤 야산 곳곳에는 관솔기름을 짜는 가마들이 즐비했다. 일제 패망 후에도 관솔기름 생산을 계속하는 사람들이 많아 윤활유 조달에는 애로가 없었다.

달구지와 소를 관리하는 데도 많은 정성이 소요되었다. 소는 발굽에 힘을 모아 무거운 수레를 끈다. 그러므로 소의 발굽은 소중하게 다루어야만 했다. 보호 장구로 신발이 절대 필요했다. 소 발굽에 신발을 신겨야만 연약한 발굽이 지표와 접촉되면서 쉽게 마모되는 폐단을 방지할 수 있었다. 발굽 보호를 위해 말은 굽에 금속 쇠붙이를 박아 고착시키지만 소는 짚으로 삼은 신발을 신기는 것이었다. 5일장 전날 저녁이면 우리집은 온 가족이 빙 둘러앉아 쇠신(소의 신발) 삼는 일이 일과처럼 되어 있었다. 한 벌이 네 짝이므로 읍내를 왕복하는 동안 중간 교체용, 비상 여분까지 챙기자면 사오십 짝은 좋이 삼아야만 했다. 그러므로 장거리를 운행하는 소달구지 체장에는 여분의 쇠신과 시커멓고 고약처럼 끈적거리는 관솔기름 깡통이 항상 매달려 있는 것이었다.

바퀴를 구성하는 목조 부챗살과 수박통은 달구지의 심장 부위나 다름없었다. 그러나 금속 재질이 아니어서 견고하지 못하여 고장도 잦았다. 목조 부품인지라 너무 메말라 있거나 요철이 심한 비포장 도로를 장시간 운행하다 보면 치열을 이탈하여 폭삭 내려앉는 등 고장도 잦아 수입의 상당 부분은 달구지의 유지 관리비로 소모되었다. 달구지 수리는 부품이며 정비 기구가 구비된 읍내 초입 동교통 풀무 대장간에서 주로 하였다. 오랜 동안 명맥을 유지하던 재래식 달구지 바퀴는 6·25전쟁 후 베어링이 장착된 자동차 타이어로 교체되어 그 성능이 획기적으로 향상되었다. 그러나 타이어 달구지는, 껌껌한 밤에 비포장 도로를 달려오면서 달그락거리는 소리로 자신의 위치를 알려주곤 하던 재래식 달구지에 비해 낭만적이지 못했다.

읍내 중학교에 진학하여 활갯짓하고 다니는 친구들에게 구루마꾼으로 전락한 자신의 꼬락서니를 보이는 게 창피하다며 한사코 싫다하는 동훈 형을 억지로 앞세운 어머니는 새벽 일찍 장작짐을 실은 소달구지와 함께 집을 나섰다. 어머니는 소달구지 뒤를 따라 자갈길을 걸었다. 가파른 빈재는 소달구지에게는 마의 고개였다. 무거운 짐을 실은 소는 오르막길에 이르면 허연 거품을 뿜어냈다. 그때마다 어머니는 힘이 부친 소를 위해 달구지를 밀었다. 헉헉 가쁜 숨을 몰아쉬며 가까스로 빈재 정상에 당도하면 소를 위해 잠시 휴식을 취했다.

그러나 어머니와 마부인 동훈 형은 쉴 틈이 없었다. 아들이 닳은 쇠신을 바꿔 신기고 수레바퀴의 축과 수박통 링 사이에 관솔기름을 바르며 달구지를 정비하는 동안, 어머니는 소에게 여물을 먹이고 아들의 새참을 차리는 등의 사소한 일을 도왔다. 천성이 근면하신 데다가 아들 혼자만 일터에 보내는 게 마음이 놓이지 않아 어머니는 하루 장(場)도 거르지 않고 동행하는 정성을 보였다. 생산자로부터 직거래로 구입한 숯과 장작 장사는 이문이 꽤 많아 가계에 많은 보탬이 되었다. 물건을 처분하고 돌아오는 어머니의 장짐에는 관산, 대덕 해안 지역에서 생산되는 간재미, 쭈구미, 갑오징어 같은 싱싱한 횟감과 김, 매생이, 파래 같은 해초들이 듬뿍 들어 있곤 했다.

어머니는 매우 강건하시어 장정 못지않게 잘 걸었으므로 마을 사람들은 쇠다리라는 별칭으로 불렀다. 어쩌다 장짐이 없어 빈 달구지로 돌아올 경우에도 어머니는 절대로 달구지를 타지 않았다. 말 못 하는 짐승이지만 소가 가엾다는 이유였다. 어머니는 아들 못지않게 우리 집 소도 아꼈다. 물집이 잡힌 발을 절룩거리며 초저녁 무렵에야 집에 당도하는 어머니와 소달구지를 맞기 위해 나는 호롱불을 밝혀 들고 선대모퉁이 부근까지 마중 나가는 일을 거르지 않았다. 그 일은 비가 오나 눈이 오나 5일마다 반복되는 일상이 되었다. 마중 나온 나를 본 어머니는 신문지에 둘둘 말아 장짐 속에 꿍겨 둔 울릉도 호박엿을 살며시 꺼내 "이거 먹어라" 하시며 내 손에 꼭 쥐어 주었다. 나는 누이동생과 함께 신문지가 엉겨붙은 호박엿을 열심히 발라 가며 먹는 재미에 도취되곤 하였다.

대동아 전쟁과 잦은 흉년을 겪으면서 모든 산들은 황폐되어 있었다. 인가의 모든 연료를 산에서만 구했으므로 그럴 수밖에 없었다. 벌거벗은 임야를 복구하려는 정부 방침은 엄격하여 벌채를 금하는 터라 임산물 반출 역시 감시가 엄했다. 임산물 반출 허가증이 없는 숯과 장작짐은 읍 외곽에 자리한 검문소를 통과할 수 없었다. 그러나 우리 달구지는 장흥군청 산림계에 주사로 근무하시는 외숙(김용기 님)의 배려로 애로 없이 영업할 수 있었다. 어머니와 동훈 형의 달구지 영업으로 가계는 어렵사리 꾸려졌고 넷째인 동석 형과 나는 면 소재지에 위치한 유치초등학교에 다니면서 학업에 열중하고 있었다.

그러던 어느 날, 우리 집안에 커다란 변화가 생기고 말았다. 소달구지 영업을 계속할 수 없는 사단이 벌어진 것이었다. 소달구지를 몰고 읍내 장을 드나들면서 세상 보는 안목이 투철해진 동훈 형의 돌연한 가출 때문이었다. 동훈 형은 혼자 있을 때면 깊은 사색에 잠겨 있기도 하고 술에 취하면 땅을 치며 신세 한탄을 하는 일이 잦았다.

"앞 길이 구만리 같은 놈이 평생을 촌구석에서 마부로 썩을 수만은 없다!"

포부가 크고 심려가 깊은 동훈 형이 무언가 인생의 돌파구를 찾으려고 몸부림치고 있는 모습을 종종 볼 수 있었다. 가정 형편 때문에 상급 학교 진학도 못 하고 배움의 길이 막혀 버린 동훈 형은 자신의 처지를 한탄하다가도 어린 나를 보면 곁에 앉혀 놓고,

"막둥이 너는 내가 벌어서 대학, 아니 유학까지 보내 줄 것인 게 열심히 공부하거라 잉."

격려의 말을 곧잘 해주었다.

화순 · 장평 방면 교통로 피재.

동훈 형, 국방경비대 입대

                    그 무렵 읍내 관공서 게시판과 시
가지 담벼락 곳곳마다 국방경비대원 모집 광고가 대문짝만하게 나붙
었다. 군복을 단정하게 차려 입고 태극기를 향해 거수 경례를 올리고
있는 모병 포스터는 동훈 형 또래의 젊은이들의 마음을 마냥 들뜨게
만들었다. 이 기회를 놓칠세라 국방경비대에 속속 지원하는 젊은이
들의 행렬이 꼬리에 꼬리를 물었다. 원대한 포부를 가슴 깊이 간직한
채 호시탐탐 기회를 엿보고 있던 동훈 형이 모병 포스터를 못 봤을
리 없다. 당시 국방경비대원 모집에는 신원 조회는 물론 학력도 따지
지 않았으므로 집안이 불우하여 많이 배우지 못한 젊은이들과 경찰
과 같은 행정관서로부터 핍박받았던 서민층 자제들이 주로 입대하였
다. 부유층 자제들이나 학력이 높은 젊은이들은 이를 기피하였는데
이는 문무를 차별시하는 조상 대대로의 폐습 때문일 터였다. 국방경
비대 구성원들 대부분이 그런 부류의 젊은이들이었으므로 그들은 후
에 골수 좌익들에게 쉽게 포섭되어 부화뇌동하는 우를 범했는지도
몰랐다.

국방경비대는 해방 후 남한의 행정과 치안을 책임진 미군정 당국에
의해 창설되었다. 해방 직후인 과도기에는 좌우 이데올로기 투쟁이
도를 넘어 무법천지처럼 사회가 매우 혼란하였다. 박헌영을 중심으
로 한 좌익 세력들이 무장 테러 조직을 강화하자, 민족 진영에서는
김두한을 중심으로 한 청년 세력으로 맞섰다. 기반이 허약한 경찰의
힘으로는 좌익 세력들의 소요를 막기에 역부족이라 생각한 미군정

당국은 치안 유지에 필요한 조직 정비를 서두르기 시작했다. 국방경비대 창설이 바로 그 일환이었다. 1946년 만주 군관학교 출신을 비롯한 일본군 출신을 주축으로 국방경비대는 창설되었다. 그렇게 해서 탄생된 국방경비대는 1948년 8월 15일 대한민국 정부 수립과 동시에 국군으로 개편되었다. 당시 국토 방위를 책임진 국군과 치안을 맡은 경찰 사이에는 알력이 심하고 협조체제도 제대로 이루어지지 않았으므로 좌익 사상자들과 범법자들이 국군으로 입대해 버리면 경찰들도 함부로 손을 쓰지 못했다.

장흥읍 장터 쇠전머리 담벼락에 나붙은 모병 포스터를 본 동훈 형은 무릎을 쳤다. 동훈 형은 이 기회를 천재일우로 여긴 것이었다. 어머니에게 말씀드려 봐야 승낙할 리 없을 터이므로 모든 걸 비밀에 부치기로 했다. 동훈 형은 모병 기관에 입대 수속을 마쳐 놓고 소집 날짜만 기다리고 있었다. 국군이 되기로 결심이 서자 동훈 형은 자신도 모르게 신바람이 났다. 짜증나고 송신 덩어리나는 소달구지 모는 일도 왠지 즐겁고 신명이 났다. 5일장이 서지 않은 평일에도 열심이어서 새벽 일찍 일어나 도끼로 장작을 패거나 들풀을 베어 와 가축의 배설물에 섞어 두엄을 만드는 등 농사일에도 지극 정성을 쏟았다. 어머니는 그런 속내도 모르고 "우리 동훈이가 이제 철 났다"며 마냥 기뻐하셨다.

어느 날 새벽 일찍 동훈 형은 몰래 집을 나갔다. 각시소 부근 논에 두엄을 져낸다며 두엄바지게를 지고 나간 후 종적이 묘연해져 버린 것이었다. 해가 중천에 떠오르는데도 집에 돌아오지 않는 아들이 웬일인가 싶어 어머니는 아들을 찾아 나섰다. 그러나 아들은 아무 곳에서도 보이지 않았다. 어머니는 마을에서 멀리 떨어져 있는 천변 돌무지 밭을 개간하여 조성한 각시소 논에 가 보았다. 그곳에 아들의 흔적이 있었다. 두엄바지게를 발견한 것이었다. 그러나 두엄을 버린 빈 바지게만 논 가운데 벌렁 나자빠져 있을 뿐 아들의 행방은 묘연하였다. 혹시 무슨 사연이라도 남겼는가 싶어 두엄바지게를 유심히 살폈으나 아무런 표적도 발견할 수 없었다.

매사에 사려 깊은 동훈 형이 집을 나가면서도 쪽지 한 장 남기지 않은 것은 입대 비밀을 지키기 위해서였다. 이런 사실을 알게 되면 어머니는 필시 아들의 입대를 저지하려고 읍내 집결지까지 쫓아올 테고 그리되면 꿈에도 그리던 경비대 지원이 취소되어 모든 일이 수포로 돌아갈지도 모른다는 우려 때문이었다. 그날 새벽 이웃집 진철 형도 동훈 형처럼 종적이 묘연해져 버렸는데 나중에 알고 보니 동훈 형이 죽마고우인 진철 형을 꼬드겨 입대 동무로 삼은 것이었다. 그 무렵 유치면 관내에서 여수 14연대에 지원한 젊은이들이 의외로 많았다.

당시 국방경비대는 전국 대도시에 설치되어 있었다. 가까운 남부 지방에만 해도 광주에 4연대(후에 20연대로 개칭), 제주에 9연대, 군산에 12연대, 마산에 15연대 등이 있었지만 동훈 형을 비롯한 유치면 관내 젊은이들이 굳이 여수에 있는 14연대를 택한 까닭은, 거리상으로 가깝기도 하였지만 그보다도 배바위 마을에 사는 초등학교 선배 한 사람이 그곳 신병 훈련소에서 조교로 근무하고 있는 연유 때문이었다. 사상적인 이념 같은 고차원적인 계산으로 14연대에 지원한 것은 결코 아니었는데 후에 반란사건이 터지고 말자, 경찰에서는 동훈 형이 원래 왼쪽으로 치우쳐 있어 사상이 불순했다는 둥 얼토당토 않는 트집을 잡아 우리 집안에 많은 고통과 핍박을 가하곤 했다.

달포 후, 훈련소로부터 동훈 형의 헌옷가지와 편지가 든 소포가 우송되었다. 정말로 아들이 국군에 지원했나 긴가민가하던 어머니는 아들의 입대를 확인하고서야 비로소 한시름 놓을 수 있었다. 몇 차례 군사우편이 배달되었고 두어 달여 만의 각고 끝에 신병 훈련이 끝난다는 소식이 왔다. 훈련이 끝나는 날 면회 조치가 허용된다는 기별을 전해 들은 어머니는 헌털뱅이 버스를 타고 먼 길 여수까지 달려갔다. 어머니가 동훈 형을 면회 가던 날 마을 사람들은 동구 밖까지 몰려나와 동훈 형에게 줄 갖가지 귀한 선물들을 내놓았다. 찹쌀떡을 준비한 이웃 아주머니, 삶은 계란을 보자기에 싸 미적미적 내미는 허리 굽은 할머니, 손수 정성들여 수놓은 손수건을 건네는 이웃집 누나, 미처 선물을 준비하지 못한 남정네들은 주머니를 뒤져 노자 돈을 내놓았다. 어머니가 준비한 음식에 이것들을 보태자 짐이 많아져 머슴을 읍내 버스 정류장까지 동반해야만 했다.

면회소에 나타난 동훈 형의 얼굴은 건장한 구리 빛 얼굴이었다. 고된 훈련 때문인지 체중은 줄어 있었으나 체격만은 강건하고 야무져 보였다. 어머니는 동훈 형의 훈련 동기생들을 모두 불러 음식을 배불리 먹였다.

그로부터 몇 달 후 동훈 형은 첫 휴가를 나왔다. 휴가를 나온 동훈 형의 모습은 늠름하기 짝이 없었다. 잘 다려 입은 국방색 군복은 품위가 넘쳐 흘렀고 상의 견장에서부터 아랫바지까지 일직선으로 내려 뜨려진 붉은색 줄무늬 역시 매무새를 돋보이게 하였다. 야무진 체격,

잘생긴 얼굴, 잘 차려 입은 군복은 삼위일체를 이루고 있었다. 그런 동훈 형을 본 혼기 찬 딸을 둔 마을 사람들은 서로 사위로 삼고 싶어 안달일 정도였다.

첫 휴가를 다녀간 동훈 형은 얼마 후에 보성강 발전소의 경비 병력으로 차출되어 파견 근무를 나왔다. 보성강 발전소는 보성군 득량면에 위치하는 수력 발전소였다. 산간지대를 근거삼아 암약하는 좌익 세력들은 야간을 이용하여 국가 행정 기관은 물론 저유소, 미곡 창고, 발전소, 변전소, 철로 같은 국가 기간 산업시설을 습격하는 일이 잦았다. 그러므로 당국은 그런 중요한 시설을 보호할 필요가 있었다. 보성강 발전소 역시 보호 대상 1호였던 것이다. 동훈 형이 근무하는 보성강 발전소와 우리 마을은 그렇게 먼 거리가 아니었다. 보성읍을 지나고 장동·장평면 소재지를 경유 봉림 삼거리에서 피재를 넘으면 공수평 마을은 지척간이었다.

동훈 형은 주말이면 쉽게 외출을 나왔다. 부대장과 함께 지프차를 타고 M 1 소총을 소지한 채 외출 나와 마을 뒤 엉골 골짜기에 득실거리는 꿩, 멧돼지, 노루 등 산짐승을 잡아 마을 잔치를 크게 베푼 일도 여러 차례였다.

여순반란군들의 은거지였던 가지산.

국군 14연대의 여순반란

1948년 여름, 동훈 형의 부대는 임무 교대되어 여수 본대로 귀환했다. 동훈 형의 부대가 원대 복귀한 지 얼마 지나지 않은 그해 10월 19일에 근대사의 한 획을 그은 '여순반란사건'이 발발하고 말았다. 여순반란사건의 전주곡은 '제주 4·3사건'이었다. 1948년 4월 3일 제주도에서 발생한 4·3항쟁은 처음엔 남한만의 단독 정부 수립을 반대한 남로당 제주도당의 무장 봉기로 야기된 내란이었다. 반란은 진압되기는커녕 확대 일로를 걷고 있었다. 설상가상, 점입가경으로 제주시 주둔 국군

제9연대 소속 일부 병력까지 좌익 반란군과 합세하기에 이르렀다. 한 라산을 중심으로 활약하는 그들을 진압하는 데 9연대 잔여 병력과 경찰의 힘만으로는 역부족의 지경에 이르자, 정부에서는 여수 주둔 국군 제14연대의 1개 대대를 제주도에 파병하기로 방침을 정하고 출동 명령을 하달했다. 동훈 형이 속한 ×대대가 출동 부대로 선정되어 1948년 10월 19일 아침을 기해 여수항을 떠나 제주도로 출동하려고 만반의 준비를 갖추고 있었다. 그런데 그날 새벽, 느닷없이 지창수, 김지회 등 몇몇 공산주의자들이 주동이 되어 부대는 반란을 일으키고 만 것이었다.

그 소식은 방송과 신문, 사람들의 입을 통해 날개 돋친 듯 금세 온 마을에 퍼졌다. 어머니는 마을 주막에 술 배달 나온 장터 술도가 배달부의 입을 통해 그 소문을 전해 들을 수 있었다. 청천벽력이나 다름없는 그 소식에 어머니는 안절부절 어쩔 줄을 몰랐다. 그날부터 어머니는 새벽마다 장독대와 부엌 부뚜막에 정화수를 차려놓고 정성으로 아들의 무사 귀환을 빌고 또 빌었다. 집안일이며 농사일을 제쳐놓고 날이 밝기 무섭게 용하다고 소문이 난 점쟁이를 찾아 불원천리 길을 나섰다. 그 일은 어머니에게 날마다 반복되는 일과나 다름없었다. 영암 땅 입석 마을 구렁이 점쟁이는 물론 해남 송지면 땅끝의 총각 점쟁이, 고창 선운사의 애기 보살까지도 찾아봤다. 점괘는 한결같이 동훈 형이 살아 있다고 나왔다. 머지않아 동북방에서 홀연히 나타날 것이라는 등, 송대암 부처님의 법력으로 절대로 무사하니 안심하라는 등 희망적인 점괘가 많아 어머니는 조금은 안심이 되었다. 어머니는 야밤에도 우리집 대문을 닫지 못하게 했다. 빗장을 걸지 말고 슬며시 닫은 후 꿸 것으로 받쳐만 두라고 가족들과 머슴에게 신신 당부했다. 언젠가 돌아올 아들을 맞기 위한 어머니의 속 깊은 배려였다. 산바람에 소나무 숲이 바람 소리를 내거나 한밤중에 마을의 개들이 컹컹 짖기만 해도 행여 아들이 오는가 싶었고, 바람결에 휩쓸려 온 낙엽이 툇마루를 스쳐가기만 해도 혹시 아들인가 하여 봉창문을 열어 보곤 하셨다. 휘영청 달 밝은 밤이면 마당으로 나가 여수 방면 하늘에 시선을 던진 채 하염없이 눈물을 흘리시는 어머니는 반란사건이 터진 후부터 습관적으로 깊은 잠을 못 이루었다.

한편으로, 경찰에서는 우리집을 반란군의 집이라고 지목하고 감시를 게을리하지 않았다. 마을에 밀정을 심어 우리집 동정을 탐지케 하고 수시로 부하들을 보내고도 안심이 되지 않는지 지서 주임이 직접 찾아오기도 하였다. 지서 주임은,

"반란군 아들이 돌아오면 즉시 지서에 신고하여야 합니다!"

큰 소리로 으름장을 놓고 가기도 했다. 경찰 당국과 지서 주임은 반란군이 된 동훈 형이 언젠가는 집에 나타날 것이라고 확신하는 것 같았다.

10월 19일 새벽에 여수시 관공서와 시내를 장악한 반란군은 기세등등하게 열차를 이용해 당일로 순천까지 진출하였다. 홍순석이 주동이 된 순천 주둔 14연대 일부 병력도 반군과 손을 잡았다. 반란 부대가 여수와 순천 시내 각급 기관을 장악하자 지방 좌익들은 때를 만난 듯 행정과 치안을 떠맡으며 설쳐대고 있었다. 그들은 시민들의 안위를 살피는 데는 아랑곳 않고 개인적인 앙갚음에 혈안이 되어 미처

몸을 피하지 못한 경찰을 비롯한 공무원, 우익 인사, 부유층과 그 가족까지 처단하는 보복을 서슴없이 자행했다. 여수·순천 시내는 아비규환의 생지옥이나 다름없었다. 순천에 집결한 반란 부대는 광주 방면, 광양 방면, 벌교·보성 방면으로 편대를 나누어 진격을 계속하였다. 그러나 모든 일이 반란 부대의 뜻대로 되는 게 아니었다. 반란군을 진압하기 위한 정부 당국의 방어조치도 기민했다. 정부에서는 광주에 전투사령부를 설치, 사령관에 송호성 준장을 임명하고 국군 20연대와 제2, 제5여단을 투입하여 진압 작전에 임했다. 광주에서 투입된 국군은 화순·보성 방면으로 남하하여 반란군의 광주(光州) 방면 북상과 목포(木浦) 방면으로의 서진(西進)을 저지하고, 마산 15연대는 광양(光陽)·부산(釜山)을 향해 진격해 오는 반란 부대의 진로를 차단했다. 다른 지역의 국군 부대와 각 경찰서의 경찰 병력들도 지원군으로 방어 전선에 속속 투입되었다.

여수 주둔 국군 제14연대내에 침투해 있던 좌익 세력들이 1948년 10월 19일을 기해 반란을 일으킨 것은 좌익 사상을 갖고 있는 14연대 연대장 오동기 소령의 여수경찰서 사찰과 대대 병력의 제주도 출동이 맞물리는 등 상황이 다급해진 때문이었다. 그들 좌익 세력들은 북한이 언젠가 남침을 감행하면 후방에서 내응키 위해 때를 기다리고 있는 잠복 세력이었으므로 거사에 신중을 기해야만 했었다. 심모원려가 결여된 그들은 준비가 안 된 상태에서 허겁지겁 군사를 일으킨 후 내심 북한의 지원을 바랐을 테지만, 2년 후의 6·25전쟁을 준비 중이던 북한 당국으로서는 계획에 차질을 주는 난감한 일이 아닐 수 없었을 것이다. 그들은 북한의 김일성으로부터 격려의 말과 지원은 커녕 성급한 봉기라며 질책을 받았다고 전사에 기록되어 있다.

이렇듯 사정이 다급해지자 10월 19일 새벽을 기해 반란을 일으킨 반란군 수뇌부는 거사가 계획적이지 못한 데다가, 이를 호기로 여겨 개인적인 앙갚음에 혈안이 된 지방 좌익들의 보복 행위 때문에 곳곳에서 인심을 잃고 있었다. 자고로 관군과 반군의 세력 다툼에서 가장 유념할 점은 명분과 병참이라 했다. 근세사의 한 페이지를 장식하는 이조시대에도 이징옥·이시애·이인좌·이괄·홍경래의 난 등 수많은 역성지변이 발생하였지만 앞서 말한 두 가지 점에서 불리한 반군이 승리한 예는 한 번도 없었고 도리어 주모자는 심복들에 의해 살해당하는 비극으로 끝나고 말았었다.

무산 계급이 새 세상의 주축이 될 거라는 공산주의 사상에 심취된 일부 사람들까지도 사상적인 이론과 실제 행동이 다른 좌익 세력들의 행동을 보고 고개를 갸웃거리며 의아해 하기 시작했다. 공산주의자들이 다스리는 세상이 되면 온 천지가 개벽하여 요·순시대라도 올 것으로 예상했던 민심은 그들의 무차별 만행에 등을 돌리기 시작한 것이었다. 천심이라는 민심의 이반에 겹쳐 병참과 지휘 체계까지 무너져 버리고 보급 역시 달리자 반란 부대의 사기는 땅에 떨어지고 있었다. 진압군의 반격은 날로 거세어져 한 발짝도 앞으로 나아갈 수 없었다. 설상가상으로 하늘에는 공군기가 출현하고 해안으로는 함정이 출동하여 함포 사격을 가해 왔다. 반란 부대는 하늘과 바다, 지상으로부터 전천후 공격을 받게 된 것이었다. 패주를 거듭하던 반란 부대는 마침내 풍비박산되어 사상누각처럼 지리

멸렬하기 시작했다.

정예 국군 진압 부대는 10월 22일에 순천을, 25일에는 여수를 탈환했다. 몇몇 골수 공산주의자들의 사주로 발발한 여순반란사건은 불과 일 주일도 버티지 못하고 주력이 궤멸되는 5일 천하로 끝장나고 말았다. 반란군들의 주검은 시산혈해를 이루었고, 겨우 살아 남은 패잔병들은 뿔뿔이 흩어져 그들의 주둔지에서 가까운 구례 지리산, 광양 백운산, 승주 조계산, 화순 중장터 골짜기, 유치 산골 같은 깊은 산 속으로 숨어들었다.

여수·순천이 탈환되고 반란군들이 산지 사방으로 흩어졌다는 데도 점괘와는 달리 동훈 형은 집에 돌아오지 않았다. 아들의 소식을 알 수 없는 어머니는 가슴이 터질 것만 같았다. 일손이 도통 잡히지 않고 매사가 안절부절이었다. 심기만 불편할 뿐 어머니에게는 뾰족한 방법이 있을 수 없었다. 어느 칠흑같이 어두운 밤중에 동훈 형과 함께 14연대에 입대한 이웃집 진철 형이 홀연히 돌아왔다. 아들의 소식을 묻는 어머니에게 진철 형은 절망적인 소식을 전했다. 함께 보성 경찰서 수성 작전에 참가했으나 국군의 공격에 혼비백산 쫓긴 후로는 소식을 모른다는 것이었다. 견고한 포위망을 뚫지 못하고 붙잡혔거나 아니면 살아 남기 힘들었을 거라고 진철 형은 말끝을 흐리고 있었다.

당시 토벌대들은 투항하는 반란군들까지도 인정사정 없이 즉결 처분 사살 조치하였으므로 섣불리 귀순할 수도 없는 일이었다. 진철 형의 아버지는 궁여지책으로 아들을 농부로 변장을 시켜 마을을 떠나게 했다. 그날 밤으로 피재 너머 장평면 일가 집으로 피신시켜 머슴을 살도록 조처한 것이었다. 당국의 선처가 있을 때까지 시간을 벌기 위함이었다. 진철 형의 절망적인 말에도 기대를 버리지 않은 어머니는 하루도 거르지 않고 조석으로 조왕신에 치성을 드리며 아들의 무사 귀환을 빌고 또 빌었다.

그런 진철 형 때문에 우리집은 커다란 피해를 입게 되었다. 낌새를 챈 지서장이 동훈 형이 집에 온 것으로 잘못 알고 우리집을 목표로 수색 작전을 펼친 것이었다. 어느 날, 새벽녘부터 마을을 포위한 채 우리 집안 동정을 감시하고 있던 경찰들은 아침이 되자 허공을 향해 공포를 마구 쏘아대며 우르르 집안으로 몰려들었다. 그들은 마당에서 가을 타작 준비를 하고 있는 우리 가족들에게 총부리를 겨누며 옴짝달싹 못 하게 했다.

"다 알고 왔으니 반란군 아들놈을 내놓으시지!"

지서 주임은 거들먹거리며 어머니를 향해 권총을 꼬나 들었다.

"머시여라? 우리 동훈이가 집에 왔다고라? 세상에나! 시방 우리 동훈이가 죽었는지 살았는지 소식 몰라 애간장이 녹아나는 판인디 동훈이가 어쩌고 어쨌다고라?"

경황중이었지만 평소 담이 크다고 소문난 어머니는 조금도 낯빛을 변치 않고 지서 주임에게 따지듯 대들었다. 보통 여인으로서는 취하기 어려운 배짱이었다.

"이 아주머니 능청 떠는 것 좀 보게. 아들놈이 집에 왔다는 정보를 알고 왔는데도 배짱일세. 그렇게 시치미뗀다고 넘어갈 줄 알아요?"

험상궂은 얼굴로 양 미간에 내천 자를 그리며 어머니를 노려보고만 있던 지서 주임은 집 주변을 둘러싼 채 사주 경계에 임하고 있는 부하들을 불러들였다. 지시를 받은 경찰들은 기민하게 움직였다. 부하들은 군화를 신은 채 안방으로 들어가 장롱을 열어 보기도 하고 세간을 들추는가 하면 다락까지 수색하였다. 소기의 목적을 달성치 못하고 마당으로 나온 그들은 착검한 총으로 나뭇단이나 짚단을 쑤시기도 하고 장독을 깨뜨리는 등 야단법석을 떨었다. 그렇다고 집에 오지 않은 동훈 형이 나타날 리 만무했다. 아무런 소득이 없자 울화가 치민 지서 주임은 분풀이라도 하려는 듯, 서울의 책방에서 점원으로 근무하다가 잠시 집에 다니러 와 있던 동숙 형을 결박지어 마을 앞 탐진강변으로 끌고 갔다. 지서 주임은 동숙 형을 자갈밭에 뉘어 놓고 얼굴에 양동이로 물을 쏟아 부었다.

"동생놈 어디 숨겼나? 빨리 불지 못하겠어!"

"숨기긴 누굴 숨겼다고 그러시오? 내 동생은 절대로 집에 오지 않았소."

"이 새끼 정말로 독종인데. 바른말을 할 때까지 고춧가루 물을 퍼먹이라!"

동숙 형의 물 고문 소식을 전해 들은 어머니는 맨발로 강변까지 허겁지겁 달려나왔다. 어머니는 지서 주임 앞에 무릎을 꿇고 매달렸다.

"지서장님! 야가 무슨 죄가 있다고 그러시오. 야는 에미 없이 자란 불쌍한 자식이오. 제발 용서해 주시오. 죄는 지 동생놈이 지었는디 왜 애먼 이 애한테 이러시오. 우리집은 자고로 우익 집안이었소. 돌아가신 영감님이 십 년 동안이나 우리 면 면장을 지내셨당게라. 철딱서니 없는 것이 농사짓기 싫응 게 출세 한번 해보겠다고 14연대에 지원한 것이제 딴 맘이야 있었겠소! 지서장님, 제발 용서해 주시씨요."

"죄는 동생놈이 지었는데 왜 애먼 이 애한테 이러느냐? 거 말이 되는군요. 그건 그렇다치고, 돌아가신 영감님이 어쨌다고라?"

어머니의 진지한 애원에 마음이 움직였는지 지서 주임은 다소 누그러진 태도를 보였다.

"본면 면장을 지내셨당게라. 정 못 믿겠으면 마을 사람들한테 한번 물어 보시랑게라."

"그건 그렇고, 궁금한 점이 또 있소. 이 젊은이가 어머니 없이 자랐다면 아주머니 아들이 아니라 그말이요?"

지서 주임은 그 점이 몹시 궁금한 모양이었다.

어머니로부터 자초지종을 듣고 난 지서 주임은 물 고문을 멈추게 했다.

"아주머니가 낳은 자식도 아닌데 마음 씀씀이가 정말로 가상하요. 이 사람 역시 계모 밑에서 자란 사람이요. 돌아가신 영감님 체면과 아주머니의 심성을 보아 이만 끝내는 것이니 그런 줄이나 아쇼. 그 대신 아들이 돌아오면 반드시 지서에 신고해야 합니다. 알겠지요?"

"아먼이라. 약속하고 말고라."

지서 주임은 병력을 철수해 돌아갔다. 포악하기로 이름난 지서 주임이었지만 배 아파 난 자식도 아닌 전실 소생을 감싸는 어머니의 정성에 감복하고 선친에 대해서 전관 예우를 해준 것 같았다. 며칠 전, 아들이 반란 14연대에 지원한 탓으로 본의 아니게 반란군 가족의 누명을 쓰게 된 관내 어느 집을 찾아가 연좌제를 적용, 서슴없이 온 가족을 한 구덩이에 몰아넣고 즉결 처분한 지서 주임이고 보면 이번 조치는 이례적인 조치가 아닐 수 없었다. 당시의 지서장은 봉건시대 선참후계(先斬後啓), 생살여탈(生殺與奪) 여부를 손에 쥔 권력자나 다를 바 없었다. 양민을 살해하고도 '통비분자 ×명 사살'이라고 상부에 보고만 하면 그만이었다.

경찰이 물러가자 진철 형네 부모인 염부 양반 내외가 제일 먼저 달려와 어머니를 위로했다.

"새집댁(어머니의 택호)! 미안해서 어쩌게라. 새집댁이 입만 잘못 뺑긋하였더라면 우리집은 줄초상날 뻔하였소. 참말로 고맙소. 이 은공을 머시로 보답해야 쓰게라 잉."

지서 주임의 강압에 놀란 어머니가 겁을 집어먹고 심기가 약해져서 진철이가 돌아온 사실을 실토해 버리면 어쩌나 조바심을 치며 발을 동동 구르고만 있던 진철 형네 부모는 어머니의 현명한 처신으로 사태가 수습되자 비로소 안도의 한숨을 내쉬었다며 침이 마르도록 어머니를 치하해 마지않았다.

그로부터 십여 일 후 한밤중에 정말로 동훈 형이 돌아왔다. 그날 밤 따라 온 마을의 개들이 약속이나 한 듯 앙칼진 울음소리로 짖어대고 있었다. 누군가 수상한 사람이 나타났다는 신호였다. 곧이어 쿵! 하고 지축을 울리는 음향이 집안을 울렸다. 누군가가 담장을 넘는 발굴음 소리였다. 동훈 형이 월장을 하고 있는 것이었다. 집안으로 들어온 동훈 형은 안방 봉창문 앞에서 발걸음을 멈추었다.

"어머니, 저예요! 동훈이에요."

봉창문 아래에다 대고 동훈 형은 나지막한 목소리로 어머니를 불렀다.

"뭐시라고! 동훈이라고?"

화다닥 안방 문을 열고 나온 어머니는 어둠 속에서도 쉽게 아들을 알아보고 덥석 두 손을 붙잡아 방 안으로 이끌었다.

"아이고 내 새끼야, 이렇게 살아 돌아왔구나! 그 동안 을매나 고상이 많았더냐."

어머니는 혹시 염탐꾼이 보는가 싶어 방에 불도 켜지 못하고 아들을 부둥켜 안은 채 몸을 사시나무 떨 듯하였다. 지난번 지서 주임의 살벌한 호통에도 그처럼 의연하시던 어머니였는데, 막상 아들이 돌아온 현실에 직면하자 겁부터 나는 모양이었다.

"배고프지야?"

가까스로 정신을 수습한 어머니는 부랴부랴 부엌으로 가 먹거리를 차반에 담아 아들 앞에 내왔다. 차반에는 뒤안 수십 년 묵은 꾸리감나무에서 따 갈무리해 둔 홍시와 찐 고구마가 가득 들어 있었다.

아흔아홉 골짜기 엉골 초입.

반란 부대의 패주

　　　　　　　　동훈 형이 속한 서진(西進) 반란 부
대의 선봉은 벌교·조성을 거쳐 경찰과 관계 공무원들이 모두 줄행랑
치고 없는 보성읍에 무혈 입성했다. 읍내 각 기관을 장악한 반란 선
봉 부대는 후속 부대가 도착하는 대로 전열을 정비하여 장흥·강진·
목포 방면을 향해 진격할 계획으로 있었다. 그러나 국군의 완강한 저

항에 진로가 막힌 주력 부대는 선봉 부대의 뒤를 받쳐 주지 못했다. 동훈 형의 선봉 부대는 더 이상 진격할 수 없었다. 반란군들은 보성 읍내의 각 기관에 분산 배치되어 사주 경계에 임하며 사태의 추이를 관망하고 있을 뿐이었다. 동훈 형은 진철 형과 함께 일개 소대 병력으로 보성 경찰서 사수 임무를 맡고 있었다. 보성 시내는 양측의 전초 기지답지 않게 한동안 정적에 휩싸여 있었다. 반란 부대원들이 무료를 달래며 주변 경계에 임하고 있는 어느 날, 군용 차량 여러 대가 갑자기 시가지에 모습을 드러냈다. 그런데 그 군용차 행렬은 적재함이 텅 빈 빈차였다. 경계중이던 동훈 형을 비롯한 반란군들이 빈 군용 차량들의 정체를 몰라 멍청하게 바라만 보고 있는 사이, 적재함 바닥에 엎드려 있던 일단의 국군들이 차에서 뛰어내려 각개전투 대형을 갖추며 일제히 공격해 오는 것이었다. 불의의 기습에 당황한 반란군들은 제대로 대항 한 번 해보지 못하고 경찰서 뒷담을 넘어 뿔뿔이 도망질치고 말았다.

동훈 형의 부대는 다른 패잔 부대와 함께 미력면 방면으로 후퇴하여 화순으로 가는 예재를 넘었다. 예재 너머 이양면에는 구한말 의병투쟁의 본거지였던 쌍봉사가 있었다. 쌍봉사에 집결하여 부대를 정비한 반란 부대는 한길에서 가까워 쉽게 노출될 염려가 있는 쌍봉사를 떠나 험준한 지형의 청풍면 골짜기로 이동했다. 그곳에서 지척인 화학산과 바람재를 넘으면 험준한 유치 산골이었다. 지리산으로 들어가자는 중대장에게 동훈 형은 유치 산골의 천험한 지형과 은둔의 역사를 침이 마르도록 설명하여 그의 마음을 움직일 수 있었다. 동훈 형은 어떻게든 고향 가까이 가고 싶었던 것이다.

반란 부대는 화학산을 넘어 유치 산골 막창 소양·강만·운월 마을에 진을 쳤다. 비로소 진압군의 추격권에서 벗어난 반란 부대는 한숨 돌릴 수 있었다. 부대는 잔여 병력을 수습하여 진용을 재정비하였는데 중대 규모의 병력 중 살아 남은 병사는 그 절반에도 미치지 못했다. 겨우 한 대 있는 통신 장비는 전원이 고갈되어 본대와 교신할 수도 없었다. 통신마저 두절되고 보급로마저 끊긴 반란 부대는 고립무원의 상태가 되었다. 이제 그들은 모든 보급품을 자급 자족하여야만 하였다. 그들은 인근 산간 마을에 들어가 군수품을 징발하고 숙식을 강요하며 겨우 연명하고 있었다.

유치 산골로 숨어든 반란 부대의 정보를 진압 부대가 모를 리 없었다. 그들 군경 토벌 부대는 전열을 정비하여 유치 산골의 공비 토벌작전에 임했다. 반란군들은 편히 한곳에 오래 머무를 형편이 못 되었다. 부대장(중대장)은 군경 토벌 부대의 공격을 천험한 유치 산골의 지형 지물을 활용하여 저지하려는 작전 계획을 세웠다. 토벌부대와 교전하는 척하면서 치고 빠지는 게릴라 전법이 적절한 대응책이 될 것이라고 부대장은 생각한 것이었다. 게릴라 전법은 전광석화와 같은 기습 작전과 신속한 이동이 생명이었다. 부대장은 토벌 부대의 후방을 공격하여 그들의 간담을 서늘하게 할 요량으로 부대의 이동을 명령했다. 목적지는 강진군 옴천면과 접경인 유치의 최남단 마을 신월리라 하였다. 신월리는 자연 부락인 신리와 월암 마을을 통틀어 일컫는 마을로서 전라도병마사가 군림했던 병영성과 수인산성에서 그리 멀지 않은 위치에 있었다. 그곳에서 월암 마을 골짜기 능선을 넘고 관동 마을을 경유하면 덤재나 국사봉으로도 쉽게 갈 수 있었다.

유치 산골 최북단 소양리에 머물고 있던 반란 부대는 야음을 틈타 유치의 최남단 마을 신월리를 향해 행군을 개시했다. 행군 코스는 탐진강 상류 실개울을 따라 보림사 골짜기로 내려가는 길로 잡았다. 반란 부대는 정숙 보행으로 밤길을 재촉하여 암천, 동산, 봉덕, 당산 삼거리, 노리목을 거쳐 한밤중에야 엉골 초입에 이르렀다. 밤이슬에 옷이 흠뻑 젖어 후줄근해진 병사들의 몸은 피로에 지칠 대로 지쳐 있었다. 엉골 초입, 큰골과 작은골이 갈리는 삼거리 한복판에 우뚝 솟은 수백 년 묵은 당산나무 아래에서 부대는 행군을 멈췄다. 부대장은 동훈 형을 불렀다. 동훈 형이 부근 마을 공수평 출신임을 알고 있는 때문이었다. 부대장은 동훈 형에게 명령을 내렸다.

"거멍이 새끼들이 경계하고 있는 지서를 피해 가자면 엉골에서 기역산 산길로 우회할 수밖에 없다. 그러자면 길을 잘 아는 안내자가 필요하다. 동훈 동무는 즉시 마을에 내려가 길잡이를 한 사람 물색해 오라!"

당시 반란군들은 경찰을 가리켜 거멍이, 국군을 노랑개라고 불렀던 것이다.

그렇게 해서 동훈 형은 집에 들른 것이었다.

"……아가! 그 사람들을 따라가지 말고 그냥 집에 눌러 있으면 안 되겠냐?"

어머니는 아들의 옷소매를 부여잡으며 애원하듯 말했다.

"그럴 수는 없습니다. 부대장님을 비롯한 수많은 동료들이 저를 눈이 빠지게 기다리고 있는 걸요. 어머니! 시방 사랑방에 자고 있는 젊은이는 누가 있습니까?"

"아까 초저녁에 보니 노리목 정주가 와 있는 것 같드라만, 왜 그러느냐?"

"까닭은 차차 말씀드리기로 하고, 우선 정주를 좀 깨워 주세요."

동훈 형은 어머니의 간곡한 만류를 듣지 않았다. 분위기의 심각성을 눈치챈 어머니는 사랑채로 무거운 발걸음을 옮겼다. 어머니의 부름을 받고 정주 형은 단잠에서 부스스 깨어나 밖으로 나왔다. 동훈 형을 본 정주 형은 반가워 어쩔 줄 몰랐다. 동훈 형으로부터 자초지종을 들은 정주 형은,

"그리 함세."

흔쾌히 어려운 일을 마다하지 않았다. 동훈 형은 정주 형을 데리고 부대가 휴식을 취하고 있는 엉골로 향했다. 동훈 형은 정주 형을 부대장에게 소개했다.

"부대장님! 이 친구는 정주라고 하는 제 죽마고우입니다."

"그래, 수고했어. 동훈 동무는 참으로 훌륭한 친구를 두었구만."

부대장은 동훈 형을 치하하다 말고 동행한 정주 형에게 말머리를 돌렸다.

"정주 동무라고 했소? 고맙소 동무! 내 그 은혜는 잊지 않을 것이오. 조국 통일이 되는 날 동무에게는 김일성 수령님으로부터 반드시 큰 보답이 있을 거요. 그럼 정주 동무 어서 앞장서 주시오. 시간이 없소."

정주 형은 부대를 안내하여 큰골 산길로 접어들었다. 간혹 나무꾼들이나 산짐승만이 지나다니는 험한 산길을 헤쳐 가며 큰골 정상 기역산에 이르자 어느새 어슴어슴 새벽이 밝아 오고 있었다. 정면으로 희미하게 수인산성 정상이 바라다보이고 탐진강 지류인 옴천천에 가설된 대리교(橋) 뒤편으로 질펀하게 누워 있는 오동안 들녘도 시야에 들어왔다.

"부대장님! 저기 강을 가로지른 교량이 보이죠? 그 다리가 대리교입니다. 다리 건너 첫들머리 마을이 대리 1구이고요. 대리 2구를 지나 산모롱이를 돌아 조금 가면 오복 마을이 있습니다. 그 오복 마을에서 요강소를 지나 옴천천을 4km 정도 거슬러 가면 쇠몰 마을이고, 그곳에서 3km 더 가면 옴천면과 경계인 오추 마을이 나옵니다. 월암 마을은 쇠몰과 오추 중간 지점 합수 거리에서 1.5km 지점에 위치합니다."

"그곳 지리는 대강 알고 있소. 내가 알아서 찾아갈 것이니 더 이상 설명은 필요 없소. 정주 동무 수고 많았소. 그럼 잘 가시오."

정주 형은 무사히 집에 돌아왔다. 반란군들은 비밀 유지를 위해 용도 폐기된 길잡이를 즉결 처분하는 일이 다반사였지만 동훈 형의 체면을 봐서인지 부대장은 정주 형을 해치지 않았다. 부대장이 하고많은 은신처를 두고 게릴라 전법을 강조하면서 월암 마을로 길을 잡은 것은 그곳이 자신의 고향 마을인 때문이었다.

부대장을 비롯한 반란군들은 그후 어떻게 되었을까?

그들은 곧바로 뒤쫓아온 군경 토벌대의 추격을 특유의 게릴라 전법으로 피해 가면서 인근 국사봉 기슭과 보림사 골짜기를 다람쥐 쳇바퀴 돌 듯 전전했으나 종내는 주력이 궤멸되고 말았다고 전한다. 그들 중 극소수는 구사일생 목숨을 건져 지리산으로 도망친 사람도 있지만, 거의가 유치 산골을 벗어나지 못하고 구천을 떠도는 중음신 신세가 되었다는 사실을 후일담으로 들을 수 있었다. 당시 부대장이 목적지로 정한 신리·월암 마을은 골짜기가 깊고 산세가 수려하며 수림이 하늘을 가리고 있어 공비들의 좋은 은신처가 되었다. 지금 그곳은 장흥군 산림당국에서 관리하는 '자연 휴양림지구'로 개발되어 사시사철 전국 각지의 많은 관광객들이 찾아와 여가를 즐기는 휴양지로 각광받고 있다.

여순반란 잔당 토벌 작전중인 어느 날, 국군 20연대에 의한 대리·오복 마을의 대량 양민학살이 자행되었다. 지금 뜻있는 인사들에 의해 사건 전모가 밝혀지고 있는 이 사건은, 주모자 처벌, 응분의 보상을 요구중에 있다. 이 사건 역시 그 동안 베일에 가려져 있다가 이제야 알려지기 시작하는 국군 양민학살사건 중의 한 사건이었다.

참변이 벌어지던 날, 나는 학살 병력이 현지에 투입되는 과정을 두 눈으로 똑똑히 목격할 수 있었다. 초등학교 저학년 때의 일이었으나 그 기억은 지금도 생생하여 엊그제 일같이 잊혀지지 않는다. 아침 2~3교시 수업중이었을 것이다. 완전무장을 한 국군을 가득 실은 수십 대의 군용 트럭들이 먼지를 풀풀 일으키며 학교 앞 23번 도로를 통과하고 있었다. 그들은 광주에서 덤재를 넘어온 광주 주둔 20연대 소속 국군들이라 했다. 그들의 행렬은 면 소재지를 지나 남쪽 어디론가 사라졌다. 한식경 후에 대리·오복 마을 부근에서 요란한 총성이 들리고 남쪽 하늘이 연기로 가득하였는데 그게 바로 대리·오복 마을 양민학살사건이었던 것이다.

나는 그 사건이 정주 형이 안내한 여순반란 패잔병 때문에 야기된 사건으로 잘못 알고 오랫동안 의구심을 떨쳐 버리지 못했었다. 그러나 이 글을 쓰면서 어느 문헌을 들췄더니 그 전말이 상세히 기재되어 있어 궁금증을 풀 수 있었다.

'영암군 금정면 한대리 마을에 국사봉을 중심으로 유치 산골에 암약하던 공비들이 보급 투쟁차 출현하였는데 마을의 이장 반장들이 앞장을 서 그들에게 협조하였다'는 긴급 정보를 입수한 광주 주둔 국군 20연대는, 그 응징 차원에서 출동하였다. 국군 20연대는 유치면과 인접한 영암군 금정면 '한대리' 마을을 유치면 '대리' 마을로 잘못 알고 불시에 들이닥쳐 불문곡직, 대리와 인근 자연 부락인 오복 마을 이장 반장을 비롯한 마을 주민들까지 가리지 않고 집단 학살한 어처구니없는 만행을 저질렀다.

반란 부대의 길을 인도해 준 정주 형은 지금도 고향 노리목에 노익장으로 건재하시다. 당시 정주 형이 한 일은 당사자들 외에는 아무도 모르는 비밀이었다. 누군가가 그 사실을 알고 경찰에 밀고라도 했더라면 정주 형의 인생은 진즉 결딴났을 것이었다. 절친한 친구를 위해 아슬아슬한 모험을 마다 않은 정주 형의 우정은 눈물겹기 그지없다. 세상 떠난 동훈 형을 대신하여 막걸리 대접이라도 한다는 노릇이 생각으로만 그치고 있다.

어머니의 간곡한 만류를 뿌리친 동훈 형은 심각한 심적 갈등에 휩싸여 있었다. 눈물을 보이며 한사코 복귀를 만류하는 어머니를 생각하면 당장 집으로 달려가고 싶었지만 사나이 의리상 부대장을 비롯한 동지들을 배반하기 싫었다. 동훈 형은 내색은 안 했지만 이번 거사는 실패한 것이고 자신들의 앞날이 결코 밝지 않을 거라는 생각을 오래 전부터 하고 있었다. 그렇다고 해서 경박하게 대열을 뛰쳐나갈 만큼 동훈 형은 매몰차지 못했다.

정주 형을 데리고 집결지로 오면서부터 슬슬 배가 아파 오며 이상 징후를 보이던 복통은 부대가 행군을 개시하자마자 갑자기 심한 설사병으로 진전되고 있었다. 좀 전 집에 들렀을 때 어머니가 내온 홍시와 찐고구마를 너무 많이 먹은 게 배탈의 원인인 성싶었다. 아무래도 뒤를 봐야만 할 것 같았다. 대열의 후미에 처져 엉거주춤 걷고 있던 동훈 형은 배를 움켜쥐며 길가에 주저앉고 말았다.

"동훈 동무! 왜 그러시오?"

뒤따르던 동료가 곁으로 다가오며 말했다.

"설사병이 난 듯싶소. 이 일을 어쩐다……."

동훈 형은 난감한 표정을 지으며 말했다.

"동무! 뭘 걱정하시오. 뒤를 봐 버리시오. 그러고 나면 한결 나을 거요. 소총은 내가 가지고 갈 테니 일 보고 곧 뒤따라오도록 하시오."

동훈 형은 길 옆 풀밭으로 들어가 바지를 끌어내렸다. 그러나 금방 나올 것 같던 뒤는 수월하게 배설되지 않았다. 동훈 형이 낑낑거리며 억지로 배설을 서두르는 동안 부대의 후미는 시야에서 멀어져 보이지 않았다. 한참 만에 볼일을 끝냈지만 뒤가 개운치 않고 다시 주저앉고만 싶었다. 재차 배설을 끝내고 옷매무새를 추스른 동훈 형은 전방을 주시하였으나 어둠에 뒤덮인 사방천지는 어디가 어딘지 분간하기 어려웠다. 순간, 혼자서 밤길을 재촉해 저만치 앞서간 부대를 따라잡을 자신이 없어져 버렸다. 자신감이 사라져 버린 마음의 공간을 가을 바람 같은 허전함이 대신 차지하고 있음을 동훈 형은 은연중 느꼈다. 웬일인가? 곰곰이 생각해 보니 지금까지 자신을 지켜 주던 분신이나 다름없는 소총이 손에 들려 있지 않은 때문이었다. 무기를 지니지 못한 절뚝발이 병사 처지였지만 한편으로는 홀가분한 느낌도 들었다. 조직에서 이탈하지 못하도록 항상 자신을 옥죄며 감시하고만 있던 애물단지가 순식간에 사라져 버린 듯도 싶고, 이제는 병사로서의 책임과 의무를 저버린다 해도 아무에게도 지탄받을 일이 없을 듯싶었다. 그래서 병사들에게는 무기가 제2의 생명이라는 사실, 비록 실탄이 없고 못 쓰게 된 고철덩어리일망정 무기를 함부로 버리지 않고 소지하는 이치를 동훈 형은 비로소 터득하고 있는 것이었다. 이런저런 생각으로 갈등하는 동훈 형의 귀에 어머니의 목소리가 이명으로 들렸다.

"아가! 어서 집으로 오너라! 어서 오래두……."

이명은 반복되며 차츰 톤을 높여 가고 있었다. 우두망찰해 있던 동훈 형은 멈칫멈칫 뒷걸음질치기 시작했다. 잽싸게 몸을 돌려 집을 향해 도망질치고 싶었지만 자신이 등을 돌리기라도 하면 열성 당원 누군가가 뒤로부터 와락 달려들어 목덜미를 움켜쥘 것만 같아 오금이 재려 쉽게 등을 돌릴 수가 없었다. 동훈 형은 몇 걸음을 뒷걸음치다 말고 용단을 내어 '에라 모르겠다!' 잽싸게 등을 돌려 버렸다. 집을 향해 줄행랑치던 동훈 형은 어깨와 허리에 두른 수백 발의 실탄을 의

식하고는 발걸음을 멈추었다. 무기를 집으로 가지고 갈 순 없는 노릇이었다. 동훈 형은 마을 뒤 한적한 돌무더기 속에 그것들을 깊이 묻어 두고 집으로 향했다.

동훈 형이 그처럼 용단을 내린 이면에는 정주 형의 조언이 크게 작용했었다. 좀 전 집을 나와 엉골에 머물고 있는 부대로 가면서 정주형은 동훈 형에게,

"이봐 친구! 정황을 보아 하니 싹수 노란 전쟁이 틀림없네. 빨리 마음 돌려 먹고 빠져 나오게나. 저들과 같이 다니다가는 까마귀 밥 되기 십상일세. 진철이도 며칠 전에 돌아와 몸을 숨겼네. 잠시 숨어 있다 보면 귀순 조치가 있을 것이네. 이건 내 당숙되는 경찰 고위층으로부터 들은 믿을 만한 정보일세."

간곡하게 말했던 것이다.

"어머니, 접니다. 어머니가 보고 싶어 다시 왔습니다."

"오냐 오냐 내 아들아, 참으로 잘 생각했다."

아들을 다시 본 어머니는 환한 웃음을 지으셨다. 그러나 그도 잠시뿐 어머니는 다시 태산 같은 걱정의 늪에서 헤어나지 못했다. 서슬퍼런 지서장의 얼굴이 떠오르자 등줄기에서는 오싹 소름까지 돋았다. 앞으로 이 애를 어떻게 해야 한단 말인가? 장고를 거듭하시던 어머니는 이웃집 임배 형을 급히 불러내 귓속말로 무언가 지시하고 있었다.

동훈 형은 즉시 마을을 떠났다. 임배 형을 따라 마을 뒤 산 중턱 천연동굴로 몸을 숨긴 것이었다. 동훈 형의 은둔 생활은 그렇게 해서 시작되었다. 낮에는 혹시나 경찰들이 동굴 수색을 할까 염려하여 은

신처를 빠져 나와 근처 수풀 속에 몸을 숨긴 채 주변 동정을 엿보다가 밤이 되면 동굴로 돌아와 낙엽을 둘러쓴 채 잠을 청했다. 먹을 것은 밤늦은 시간에 임배 형이 몰래 가져다 주었다. 동훈 형의 동굴 생활도 오래 갈 수 없었다. 무슨 낌새를 챘는지 날마다 경찰들이 마을을 수색하고 다니는 때문이었다. 어머니는 아들을 이곳에 오래 두어서는 안 되겠다는 생각을 굳혔다. 아무래도 읍내 친정 동네로 피신시키는 게 좋을 듯싶었다. 공무원과 경찰로 근무하는 친정 피붙이가 많으므로 방패막이는 물론 유익한 정보를 쉽게 얻을 수 있을 것으로 믿었던 것이다. 읍내 5일장 날 친정집에 들른 어머니는 오랜 시간 동생과 머리를 맞댔다.

"……어려운 일이긴 합니다만, 우리집으로 보내 주세요."

공무원 신분으로 모험이나 다를 바 없는 위험스러운 일이었지만 외숙은 혈육의 정을 뿌리치지 못하고 흔쾌히 응낙하는 것이었다. 그런 동생이 고마워 어머니는 눈물을 흘렸다. 그러나 올케의 표정은 떫은 감을 씹은 표정이었다.

동훈 형은 그믐밤을 틈타 농사꾼으로 변장한 채 마을을 떠났다. 경계가 삼엄한 지서를 피해 늑룡·월촌·금사리 마을 앞으로 뚫린 사잇길을 우회해서 자신이 14연대에 입대하기 전까지 달구지를 끌고 5일장마다 넘나들었던 빈재몰랭이를 넘었다. 내안리 들녘을 가로지르고 양마골 재 너머 외갓집에 당도한 동훈 형은 컴컴한 다락에서 지루한 은둔 생활을 시작했다.

그러기를 달포, 여순반란사건 패잔병들이 거의 소탕되고 사회가 안정을 되찾자, 당국에서는 마무리 조치로 은신중인 반란군들에게 귀순의 은전을 베풀었다. 외갓집 다락에 숨어 있던 동훈 형도 유치 지서에 출두하여 귀순 절차를 밟았다. 마침, 새로 부임한 유치 지서 주임은 외가 집안으로 먼 친척되는 김희기 경위였다.

"고생 많았구나."

지서 주임은 동훈 형의 머리를 쓰다듬으며 위로해 주었다.

"……이제부터는 좌익 사상을 떨쳐 버리고 대한민국에 충성하는 참사람이 되어야 한다. 또한 부모에게 효도하면서 생업에 열중하기 바란다."

동훈 형은 지서 주임의 일장 훈시를 듣고 전향서에 날인한 다음 훈방 조치되었다. 동훈 형에게 많은 편의를 제공해 준 김희기 경위는 퇴직 후 자유당 시절 지방자치의 효시였던 읍의원을 역임하는 등 장흥 읍내 유지로서 행세하였다. 자유의 몸이 된 동훈 형은 읍내로 다시 나와 장흥서초등학교에 청부로 취직되어 새 삶을 살았다. 외가 집안 형님뻘되는 향토 사학가 김재열 선생이 당시 장흥서초등학교에서 교편을 잡고 있던 배경으로 취직이 된 것이었다. 명석한 동훈 형은 초등학교 준교사 시험을 목표로 삼고 강의록 같은 참고 서적을 구입해 주경야독으로 면학에 힘썼다. 학구열에 불타 있던 동훈 형은 6·25전쟁 직전 초등학교 준교사 자격 시험에 응시, 자신만만하게 시험을 치르고 그 결과만 기다리고 있었다.

유치에 은거한 좌익 세력들의 활동

좌익(左翼)이란 호칭은, 1792년 프
랑스 국민회의에서 의장석을 향하여 오른쪽에 점진파, 중앙에 중간
파, 왼쪽에 급진 과격파인 자코뱅당의 의석을 배정한 데서 유래한다.
최초에는 의회에서 보수당 혹은 우파 부르주아 자유주의 정당에 반
대되는 급진적 사회주의 세력을 일컬었고, 그후 1차 세계대전 중에
형성된 사회민주당내의 급진파에 관하여 쓰여졌다. 우리나라에서는

좌익들의 아지트 국사봉.

해방 후 과도기에 맑스·레닌의 사상에 심취한 친 소비에트 지도자들과 일부 지식 계층들이 부르주아에 반대되는 프롤레타리아 정신을 앞세워 노동자 계급을 의식화시킨 데서 비롯된다. 이론 정립도 없이 감언이설에 현혹된 소작농·노동자 등 이제껏 소외되었던 계층들은 무산계급이 지배하는 그들만의 사회를 꿈꾸며 상부의 지령에 따라 물불 가리지 않는 저돌적인 행동을 감행했다. 이러한 현상은 전국적이었는데 그 중에서도 유치면의 좌익은 그 규모도 컸으며 행패의 도도 지나쳤었다. 광복 이후 유치 산골을 중심으로 활동했던 좌익 세력들의 활동 상황을 역사의 기록을 통해 고찰해 볼 필요가 있다.

1947년 9월 제2차 UN유엔 총회에서 韓國 문제가 토의되었고 48년 1월 26일에 UN에서는 한국위원단의 감시하에 가능한 지역부터 總選擧를 실시할 것을 결의하여 그해 5월 10일 남한 전역에서 총선거가 실시되어, 198명의 의원이 선출되었으며 5월 31일 國會가 열리고 7월 17일 憲法이 공포되었으며 8월 15일 정부가 수립되었다. 동년 12월 12일에는 파리 UN총회에서 46:6으로 한반도의 유일한 합법 정부로 國際承認을 얻기에 이르렀다.

이 무렵 本郡에서는 밤마다 左翼들이 山頂에 烽火를 올리고 선거를 방해하는 등 선동을 하였으나 이에 아랑곳없이 本郡에서는 선거가 추진되어 고영완, 김중기 씨가 출마하여 김중기 씨가 制憲의원으로 당선되었다.

이때부터 지방 左翼들은 지하로 들어가 유치를 근거지로 삼고 各面 支署를 습격하였으며 민가에서 식량, 가축 등을 약탈하는 등 소란을 피웠다. 1948년 10월 19일에 여수·순천반란사건이 일어났다. 반란 패잔병이 보성에서 장동을 경유하여 本邑에 침입해 온다는 정보를 입수한 장흥, 강진 경찰 부대는 탐진강변과 장흥교에 포진하여 叛軍의 침입에 대비하였다. 당시 장흥 경찰서장의 지휘로 장흥읍은 잘 방어되어 피해를 면했고 그 잔당은 유치 산골로 밀려들었다. 그들 패잔병은 적은 단위 組로 유격전을 벌여 本郡의 邑을 비롯하여 각 지방에서 준동하였으며 야음을 틈타 약탈, 살인, 방화, 납치 등 만행을 저질렀다.

11월에는 국국 20연대 1개 중대가 本郡에 파견되어 반군 소탕 작전을 감행하여 진압 소탕한 후 철수해 갔다. 49년에 들어서도, 이해 가을에 유치에 근거를 둔 여순반란 잔당이 本郡 민족청년단 본부를 야간에 피격하여 방화하였으며, 이틀 후에도 지금의 해동 여관 일대를 야간에 침입하여 방화하는 등 소란을 피우자,

재차 국군이 파견되어 군경 합동으로 토벌작전을 전개하여 완전 소탕하고 국군 부대는 50년초에 철수해 갔다.

이상은 장흥의 역사서 격인 군지(誌)의 기록이다. 이를 보더라도 유치 산골은, 대한민국 정부가 수립되고 이에 불복하는 저항 세력들을 불법 단체로 규정, 활동을 제약하자 지하로 숨어든 남로당 세력을 주축으로 한 좌익 세력들이 몰려와 준동했음을 알 수 있는 것이다. 유치면은 여순반란사건을 계기로 세상에 널리 알려졌으며 6·25전쟁 때는 그 이름값을 톡톡히 치러야만 했다.

『디지털 장흥의 역사』에 이런 기록도 있다.

'1947년 11월에 산중에서 좌익신문 『농민 투쟁』이 발행되었으며 1949년 4월에 인민유격대 전남총사령부가 설치되고 유치의 폭도들이 부산 지서를 소각하는 행패를 부렸다.'

유치면의 좌익 세력들로부터 우익 지주 계층으로 지목되어 테러 당한 인사로 덕산 마을 문재구 박사의 부친 **문우열** 씨를 들 수 있다. 문박사의 할아버지 **문계홍(文桂洪)** 씨는 일정 시대 유치면 2대 면장을 지낸 면내 유지로 거부였다. 문 면장은 선친의 바로 전임이기도 하였다. **문계홍** 면장이 세상을 뜨자 아들인 우열 씨가 유산을 이어받았다. 많은 재산을 상속한 우열 씨는 사재를 희사하여 유치초등학교 설립에 이바지하는 등 선행을 베푸는 데 소홀하지 않았다. 튼튼한 재력의 뒷받침이 있어 우열 씨의 아들 문재구 씨는 멀리 대구사범학교에 유학

할 수 있었다. 문재구 씨는 대구사범학교를 졸업하고 광주 서석초등학교로 초임 발령을 받았으나 고향 근무를 자원하여 유치서초등학교의 전신인 조양리(원등) 소재 분교로 부임했다. 그는 학교 사택에서 할머니와 부모를 모시고 생활하고 있었다. 1948년 12월 8일(음력) 한밤중에 국사봉에 은신중이던 좌익 세력들이 사택으로 쳐들어왔다. 그들은 우열 씨와 문재구 선생을 결박지어 학교 운동장으로 끌고 갔다.

다음은 취재중인 필자와 문 교수의 대담 내용이다.

"끌려가셨는데도 어떻게 살아 남으셨습니까?"

"천우신조라고나 할까. 우리 부자가 묶여 가는데 할머니께서 대장되는 사람한테 매달려 애걸복걸 통사정을 하시더군. 조상님들 제사상이라도 차리게 제발 손주놈만은 살려 달라고 말야. 아버지와 나를 학교 운동장 한 귀퉁이로 끌고 간 우두머리가 쓰윽 대검을 뽑아들더니 내 얼굴에 들이대며 '살고 싶으냐?' 한마디 하더라고. 부들부들 떨며 대답을 못 하자, 그는 대검으로 내 몸을 결박지은 포승을 싹둑 자르더니, 가라! 그러더라구."

"할머니의 애원에 마음이 약해졌던 모양이죠?"

"그랬을지도 모르지. 당시 유치지구 총책에 신풍리 사는 문홍출이라는 사람이 있었는데 그 사람은 우리 문중 사람인지라 여태 우리집의 방패막이가 돼 주었지. 그런데 그 일만은 어쩔 수 없었던 모양이야. 그 대신, 나를 살린 것 같애. 우두머리는 억지로 내 등을 밀치며 '빨리 집으로 돌아가라. 총소리가 난 5분 후에 아버지의 시신을 수습하고 10분 후에 지서에 신고하라'며 시간까지 일러주더구먼."

"오랜 세월이 지난 일이라서 그런지 몰라도 낭만적인 면모가 조금은 엿보이는 군요."

"낭만이라고? 허허 참, 아버지만 두고 가자니 차마 발걸음이 떨어지지 않아 머뭇거리고 있는데 패거리들이 나를 억지로 떠밀더군. 내가 그들에게 떠밀려 할머니와 어머니가 계시는 안방으로 들어오고 난 얼마 후 밖에서 탕! 탕! 서너 발의 총소리가 들리더라구. 조금 후 방문 앞에 보초를 서고 있던 패거리 두 사람이 슬며시 사라지기에 부리나케 학교 운동장으로 달려가 보았더니 운동장 한 귀퉁이에 시커면 물체가 나뒹굴고 있더란 말시. 바로 아버지셨어……."

"……."

"……나는 피범벅이된 아버지를 와락 끌어안았다고. 아버지께서는 나를 알아보시는지 눈을 크게 한 번 치켜 뜨시더니 '재구냐? 크렁!' 한숨을 내쉬고는 바로 내 품에서 운명하시더군. 그로부터 며칠 후 우리 마을 옆 건동 마을에 사시는 집안 당숙뻘인 금열 씨도 아버지처럼 살해당했다고. 그러니까 선친이 우리 유치면 우익 인사 테러 1호이고 당숙이 2호인 셈이여."

"1호는 당시 세상을 떠들썩하게 했던 문복호(文卜浩) 면장 일행의 덤재 참사 사건이 아닙니까?"

"아녀, 기록이 잘못된 거여. 문 면장 참사는 선친 참변 다음해의 일이었어. 선친 참사 날짜는 1948년 12월 8일이고 문 면장 일행의 참변은 1949년 여름의 일이었다고……."

"그 문제는 나중에 짚고 넘어가겠습니다. 좌익들이 선친을 살해한 이유가 뭐였습니까?"

"많이 가졌다는 죄지. 지주(地主), 말하자면 부르주아라는 거여."

"그후 선생님은 어떻게 되셨습니까?"

"파견 나온 경찰 병력의 호위 아래 부친의 5일장을 치렀지. 치상이 문제가 아니더구먼. 경비차 출동나온 경찰들 뒤치다꺼리에 얼마나 곤욕을 치른 줄이나 아나. 그런 일을 당하고 나자 고향 땅이 송신나더라고. 부친 5일장을 치르자마자 광주 교육청으로 올라와 교육감에게 자초지종을 얘기했지. 교육감이 위로하며 하는 말이 '내가 뭐랬나? 처음부터 서석으로 가랬지 않나, 여기서 가까운 남평으로 갈 테여?' 한마디 하고는 초임으로 결정났던 서석초등학교로 다시 발령을 내더라고. 그래 고향을 뜬 거지."

"그럼 선생님께서도 평생 고향을 외면하셨겠군요?"

"고향인데 어찌 외면이야 하겠어? 장손도 되는데 말야. 그 일이 있고부터 선영에 성묘나 집안 대소사에 참여할 일이 생기면 고향 마을에서 잠 자지 않고 읍내로 나가거나 아니면 지서 옆 숙박시설을 이용했다고. 공비 노이로제에 걸려서 말야."

"당시의 참사가 선생님께서 문학의 길로 들어서게 된 결정적인 동기가 됐다고 봐야 할까요?"

"부인할 수는 없겠고…… 난, 한때 「날개」의 이상에 심취한 적이 있었다고. 이상의 난해시를 능가하는 시를 쓰고 싶었지. 그래서 이상을 흉내내 서울대 공대로 진학했지 않았겠어? 난, 곧 후회하고 말았다네. 공대 필수 요건인 물리, 화학 과목의 기초가 부족해서 도저히 따라잡을 수 있어야지. 그래 할 수 없이 고대 국문과로 진로를 바꿨던 거야."

적성에 맞는 국문학으로 전공을 바꾼 문재구 박사는, 국영방송 라디오 드라마 공모에 당선되어 드라마 작가로 문단에 선을 보였고 나중에 시인으로 정식 등단하였으며, 오랫동안 중앙대학교에서 후진을 양성하다가 정년 퇴직했다.

유치지구에 암약하던 그들 좌익 세력들은 1949년 음력으로 6월 18일(기록에는 1948년 3월 18일로 되어 있음) 경천동지할 만한 대참사를 덤재에서 또 일으켰다. 문복호(文卜浩) 유치면장·지서장·소방대장·청년회장 등 '유치면 유지 유인 살해사건'이 그것인데, 이를 기록한 장흥군지(誌)에 커다란 오류가 발생했음을 필자는 취재 과정에서 발견하고 아연 실색하고 말았다. 장흥군지뿐만 아니라 유치면지 ·『디지털 장흥의 역사』 등에도 모두, 유치면 '문복호 면장 1948년 3월 18일 좌익 폭도들에게 살해'로 기록하고 있는 때문이다. 동년 3월 31일이라고 기재되어 있는 기록도 있었다. 필자는 이 점에 의문이 갔다. 이처럼 한 사건에 날짜가 상이할 리는 없을 터인데? 고인의 가족을 만나 사실을 확인해 보면 정확하게 알 수 있을 것이었다. 필자는 서울에 거주한다는 고인의 장남 문병직 씨를 수소문하여 참변의 경위를 자세하게 청취할 수 있었다.

다음은 문병직 씨가 필자에게 직접 술회한 내용이다.

"……유치 지서 소속 순경이 덤재에 있는 주막 부근까지 순찰을 나갔다가 국사봉을 무대로 암약하는 좌익 폭도들에게 붙잡혀 살해되었던 모양입니다. 좌익 폭도들은 신분을 숨기고 유치 면사무소에 전화를 걸어 '덤재 주막거리에 순경 한 사람이 죽어 있으니 시체를 찾아가라'고 한 거예요. 보고를 접한 선친께서는 지서장에게 이를 전하고 지서장은 본서에 연락하자 본서에서는 스리쿼터 한 대에 형사 두어 명을 보내왔지요. 그 스리쿼터에 선친을 비롯한 지서장, 면내 유지 등 십여 명이 승차하고 덤재 현장으로 출동하였던 겁니다. 경찰 스리쿼터가 덤재를 기어오르는데 심하게 커브가 진 산모롱이 양편에 미리 매복해 있던 좌익 폭도들이 경찰 차량에 집중 사격을 가한 거지요. 불의의 기습에 저항도 못 해 보고 일행 모두가 살해당했습니다. 좌익 폭도들이 미리 작전 계획을 세워 놓고 매복한 채 기다리고 있었던 거죠. 말하자면 덫에 걸린 겁니다. 참변 소식을 듣고 선친의 시체를 수습하러 현장에 가보니 경찰 차량은 커브 길 한길가에 여러 구의 시체와 함께 불태워져 있어 시체를 분간할 수도 없었습니다. 선친만은 한길 옆 골짜기로 끌고 가 목을 쳐 살해하였던 터라 시체를 쉽게 수습할 수 있었죠. 집으로 운구한 선친의 장례는 5일장을 치렀는데 장례식에는 국군 20연대 병사들이 참석해서 조총을 발사하며 원혼들을 달랬죠. 당시 계절이 염천이라서 시체가 상해 상주며 상두꾼들의 코피가 터지는 등 고역을 치렀는데 그 시기가 춘삼월이라니요? 말도 안 되는 소리입니다. 엉터리 기록이라는 정확한 증거가 또 있지요. 다음해 선친 소상 (小喪) 때 문상객을 접대하려고 많은 음식을 장만했는데 마침 그날 인민군들이 유치에 진주하였던 거예요. 겁에 질렸는지 문상객은 한 사람도 비치지 않고 유치에 무혈 입성한 인민군들이 떼지어 문상을 오는 기현상이 벌어졌지요. 장만한 음식을 그들에게 대접했더니 맛있게 먹고 가더라구요. 그런 인연 때문이었는지 우익인 우리 집안이 아무런 피해를 입지 않았습니다. 면장을 지낸 집안은 모두가 반동으로 몰려 떼죽음을 당할 때인데두요. 이 얘기는 이제까지 감추어 두었던 비밀이었습니다."

당시 나는 유치초등학교 저학년이었는데 학교가 파하고 귀가하는 길에 면 소재지에 들렀다가 지서 앞에 끌어다 놓은 불에 타고 선혈이 낭자한 경찰 스리쿼터를 직접 목격한 바 있었으므로 그 참변에 대해서는 산 증인이나 다름없다.

이 글에서 예로 든 참사사건 말고도, 세상에 알려지지 않고 영원히 묻혀 버린 사건들이 얼마나 많았는지는 미루어 짐작할 수 있을 것이다.

이상 문병직 씨의 증언으로 보거나, 유치면에 인민군들이 진주한 날짜가 양력으로 1950년 7월 28일경이었으므로 문 면장의 기일은 음력으로 치면 6월 18일이 정확한 날짜가 되는 것이다. 이렇듯 지역 사

철거된 유치면 소재지.

회의 역사서 격인 군지며 면지의 기록이 날짜는 고사하고 연대까지 상이하다는 사실은 간과할 일이 못 된다. 그런 부분은 언젠가 반드시 바로잡아져야 할 것이다. 특히 음력과 양력을 구분치 않고 기재한 흔적도 곳곳에 보여 정리하는 데 매우 혼란스러웠다. 당국에서는 차후 기록 보정 기회가 있으면 이를 바로잡을 것을 권한다.

내가 군이 역사의 기록에 대한 오류를 짚고 넘어가려는 처사는, 역사의 기록은 정확하여야 한다는 대의명분도 있지만, 그보다도 연대의 착오로 인한 사건의 선후가 뒤바뀌는 오류를 경계하려는 때문이다.

이처럼 국사봉을 중심으로 발호 준동하는 유치지구 좌익 세력을 뿌리 뽑기에는 장흥 경찰서 자체 병력만으로는 역부족이었다. 읍내 방어에도 병력이 달려 전전긍긍인 그들의 입장에서 원정 수색 토벌작전은 엄두도 낼 수 없었던 것이다. 장흥의 경찰 부대를 지원키 위해 정규군인 국군이 유치에 주둔하기 시작한 것은 여순반란사건 직후인 1948년 11월부터였다. 중대 규모의 국군 병력은 유치초등학교 교정 한 귀퉁이에 군막을 치고 야영을 하였는데 그들의 점호며 훈련 모습, 출동 장면을 나는 수시로 볼 수 있었다.

이처럼 6·25전쟁 발발 훨씬 전부터 중대 단위의 정예 국군이 보잘 것 없는 조그만 면 단위 지역에 상주한 경우는 공비들의 본거지 지리산 주변을 제외하고 전국적으로 보기 드문 일이었다. 여순반란사건 패잔병 소탕을 위해 1차 출병했던 국군은 반란군의 주력이 궤멸되고 어느 정도 사태가 수습되자 일단 광주 본대로 돌아갔다가 1949년 6월 18일 문 면장 일행의 덤재 참사에 자극받아 재차 출병했다. 잔당 소탕 임무를 수행하고 다시 철수한 국군 20연대는 49년 말, 유치에 근거를 둔 좌익 세력들이 야음을 이용하여 장흥읍내 시가지까지 침투, 우익 단체 사무실과 민가에 방화하는 등 행패를 부리자 재차 출병하여 다음해 초까지 주둔, 작전을 완료하고 철수했다. 그로부터 몇 달 후 6·25전쟁이 발발하자 최전방으로 이동했던 20연대는 휴전 회담이 진행되고 전방의 전황이 소강 상태를 유지하자 유치지구 공비 토벌작전에 또다시 투입되었다. 이렇듯 국군 20연대는 유치 산골과는 불가분의 인연이 있어 유치면을 제 집 문턱 드나들 듯하면서 많은 전공도 세웠으나 대리·오복 마을 양민학살을 저지르는 우를 범하여 역사에 오점을 남긴 부분도 있었다.

청정해역 수문포 앞바다(사진자료 제공 : 장흥군).

보도연맹원 집단 학살

1950년 초에 그 악명 높은 보도연맹원 학살사건이 있었다.

자유당 정권은 1949년 6월 좌익계 인사들을 전향시켜 '국민보도연맹'이라는 단체를 창설했다. 보도연맹은 전국적인 조직으로 경찰에 의해 통제되고 있었다. 유치 지서 역시 예외는 아니었다. 그들의 통제를 위해 정기적으로 날짜를 정해 유치초등학교 교정에 집합시켜 점호를 취하고 제식훈련과 사상 강좌를 실시했다. 사상 순화와 인원

파악을 겸한 통솔 방침의 일환이었던 점호에 불참한 보도연맹원은 사상적으로 의심받게 되었다. 유치면의 보도연맹원들이 유치초등학교 운동장에 집합하여 제식훈련을 받던 장면을 나는 수없이 목격할 수 있었다. 어린 내가 그들의 동태에 관심이 많았던 것은 서울 서점 근무를 청산하고 귀향한 둘째 동숙 형이 업무가 바쁜 경찰을 대신하여 보도연맹원들을 통솔하는 경찰 보조 조직에서 서무로 일하고 있는 때문이었다. 동숙 형은 손재주가 뛰어나 인장도 잘 새겼고 필체 역시 정갈하여 조직의 서무로 발탁된 것이었다. 전국에 흩어져 있는 그들 보도연맹원들 거의는 6·25 한국전쟁을 전후하여 군경에 의해 집단 학살되었는데 학살당한 수가 무려 30여만 명에 이른다는 기록도 보인다.

······1950년 7월 말께 전남 해남지역 경찰관들이 부산으로 후퇴하면서 보도연맹원 370~380명을 행정선에 싣고 가다가 무인도인 진도군 갈매기 섬에서 집단 처형했다.

최근에 보도된 모 일간지의 기사 내용이다. 이 기사로 미루어 보아 당시 그와 유사한 사건이 전국 곳곳에서 공통적으로 발생했을 것이라는 점에는 의문의 여지가 없다 할 것이다.

보도연맹이란, 여운형이 이끌었던 건국준비위원회 관련자, 박헌영 휘하의 남로당원, 여순반란사건 귀순자 등 과거 좌익 활동자 중에서 개전의 빛이 있다고 판단되는 사람들에게 전향서를 쓰게 하고 관할 경찰서가 이들을 관리하는 좌익 전향자 단체를 말한다. 정부 당국에서는 이들 보도연맹원들의 사상을 불순하게 보고 유사시에 북한군과 내통할 가능성을 우려한 나머지 예비 검속이라는 이름하에 무조건 잡아들여 집단 처형을 하였는데 그게 바로 보도연맹사건인 것이다.

정부로부터 예비 검속 지령을 접수한 경찰은 보도연맹원들을 불러 모으면서 '점호와 훈련이 있으니 꼭 나오라' '내일 먼길을 떠날 테니 신발을 단단히 신고 오라'는 등 사탕발림으로 유인하였다고 한다. 소집에 응하는 그들은 거의가 정상적인 점호나 훈련이 아니면, 자신들이 국군 지원 병력으로 차출되는 걸로 인식하고 스스로 호랑이 굴로 찾아 들었던 것이었다. 그러나 일부는 낌새가 이상함을 감지하고 산 속으로 도망쳐 은신해 있다가 6·25전쟁이 발발해 인민군이 내려오자 개선 장군처럼 하산하여 인공 치하에서 한 자리 차지한 약삭빠른 처신을 보이기도 했다.

보도연맹원 검거 선풍은 6·25전쟁을 전후하여 전국적으로 자행되었는데 지역에 따라 그 시기는 각기 달랐다. 장흥 지역의 경우는 6·25전쟁 발발 두어 달 전부터 숙청 작업이 진행되고 있었던 것으로 기록되어 있다. 장흥 경찰은 그들의 처형 장소로 득량만이 시작되는 안양면 수문포 앞바다를 택했다.

검거 대상자 중의 한 사람인 동훈 형도 예외일 수 없었다. 동훈 형은 직장인 장흥서초등학교에서 경찰에 검거되어 장흥 경찰서 유치장에 수감되었다. 동훈 형의 검거 소식을 듣고, 형의 직장 책임자인 장흥서초등학교 교장 선생님, 읍내 유지로 추앙받던 신흥리 김용호 외숙, 장흥 경찰서에 간부로 재직중인 김용선 외숙 등이 경찰서장에게 통사정하는 등 구명 운동에 발벗고 나서고, 유치 지서장인 김희기 경위의 신원 보증과, 또 선친께서 생전에 면장을 역임한 우익 집안이라는 조건들이 크게 작용하여 동훈 형은 용케도 사지에서 벗어날 수 있었다. 뒤를 보아 주는 사람이 아무도 없었더라면 동훈 형은 굴비처럼 묶여져 장흥 지역 보도연맹원들의 무덤이 된 수문포 앞바다에 수장되고 말았을 터였다.

1951년 초여름, 우리 가족이 금사리 피난민 수용소를 떠나 장흥읍 사안리 1구 외가 동네로 이거하여 보니, 매월 초하룻날과 보름날이면 삭망전(朔望奠)을 지내는 통곡 소리로 온 마을이 진동하였다. 외가 마을에는 보도연맹원사건 때 영문 모르고 끌려가 참변을 당한 가정이 매우 많았던 때문이었다. 외가 마을에는 유난히도 보도연맹 관련자가 많았는데, 그 까닭은 해방 후 좌우 이념 갈등의 격동기에 남로당 핵심 당원으로써 야산대 활동을 한 같은 마을 김갑년 때문이었다. 좌익 골수 김갑년은 무지몽매한 마을 후배들을 꼬드겨 좌익 사상을 주입시키고 야밤에 불온 삐라를 부착하게 하는 등 그들의 앞잡이로 옹골지게 부려먹었다. 검거 선풍이 불자 김갑년은 미리 정보를 입수하고 입산해 곤경을 모면했지만 마을의 젊은이들은 정보에 깜깜해 모두 구금되었던 것이다. 6·25전쟁 때 인민군이 장흥 고을을 접수하자 목포 형무소에 수감되었다가 구사일생으로 목숨을 부지한 김갑년은 금의환향(?)하여 장흥군 인민위원장이라는 감투를 쓰고 호사를 누렸지만 자신 때문에 한때 좌익 활동을 했던 수많은 마을 젊은이들은 영문 모른 채 검거되어 이미 수문포 앞바다에서 젊은 생을 마감하고 만 것이었다.

인공 치하가 되자 무참히 살해당한 외가 마을 보도연맹원 가족들은 망인의 원수 갚음을 한답시고 온 마을을 설치고 다니며 우익 인사와 부유층 집에 분풀이를 다반사로 자행했다. 그러나 얼마 후 상황이 반전되고 입장이 뒤바뀌자 마을 분위기는 매우 어수선하여 서로 얼굴 마주보기를 기피하고 있는 실정이었다. 마을은 심한 전쟁의 후유증을 앓았고 그 증상을 치유하는 데 오랜 시일이 소요되었다.

남침을 개시한 북한군 탱크.

6·25 한국전쟁 발발

1950년 6월 25일 일요일 미명을 기하여 북한 인민군은 38선을 무너뜨리고 남침을 개시하였다. 선전포고도 없이 침공을 했으므로 이 전쟁은 처음에는 사변이라 불리었다. 북한군의 총 병력은 보병 7개 사단, 1개 기갑여단, 특수전 부대 포함 10만 명 규모였다. 북한군은 국군이 소유하지 못한 소련제 장갑차와 탱크를 앞세우고 38선을 돌파했다. 가는 곳마다 승전보를 울리는 북한군의 기세는 가히 파죽지세라 할 만했다. 북한군의 탱크와 장갑차는 국군이 소지한 기관총이나 박격포로는 끄덕도 없어 저지하기 어려웠다. 그것들을 때려부수는 데는 육탄방어 외에는 딴 방법이 없었다. 대동아 전쟁 당시 일본의 가마가제 특공대처럼 수류탄을 까들고 탱크에 올라가 그 안에 폭탄을 투하하고 자폭하는 애국 용사들이 늘어났다. 전사에 길이 빛날 송학산 10용사 이야기는 그 당시 인구에 회자되는 무용담이었다. 그렇다고 해서 적의 예봉이 꺾이는 것은 아니었다. 연이은 승전으로 사기가 오른 인민군은 승승장구하였다. 38선이 무너지고 며칠 되지 않은 개전 3일 만에 수도 서울이 함락되고 한강 다리가 폭파되었다.

방송을 통해 서울을 사수하겠다고 호언장담하던 이승만 대통령은 서울 시민들을 내팽개치고 홀로서 안전지대로 도망질쳐 버렸다. 인민군은 한 달도 못 되어 한반도를 거의 석권하고 낙동강 부근까지 이르렀다. 김일성의 호언대로 8·15 해방기념일을 부산에서 맞을 가능성도 엿보였다.

38선에서 먼 남해안에 자리한 장흥 고을이었지만 전란의 와중에서 예외일 순 없었다. 무더위가 기승을 부리는 한여름에 장흥은 인민군의 수중에 들어가고 말았다. 이제 대한민국의 남은 영토라고는 낙동강을 경계로 한 대구·부산 지역과 제주도뿐이었다.

한편, 유엔은 발빠른 움직임을 보였다. 총회에서 북한을 침략자로 규정하고 그들 침략자를 응징하기 위해 군대를 파견하기로 결의하였다. 16개 회원국에서 파병한 유엔군을 미 극동군 사령관 맥아더 원수가 이끌고 북한군의 저지에 나섰으나 기울어 버린 전세를 만회하기에는 역부족이었다. 후퇴를 거듭하던 국군과 유엔군은 낙동강을 최후의 보루삼아 인민군과 일진일퇴의 피나는 대결을 벌이고 있었다.

1990년 장흥군 발간 장흥군지(誌)에는 인민군의 장흥읍 입성 내용을 이렇게 적고 있다.

장흥읍에 인민군이 입성한 것은 1950년 7월 28일이다. 장흥읍내의 우익 진영은 거의 피신하고 없었다. 유치면과 장동면을 경유해 두 패로 나뉘어 침입해 온 인민군은 약 400명이었다. 그들은 장흥읍 2km 전방에서부터 빈 드럼통을 굴리며 진격해 왔다. 빈 드럼통을 굴리는 소리는 마치 탱크 소리와 같았다. 탱크라고는 한 대도 가지고 오지 않은 인민군들이 경찰의 저항을 막기 위한 위장 전술이었다. 미처 후퇴하지 못한 사람들은 문을 걸어 잠그고 불안에 떨며 숨을 제대로 쉴 수 없었다.

인민군들이 장흥읍에 진주하기 직전 동훈 형은 근무지인 장흥서초등학교를 떠나 고향 공수평 마을로 돌아오고 말았다. 그러나 어찌 예측이나 했으랴! 여순반란사건과 보도연맹원 예비 검속 등 그물코가 삼천인 어려운 상황에서도 불사조처럼 죽을 고비를 헤쳐 온 동훈 형에게 그날의 귀향이 바로 비극의 시작이었음을……. 그때 차라리 고향으로 돌아오지 않고 읍내에 머물러 있었더라면 동훈 형의 운명은 그처럼 허무하게 끝나지 않았을 터였다.

동훈 형이 유치의 고향으로 돌아갈 채비를 하자 보도연맹원 예비 검속 때 형의 목숨을 구해 준 신흥리 용호 외숙께서 극구 만류하였다고 한다.

"자고로 난리가 나면 대처가 그 수습이 빠른 법이다. 산골로 들어가는 길만이 능사는 아니니라. 읍내에 그냥 눌러 있는 게 좋겠다. 외가에 있기 뭣하면 우리집에라도 와 있거라."

그러나 동훈 형은 가능한 한 친척집에 폐를 끼치지 않으려는 생각으로 귀향을 결심한 모양이었다.

당시 나는 유치초등학교 3학년이었고 동석 형은 읍내 장흥중학교 2학년에 재학중이었다. 외가에서 중학교를 다니던 동석 형 역시 동훈 형을 따라 집으로 돌아오고 말았다. 읍내의 실정과 다름없이 면사무소와 지서 등 모든 행정관서들이 텅 비어 있는 을씨년스러운 유치면 소재지를 경유하여 두 형은 귀향한 것이었다.

유치면 소재지에 제일 먼저 나타난 북한군은 오토바이를 탄 인민군 부대였다. 별이 수놓아진 벙거지 모자를 쓰고 다발총을 어깨에 걸쳐 멘 인민군들은 영산포에서 23번 도로를 따라 덤재를 넘어 유치 땅을 밟았다. 그들은 오토바이 뒤에 인공기를 펄럭이며 면 소재지로 들이닥쳐 각 기관을 점령한 다음 장흥읍내를 향해 진격을 계속했다. 유치면 각 기관을 무혈 점령한 인민군들은 면사무소를 '면인민위원회', 지서를 '분주소'라고 칭하며 간판을 걸고 행정과 치안을 장악하였다. 그들은 요직에 지방 골수 좌익을 채용하고 남로당원으로서 야산대 활동을 하였거나 평소 좌익 사상에 물들어 있던 현지 열성 당원들을 앞잡이로 활용했다. 파렴치한 행위를 저질러 경찰에게 뺨 한 대 얻어 맞은 경력 때문에 일자 무식인 사람이 요직에 등용된 경우도 있었다.

인민군 치하가 된 유치 지역 사정도 다른 지역이나 하등 다를 바 없었다. 그 동안 좌익으로 지목되어 경찰들에게 가족을 잃었거나 평소 부유 계층으로부터 멸시받고 살았던 소작인, 머슴 출신 등 소외 계층들이 제 세상 만난 듯 기고만장 날뛰기 시작한 것이었다. 어제까지도 풀죽어 지내며 부유한 집에 빌붙어 목구멍 풀칠에 연연하였던 그들은 한순간에 안면을 바꾸어 은혜를 원수로 갚는 일을 다반사로 자행하였다. 그들 중 무지몽매한 사람들은 지금까지 자신들이 가난하게 살게 된 모든 원인이 가진 자들의 횡포 때문이기라도 하듯, 부유층의 집으로 쳐들어가 '반동의 집안'이라고 큰소리치며 곡식을 빼앗기도 하고 집에 방화하거나 장독이며 세간살이 등을 깨부수기 일쑤였다. 이렇듯 세상이 무법천지인데도 아무도 제지하는 사람이 없었다. 아니 제지할 수도 없는 일이었다.

세상은 많은 변화를 보이고 있었다. 마을의 젊은이들은 의용군으로 차출되어 전선으로 끌려가고, 나이 든 어른들은 날마다 전쟁 수행을 위한 부역에 동원되었다. 군수품 조달과 비상 식량 확보에 혈안인 인민군들의 동태를 마을 촌로들은 대동아 전쟁 말기의 일본 꼴을 보는 것 같다며 그들의 세상이 오래 가지 못할 것이라고 예언하기도 하였다. 여인네들이라고 가만 놔두지 않았다. 그녀들은 해진 군복을 수선하고 인공기를 비롯한 인민군 표지를 수놓느라 잠시도 쉴 틈이 없었다. 우리 어린이들의 세계에도 변화의 바람은 불어닥쳤다. 소년단이 조직된 것이었다. 내 또래의 철없는 어린이들까지도 마을 소년단에 입단하지 않으면 안 되었다. 자치기·구슬 따먹기·제기차기 등 천진난만한 놀이로 소일해야 마땅할 우리 어린이들은 강제 동원된 집단 생활로 동심은 멍들고 있었다.

'해는 져서 어두운데 찾아오는 사람 없어 밝은 달만 쳐다보니 외롭기 한이 없다⋯⋯.'
'날 저문 하늘에 별이 삼형제 반짝 반짝 제 몸을 비치는구나⋯⋯.'

이런 서정적인 동요를 배워야 할 나이의 우리들은 날이면 날마다 살기가 번득이는 인민군 군가를 배우는 데 여념이 없었다.

'아침은 빛나라 이 강산 은 금의 자원도 가득한 삼천리 아름다운 이 강산 반만년 오랜 역사에⋯⋯.'
'장백산 줄기줄기 피어린 자국 압록강 굽이굽이⋯⋯.'
'태백산맥에 눈이 내린다. 총을 메어라 출전이다⋯⋯.'
'원수와 더불어 싸우다 죽은 우리의 죽음을 슬퍼 말아라. 깃발을 덮어다오, 붉은 깃발을⋯⋯.'

행진곡조인 인민군 군가는 가히 선동적이었다.

무슨 놈의 집회는 그리도 많던지……. 마을 사람들은 날이면 날마다 오후면 남녀노소 가릴 것 없이 농악대를 앞세우고 면 소재지로 몰려가 장터나 면사무소 앞 광장에서 열리는 군중대회에 참석하여야만 했다. 군중대회의 순서며 내용을 보면, '이승만 괴뢰 도당을 도륙하자!' '미 제국주의 침략자를 이 땅에서 몰아내자!' '노동자 농민이 주인 되는 세상을 만들자!'는 등 선동적인 구호와 인민군 노래 제창 같은 판에 박은 듯한 천편일률적인 것이었다. 군중대회는 인민재판이라는 희한한 징벌 행위를 마지막으로 막을 내리곤 하였다. 일제 치하에서나 대한민국 정부 시절 공직에 근무했거나, 지역에서 유지 대접을 받던 인사들은 그 인민재판에서 반동이라는 죄명으로 수없이 죽어 갔다.

그들은 밤에도 쉴 틈을 주지 않고 주민들을 들볶았다. 널찍한 장소에 모아 놓고 밤늦게까지 사상 강좌를 펼치고, 나중에는 고해성사하듯 자신의 죄과를 반성케 하거나 상대의 약점을 들춰내 공개 비판하게 하였다. 주민들은 서로를 믿을 수 없는 지경에 이르렀다. 이웃 사촌이라는 덕담도 이제는 그 빛이 바래고 있었다.

그때까지도 우리집에는 별다른 피해나 변화가 없었다. 선친께서 면장을 역임한 전력 때문에 부르주아로 몰려 반동의 집이라는 낙인이 찍힐 법했지만, 선친께서 현직에 계실 때 선정을 베풀어 실덕하지 않으셨고, 품이 넓으신 어머니께서 평소에 마을의 가난한 사람들을 잘 돌보아 주어 원한을 산 일이 없는 데다가, 장형이 인민군의 강요에 못 이겨 맡은 용문리 인민위원장이라는 감투가 방패막이가 된 듯싶었다. 또한 동훈 형의 14연대 경력 역시 크게 도움이 되었을 것이라 사료된다.

한 가지 이해가 되지 않는 점은, 유치면을 장악한 인민군과 지방 좌익 세력들이 빨치산 경력의 소유자인 동훈 형을 같은 부류라고 반색하며 냉큼 데려다 부려먹을 법한데도 아무런 조치가 없었다는 사실이다. 동훈 형의 전력을 그들이 모를 리가 없는데도 말이다.

무더운 여름이 가고 가을로 접어들 무렵, 유치면 소재지에는 이상스런 조짐이 일기 시작했다. 어수선하게 술렁이는 분위기가 엿보이고 무기를 소지한 병사들의 수가 날로 불어나고 있었다. 외지 사람들의 집결로 수용 인구가 점점 불어나자 면 소재지 공터나 학교 운동장에는 수많은 임시 천막이 가설되었다. 자동차들이 분주하게 오가고 많은 병력들이 집결했다가 금방 어디론가 이동하는 등 수선스럽기 그지없었다. 하늘 높이 B-29 폭격기가 나는 모습이 자주 목격되고 '호주기'라고 불리는 무스탕(일명 쌕쌕이) 전투기들이 하루에도 수십 차례 고막을 찢는 굉음을 울리며 창공을 가르곤 했다.

하늘에 호주기가 나타나면 사람들은 이승만 대통령의 처가에서 비행기를 보냈다고 말했다. 영부인 프란체스카 여사가 '오스트리아' 사람인 것을 '오스트레일리아'로 잘못 알고 전해진 말이었다.

유엔군 사령관 맥아더 장군은 불시에 인천상륙작전을 감행했다.

8월 15일 해방기념식을 부산에서 갖겠다는 김일성의 욕심으로 낙동강 전선에 전 병력을 투입, 도강을 벼르고만 있던 인민군은 그만 후방에서 허를 찔린 꼴이었다. 후방이 교란되자 제일 먼저 보급이 두절되었다. 전쟁중에 병참은 무기보다 우선이라 했다. 무기가 없으면 맨주먹으로라도 싸울 수 있지만 배가 고프면 만사 끝이었던 것이다.

앞뒤로 협공을 받아 사기가 땅에 떨어진 인민군은 우왕좌왕 전열이 흐트러지기 시작했다. 인천에 상륙하여 경인가도를 가로질러온 국군과 유엔군은 9월 28일 마침내 수도 서울을 탈환하고 중앙청 옥상에 태극기를 게양하기에 이르렀다. 국군과 유엔군은 한반도의 허리를 단번에 두 동강내 버린 것이었다. 유엔군과 국군의 주력 부대는 38선을 돌파해 한만 국경을 향해 진격하고 일부 병력은 퇴로가 끊겨 38이북으로 후퇴하지 못하는 인민군을 남쪽으로 내몰았다. 독 안에 든 생쥐 꼴인 인민군은 갈 길을 잃었다. 북상을 포기한 인민군 패전병들은 발길을 돌려 과거 지방 좌익 세력이 암약했던 남한 각지의 산간지대로 숨어들 수밖에 없었다. 소백산, 지리산, 가막골, 유치 산골 같은 천험의 산간지대로 숨어든 그들은 은거지를 해방구(解放區)라 칭하며 군경 토벌대와 대치, 장기전에 들어갔다. 해방구라는 용어는 소설 『태백산맥』에도 자주 등장하는데 행정과 치안 등 통치권이 좌익 세력들의 장악하에 있는 산간지대가 이에 해당된다. 미국의 앞잡이라는 이승만 정부의 통치로부터 인민을 해방시킨 자치구역이라는 뜻으로 통용되는 말이었다.

유치면 인민위원회에서는 마침내 동숙, 동훈 두 형을 데려갔다. 두 형은 전남도당 인민유격대의 병사로 차출된 것이었다. 나와 동석 형은 10대 초반으로 나이가 어렸기에 망정이지 10대 후반이었더라면 영락없이 두 형들처럼 그들에게 차출되어 공산 유격대원이 되었을는지도 몰랐다. 장성한 두 형, 그 중에서도 14연대 출신으로 실전 경험이 많은 동훈 형은 그들 인민유격대의 전력에 큰 보탬이 되었을 것이었다.

경찰에 의한 장흥읍 수복 상황이며 유치지구 공비 집결 경위이다.

1950년 10월 7~8일 경 本道 경무과장 김성복이 경찰 병력을 이끌고 本郡을 수복한 후 北上해 가고 뒤이어 장흥署長 장명규가 장흥 경찰 부대를 인솔하여 10월 16일에 수문포에 상륙하여 왔다. 한편 인민군과 지방 적색 분자들은 산악 지대인 유치 산골로 집결하였다. [⋯중략⋯] 유치에 집결한 공비들은 소위 三地 司 민청 연대 17대 및 당 기관원 등 3,500여 명으로 구성되어 번무기를 이용, 인 근 각지에 유동적으로 출몰하여 관공서 습격, 양민 납치 등 만행을 자행하였다.

이상은 장흥군의 역사서인 군지(誌)에 기록된 내용인데 유치 산골 로 입산한 지방 좌익 세력은 장흥군 출신 좌익들만은 아니었다. 인근 고을인 영암·강진·해남·완도·진도·나주·보성 등 남도의 모든 지 방 단체가 망라되어 있어 그 수는 부지기수로 원주민 숫자를 능가했 다. 곡창지대도 아닌 유치 산골에서 그 많은 사람들이 뭘 먹고 지냈 는지 지금 생각해 보면 신통한 일이 아닐 수 없었다.

영암 방면 교통로 덤재(이 길로 남해여단이 들어왔다).

남해여단의 출현

　　　　　　　　해거름녘이면 가을걷이가 끝난 들판으로 갈가마귀들이 무리 지어 날아왔다.

　황량한 대지를 까맣게 뒤덮은 갈가마귀들의 울음소리는 어수선한 시국에 걸맞게 음산하기 그지없었다. 열심히 모이를 쪼던 갈가마귀들은 신명이 나면 일제히 하늘로 치솟아 올랐다가 기총소사를 하는 폭격기처럼 들판을 향해 하강하기를 반복하곤 했다. 갈가마귀 떼가 비상과 하강을 반복할 때마다 그것들이 일으키는 바람 소리는 태풍

을 연상케 하여 오싹 소름이 돋았다. 이파리를 모두 떨쳐낸 벌거벗은 동구 앞 당산나무가 매몰찬 북풍에 몸을 떨던 늦가을 어느 석양 무렵, 중화기로 무장한 인민군 정규 부대가 홀연히 우리 마을에 나타났다.

남해(南海)여단이었다. 낙동강 전선에 투입됐던 남해여단은 유엔군의 인천상륙작전 성공으로 후방이 교란되자 38이북을 향해 퇴각을 개시했다. 그러나 한반도를 가로지르며 남하하는 국군에게 퇴로를 차단당하자 추풍령 부근에서 북상을 포기한 채 남쪽으로 발길을 돌리고 말았다. 남해여단은 영산포·세지·금정면을 경유하는 23번 도로를 따라 덤재를 넘어 오후 늦게 공수평 우리 마을에 도착한 것이었다.

그들은 우리집 대문 앞, 추수가 끝나 휴경중인 널따란 논바닥에 대오도 정연하게 집결해 있었다(나는 이 글을 쓰면서 남해여단의 정식 부대 명칭이며 6·25전쟁 중 활동 상황, 퇴각 루트 등을 알아보려고 백방으로 노력하였으나 자료를 찾지 못해 뜻을 이룰 수 없었다. 아마 퇴로가 끊겨 낙오, 유치 산골로 입산을 결행한 인민군 정규 부대의 일개 부대를 그저 부르기 쉽게 '남해여단'이라는 별칭으로 불렀던 것으로 사료된다).

2모작 보리 파종을 하지 않아 휴경중인 우리집 앞 논바닥은 그들의 연병장이나 다름없었다. 인민군 정규 부대는 지방 유격대들과 달리 복장은 물론 소지한 무기부터 달랐다. 다발총·아식보총·아식장총은 기본이었으며, 경기관총·중기관총·박격포 등 다양한 중장비를 갖추고 있었다. 또한 기강이 잡혀 있고 대오가 정연하여 진짜 군인을 보는 것 같았다. 그들은 억양이 세어 알아듣기 어려운 이북 사투리를 마구 구사하고 있었다. 가슴팍에 훈장이 줄줄이 부착된 인민군복을 입은 우두머리가 마을 이장 일을 보는 종철 아버지를 불러 세웠다. 겁에 질려 쩔쩔매는 이장에게 부대장은 거처 마련을 명령했다. 그들 병력은 공수평 우리 마을과 이웃 노리목·용문·당산·금성 마을 등 주변 마을에 골고루 배치되었다. 어느 집이나 안방 한 칸만 주인네가 거처하고 나머지 방은 모두 그들 병사의 거처로 제공되었다.

인민군들은 모든 면에서 가급적 민폐를 끼치지 않으려고 노력하는 것 같았다. 군기 역시 엄하여 주민들을 괴롭히거나 부녀자를 희롱하는 일이 없었다. 나는 그들이 소지한 각종 무기를 가까이서 자세하게 볼 수 있었다. 그중 가장 특이한 무기는 다연발 소총인 다발총이었다. 다발총은 총신은 짧으나 총열을 둘러싼 금속판에 구멍이 뽕뽕 뚫려 있어 디자인이 앙증맞아 보기 좋았다. 그리고 꽹과리 모양을 한 둥그런 탄창에는 무려 70여 발의 실탄이 장전돼 있었다. 다발총과 같은 기본 소총으로 아식장총과 아식보총이 있었다. 소련제 아식장총은 일명 딱꿍총이라고도 불렀는데 총신과 총열이 매우 길어 키가 작은 병사는 총을 주체하지 못하고 땅바닥에 질질 끌고 다닐 정도였다. 장총은 단발총이었으나 원거리 사격이 가능하고 명중률 또한 높았다. 아식보총은 총열이 장총보다 훨씬 짧았다. 총 끝에 세모창이 고착되어 있는 아세보총도 있었는데 총검술용으로는 그만이었다. 레코드 판처럼 둥그런 탄창이 장착된 다연발총도 있었다. 그 경기관총은 사격을 하게 되면 원형 탄창이 빙글빙글 돌면서 실탄이 공급되었으므로 '신라의 달밤'이라는 별칭으로도 불렸다. 총열을 둘러싼 용기에 물을 가득 부어 총의 열을 식히는 수냉식 기관총, 총열에 무수한 구

멍으로 공기를 흡입하여 총의 열을 식히는 공냉식 기관총 같은 중화
기도 많았다. 멜빵에 줄래줄래 매달린 하늘수박 비슷한 수류탄은 장
난감처럼 보였다. 편제상으로 보아 의당 소지했을 법한 대포는 이동
의 어려움 때문인지 갖고 있지 않았다. 안테나가 하늘을 찌르는 통신
장비며 적십자 표지가 붙은 의무 시설까지 갖춘 남해여단은 어엿한
인민군 정규 부대였다(반세기가 지난 지금인지라 상세한 묘사가 가능한
것이지, 당시의 어린 나이로는 남해여단이 소지한 각종 무기의 재원이며 성
능에 대해서 잘 알지 못했다).

 남해여단 병력은 매일 늦은 오후면 어디론가 출동하였는데 출동에
앞서 전 부대원이 모여 반드시 사전 점호를 실시했다. 부대장은 연병
장이 된 우리집 앞 논에 임시로 흙을 돋은 단상에 올라 부대원들에게
장시간 훈시를 하곤 했다. 훈시 말미에 반드시 주의를 환기시켰는데
중요한 항목을 들자면,

 하나: 해방구내에 거주하는 인민들을 괴롭히지 말 것.

 둘 : 필요한 물건은 모두 자급자족할 것.

 셋 : 절대로 연약한 부녀자들을 희롱하지 말 것.

 넷 : 총기 관리를 철저히 하여 오발 사고나 작전에 지장이 없도록
할 것 등등이었다.

 그들의 출동 목적은 세력 과시와 군수품 자체 조달에 있었다. 내가
아침에 일어나 집안을 살펴보면 방마다 어제 저녁에 출동했던 인민
군들이 돌아와 잠들어 있었고, 마당에는 그들이 가져온 곡식 자루며
피복 뭉치 심지어는 소와 닭 같은 가축들도 매어져 있었다. 인근 부
산면이나 장평면, 때로는 멀리 영암, 화순 땅까지 진출하여 민가를

털어 온 듯싶었다. 훔쳐 온 식량은 그들의 병력이 주둔하고 있는 마을 집집마다 배분하여 밥을 짓게 했고 가축은 도살하여 육류로 배당했다. 소의 기름덩이는 불에 녹여 초를 만들어 석유 대신 불을 밝히는 데 사용했고 소가죽은 삶아 말려 비상 식품으로 저장했다. 그들 덕분에 나는 한동안 한우 고기를 질리도록 실컷 먹을 수 있었다. 그때 쇠고기를 많이 먹어 스테미너를 축적해 놓았기 때문에, 후일 그처럼 험난한 피난 생활을 감내하고 또 창궐하던 돌림병에 무사했는지도 모른다.

날이 갈수록 군량 소모가 많아지자 공비들의 보급 투쟁도 열기를 더해 갔다. 알곡 조달이 점점 어려워지자 나중에는 논바닥에 가려 놓은 볏단까지도 통째로 훔쳐 와 마을 정미소에서 손수 탈곡과 도정 작업을 했다. 훔친 물건은 그들이 직접 가지고 오기도 하였지만 현지에서 장정들을 징발해 지고 오는 경우도 많았다. 주민들에게는 관대하고 아량을 베풀던 남해여단 지휘부도 매몰찬 면이 있었다. 그들은 징발된 장정들은 집으로 돌려보내지 않고 젊은 사람은 병사로 편입시켜 한 패거리를 만들었고, 나이 먹은 사람은 땔감을 해오게 하는 등 머슴처럼 부려먹다가 도망칠 낌새가 보이면 감쪽같이 죽여 없애곤 했다. 미리 눈치를 채고 도망질치다가 붙잡혀 즉결 처형을 당하는 경우도 허다했다. 기밀 유출 방지를 위해서는 어쩔 수 없는 일이라는 것이다. 나는 지금도 40대 중반의 한 사내를 잊지 못한다. 그는 남해여단 병사들에 의해 징발돼 보급품을 지고 온 사내였다. 그 사내는 우리집에 기거하면서 땔감도 해오고 장작을 패는 등 허드렛일을 주로 했다. 장평면이 집이라는 그는 한숨을 푸욱푸욱 내쉬며 처자식들이 있는 고향 땅을 향해 눈물 흘리며 우두커니 서 있길 잘했다. 얼마 후 그 사내는 우리집에서 종적을 감추고 말았는데 남해여단 지휘부로부터 방면 조처를 받았는지, 몰래 탈출하여 가족의 품에 안겼는지, 아니면 도망질치다가 붙잡혀 처형됐는지 전혀 알 길이 없었다.

어느 날 아침, 바깥이 어수선함으로 새벽잠을 깨어 대문 밖으로 나가 보니 사랑채 담벼락에 거적으로 덮어 놓은 물체가 여럿 눕혀져 있는 게 보였다. 물체 주변에는 총을 든 병사가 보초를 서고 있었다. 자기들끼리 소곤거리는 말을 들어 보니 어젯밤 장흥 경찰서 기습 작전에 출동하였다가 전사한 동료들의 시체라는 거였다. 읍내에서 이곳까지 사십여 리 먼 길을 어떻게 시체를 떠메고 왔는지 모를 일이었다. 그날 낮, 죽은 병사들의 장례식이 엄숙하게 거행되었는데 조총 발사는 의식의 기본인지 장례식 마지막 식순으로 조총 세 발이 발사되었다. 장례식을 마친 시체를 병사들은 들것에 메고 어디론가 사라졌다. 그후로도 나는 그런 장례 행사를 여러 차례 목격할 수 있었다.

우리집은 규모가 크고 방이 여러 개여서 남해여단의 예하 부대 본부쯤 되었던가 보다.

『디지털 장흥의 역사』를 검색해 보면,

'1951년 10월 남해여단 200 명 강만리 입산'

이라는 기록이 있다. 이 기록으로 보아 그들의 여단 본부는 보림사 골짜기 막창 마을 강만리에 있었던 것으로 사료된다. 사실 나는 여단장이라는 사람의 호칭은 물론 그의 얼굴을 한번도 본 적이 없기 때문에 우리집이 여단 본부는 아니었던 것 같다. 우리집에 거처한 본부 요원 중에 이북 사투리를 억세게 사용하는 인민군 정치장교가 한 사람 있었다. 얼굴이 곱살스럽고 지적으로 생긴 그는 소비에트 공화국에 유학까지 다녀온 지성인이었다. 그는 어린 나를 무척 귀여워하여,

"통일이 되면 널 피양(평양)으로 데려가 공부시킬 거다. 공부를 잘하면 모스크바 유학도 시켜 주고 말이디."

하고 늘상 호언하였지만 어린 나는 피양이란 지명을 알 수 없었고, 지리 시간에 배운 탓에 소련의 수도 모스크바만은 일아들을 수 있었다. 정치 장교는 가끔 나를 목마 태워 마당을 빙글빙글 돌기도 하고 짬이 나면 교과서를 가져오게 하여 글공부도 지도해 주었다. 난세 통에 학교를 나가지 못하는 내게 그 정치 군관 아저씨는 담임 선생님이나 다를 바 없었다. 나는 전쟁이 끝나고 그 아저씨가 우리 학교에 부임하여 담임 선생님이 됐으면 좋겠다는 엉뚱한 생각도 했다. 그처럼 나를 귀여워해 주던 정치 장교의 모습이 요즈음 통 보이지 않았다. 궁금해진 나는 다른 군관 아저씨에게,

"절 피양 데려간다는 그 아저씨 어딜 가셨어요?"

하고 행방을 물은 적이 있다.

"글쎄다. 그 군관 동무는 지리산으로 전출 갔다지 아마⋯⋯."

힘없는 목소리로 대답하면서 나를 똑바로 쳐다보지 못하고 이내 얼굴을 돌리는 그 군관 아저씨의 행동거지로 보아(난세통에 조직적인 인사 교류가 진행될 리 없고 보면) 아마 보급 투쟁을 나갔다가 잘못된 듯싶었다. 어린 내가 마음의 상처를 입을까 염려하여 거짓으로 말한 군관 아저씨는 참된 인간성의 소유자가 분명했다.

남해여단 지휘부는 통신 장비를 두루 갖추고 있었다. 그러나 통신 기기를 움직이는 원동력인 축전지가 없으면 그런 기계들은 한낱 쇳덩어리에 불과했다. 축전지가 바닥을 보이면 그들은 나주, 보성 등지의 먼 지역까지 진출하여 위험을 무릅쓰고 달리는 자동차를 습격, 축전지를 노획해 왔다. 며칠 전 축전지 노획 작전 중 분대 병력의 손실을 입었다고 전 부대가 침통한 분위기에 빠져 있었는데 정치 군관 아저씨도 그 전투에서 전사한 모양 같았다.

남해여단이 우리 마을에 진을 치고 있는 동안 우리 마을을 비롯한 유치 전역은 평온을 유지하고 있었다. 장흥읍은 그해 10월에 경찰에 의해 수복이 되었다. 진주한 경찰 병력들은 장흥군 관할구역 대부분을 수복하였지만 남해여단과 지방 유격대들이 버티고 있는 유치 산골만은 감히 접근할 엄두를 내지 못했다. 유치 산골은 대한민국의 주권이 미치지 못하는 남한 땅 몇몇 지역 중의 한 곳이었다.

유치 산골에 은거하는 공산 세력에 겁을 집어먹은 장흥 경찰은 더 이상 진격을 못하고 유치로 들어가는 길목인 빈재몰랭이에 정찰조를 보내 적정을 탐지하는 것으로 그 소임을 다하고 있었다. 그들은 부산면 소재지에 진을 친 채 뒷짐만 지고 앉아, 지원 병력으로 차출한 의용경찰을 비롯한 경찰 보조원들을 요긴하게 부려먹었다.

나는 최근에 6·25전쟁 당시 의용경찰로 차출되었다가 구사일생한 고향 어른의 체험담을 우연한 기회에 청취하게 되었다. 이 글을 쓰기 위해 자료 수집에 여념이 없던 내게 뜻밖의 선물인 셈이었다. 퇴직한 후 소일거리 삼아 집 근처의 증권회사 객장에 나갔다가 고향 후배라는 생면부지의 50대 남자를 만나게 된 것이었다. 그는 자신을 임정빈이라고 소개하면서 유치면이 고향이라고 말했다. 임정빈 군은 나를 알아보고 먼저 인사를 청해 온 거였다. 몇 차례 지방신문에 나에 관한 기사와 사진이 소개된 바 있었는데 유념해 두었던 모양이다. 알고 보니 그는 고향 학교의 후배도 되었다. 그 일이 있고부터 그와는 허물없는 사이가 될 수 있었다. 우연한 기회에 임정빈 군은 자기 부친의 얘기를 들려주었다. 생존해 계시는 아버지에게 고향 선배인 내 얘기를 하였다는 것이다. 70대 후반인 임정빈의 부친은 우리 집안의 내력을 손바닥 들여다보듯 너무도 잘 알고 있더라고 했다. 선친께서 유치면장으로 부임하면서 처음 거처를 정했던 강동 마을에서 담 하나를 사이에 두고 이웃에 살았다는 것이다(내가 태어나기 전).

"그렇다면 춘부장의 함자가 어떻게 되시는가?"

나는 반가운 나머지 임정빈 군에게 부친의 함자를 묻자,

"갑옷 갑(甲) 자에 하늘 천(天) 자를 쓰십니다."

하고 대답하는 게 아니가⋯⋯.

"뭐? 갑천 씨라고?"

나는 불에 덴 사람처럼 화들짝 놀라 자신도 모르게 큰 소리를 내지르고 말았다. 내 목소리가 얼마나 컸던지 객장 건너편에 앉아 있던 사람들까지도 모두 내게 시선을 집중하며 의아해 하고 있었다. 비록 대면한 바는 없었지만 6·25 당시 갑천 씨에 대한 일화는 유치 사람들의 입에 회자되었으므로 어린 나도 익히 알고 있는 사실인 때문이었다.

유치면 송정리 2구 배바위 마을에 살던 임갑천 씨는 선견지명이 있었던지 6·25전쟁 발발 직전에 고향 유치를 떠나 장흥읍으로 이주했

다. 장흥읍을 수복한 장흥 경찰에서는 유치지구 공비 토벌작전에 돌입하기 앞서 보조요원으로 쓰고자 의용경찰 초모 조치가 있었다. 임갑천 씨는 뜻한 바 있어 이에 지원해 의용경찰이 되었다. 그가 의용경찰에 지원한 이유는 미수복 지구인 고향 마을의 형편이며 일가 친척들의 안부 때문이었다. 그런 정보 취득이 민간인 신분으로는 어림없는 일이기 때문에 호랑이를 잡으러 호랑이 굴에 뛰어든 것이었다. 장흥 경찰서 토벌 부대에 배속된 임갑천 씨는 위험 천만한 정찰 임무를 자원했다. 2인 1조가 되어 최전선이나 다름없는 빈재몰랭이까지 정찰을 나다니기 수십 차례, 별 탈이 없었다. 꼬리가 길면 붙잡히는 법. 그러던 어느 날 임갑천 씨는 목을 지키고 잠복해 있던 유치지구의 유격대원에게 사로잡히고 말았다. 유격대원들은 사로잡은 임갑천 씨와 동료의 소지품을 압수하고 유익한 정보를 캔 다음 현장에서 즉결 처분 조치했다. 일행인 동료 의경은 단칼에 숨줄이 끊어져 버렸지만 임갑천 씨만은 목이 반쯤 잘린 상태로 숨이 붙어 있었다. 때마침, 재 너머 친정 마을을 가기 위해 영문 모른 채 빈재를 오르던 부산면 거주 어느 아낙이 그 참상을 목격하고는 기절초풍 뒷걸음질쳐 부산 지서로 달려가 급보하기에 이르렀다. 급보를 접한 경찰 토벌대가 출동해 임갑천 씨를 읍내 경찰 병원으로 후송, 겨우 살려낼 수 있었다. 천우신조로 목숨을 건진 임갑천 씨는 오랜 동안 병원 치료를 받았지만 그 후유증은 엄청났다. 목을 상하, 전후, 좌우 마음대로 쓰지 못하고 눈동자의 방향에 따라 몸통을 함께 움직여야만 하는 장애인 처지가 되고 만 것이었다.

나는 그분을 인터뷰하는 과정에서 여러 뜻깊은 얘기를 들을 수 있었다. 그 중에서 가장 인상에 남는 대목은 '아는 사람이 더 무섭더라'는 말과, '사람들이 자주 내왕하는 한길가에서 내 목을 친 탓으로 지나는 사람에게 발견되어 살아날 수 있었다'는 두 마디였다. 나는 그분의 두 마디 중에서 나름대로 한 가지의 공통 분모를 찾아낼 수 있었다. 뭐냐 하면, 유격 부대에 몸을 담고 있던 '아는 사람'이 그를 살리고자 다른 유격대원들 모르게 시늉으로만 칼을 내리쳤지 않았을까하는 점이다. 날이 시퍼런 장검으로 목을 쳐 목숨을 빼앗는 일은 식은 죽 먹기보다 쉬운 일이기 때문이다. 그 다음 의문점으로, 바로 길옆 하고많은 음습한 골짜기를 놔두고 대로변에서 즉결 처분을 감행한 점이다. 이 역시 길 가는 사람에게 쉽게 발견되게 하려는 깊은 뜻이 담겨져 있는 게 아니었는지? 이 두 가지 의문은 그냥 지나쳐 버리기엔 뭔가 여운이 남는, 깊이 음미해 볼 가치가 있는 사안이라는 내나름의 생각이 너무 비약된 건 아닌지 나 자신도 알 수 없다.

임갑천 씨가 함구하는 '아는 사람'이 누구인지는 모르겠지만 어쩜 그 '아는 사람'은 갑천 씨의 목숨을 구해 준 은인일지도 모르는 것이다. 인터뷰를 마친 갑천 씨는 되살아난 그날의 악몽을 떨쳐 버리기라도 하려는 듯 체머리 병에 걸린 환자처럼 머리통을 한참 동안 설레설레 내흔들고 있었다.

빈재몰랭이를 사이에 두고 한동안 탐색전만 펼치던 장흥 경찰토벌대는 증강된 병력의 지원을 받아 조심스럽게 빈재를 넘어왔다. 빈재너머 지역에 한 발짝도 들여놓지 못하도록 완강할 것으로만 예상했던 유치지구 유격대의 대응 강도가 생각보다 미약하자 이에 힘을 얻은 듯싶었다. 장흥 경찰 토벌대는 지세가 별로 험하지 않고 들녘이

많은 유치면 첫들머리 대리 마을과 '보리모퉁이' 커브까지 진출하여
공비들의 반응을 살피고 있었다.

유치 땅에는 보리모퉁이라는 특이한 지명의 산모롱이가 있다. 그
산모롱이가 보리모퉁이라고 불리게 된 유래가 전해 온다. 보리모퉁
이 산모롱이를 보듬고 개설된 도로는 90도 각으로 꼬부라져 있다. 그
러므로 산모롱이 커브를 돌아가는 앞사람의 모습이 바로 뒤에서조차
보이지 않는 지형인 것이다. 예로부터 외적의 침공을 당하거나 조정
또는 관가에 무슨 변이 생기면 장흥 관가에서는 이 지역 장정들을 징
발하여 전장터가 있는 북쪽으로 가는 경우가 많았다고 한다. 강제로
징발된 장정들은 이곳 보리모퉁이에 이르면 거의가 도망질쳐 버리고
몇 명 남지 않는다 하였다. 이곳이 탈출을 시도하기에 가장 적지였으
므로 죽기 살기로 도망친 장정이 많았고, 일부 주머니 돈이 넉넉한
장정은 이곳에 이르러 호송하는 관리 호주머니에 보리 한 말 값만 쑤
셔 넣어 주면 도망질쳐도 못 본 척했다는 것이다. 그래서 붙여진 지
명이 보리모퉁이라 했다. 보리 한 말 값이 없어 죽음의 땅으로 내몰
려야만 했던 민초들의 원한이 가득 서린 보리모퉁이는 탐진댐 제방
지척에 있어 수몰이 임박해 있다.

아무런 저항도 받지 않고 보리모퉁이 커브 지점을 돌파한 장흥 경
찰 토벌대는 차츰 담대해져 면 소재지 가까운 단산 마을 부근까지 진
출하며 야금야금 세력을 넓혀 갔다. 그러나 면 소재지 코앞까지 진출
했던 경찰 토벌대들도 석양이 되면 부랴부랴 병력을 철수해 읍내 본
대로 귀환하지 않으면 안 되었다. 왜냐하면 모든 여건상 야영할 처지
가 못 될 뿐만 아니라, 밤이면 치안 교란과 군수품 조달차 부산면 지

서는 물론 장흥읍내 시가지까지 거침없이 진출하는 공비들의 침공에 대비하기 위해서였다.

장흥읍을 지키는 경찰들은 밤마다 출몰하는 남해여단을 비롯한 유치지구 유격대의 공격을 막아는 데 전전긍긍하느라 편할 날이 없었다. 공비들의 야습에 대비해 법원·군청·경찰서 등 중요 기관들이 밀집해 있는 탐진천 서안(西岸) 읍내 중심부 '성안'에 대나무 울타리를 빙 둘러쳐 견고한 성채를 만들고, 울타리 주위에 참호를 파 바닥에 대꼬창이를 촘촘히 박아 탐진강 물까지 끌어들여 접근을 어렵게 만들어 놓았지만, 귀신 같은 공비들은 거침없이 장애물을 뚫고 들어와 시가전을 벌여 경찰 병력에 막심한 타격을 입히는 신출귀몰한 전과를 올리곤 했다.

낮이면 빈재를 넘어와 면 소재지와 가까운 단산 마을 앞까지 접근하는 장흥 경찰 토벌대들을 유치지구의 유격대들이 보고만 있지는 않았다. 그들 경찰 토벌대를 골탕먹이기 위해 유격대들은 머리를 짜냈다. 그들은 한 방편으로 밤에 마을 주민들을 동원, 대리·단산 마을 앞 신작로를 함정처럼 깊게 파게 했다. 자동차의 진로를 차단키 위함이었다. 유격대들은 차단한 도로 부근에 정예 병력을 매복해 놓았다가 자동차로 진격해 온 토벌대들이 차단된 도로 앞에 멈춰 서서 우왕좌왕 하는 사이 맹공을 퍼부어 많은 전과를 올리곤 했다. 노획한 군수품은 그들의 보급에 큰 보탬이 되었고 자동차 축전지는 북한 방송과 지령을 수령하는 라디오와 통신기기의 전원으로 소중하게 사용되었다.

동숙, 동훈 두 형은 인민유격대에 차출되어 집을 떠나고 없었으므로 우리집에는 어머니와 어린 가족들만 남아 있었다. 짬짬이 집안일을 거들어 주던 임배 형도 유격대에 끌려갔는지 통 모습을 볼 수 없었다. 가을걷이가 끝난 농한기였기에 망정이지 농사철이었다면 손대가 없는 우리집은 생활에 지장이 많았을 터였다. 두 형은 간간이 짬을 내어 집에 다녀갔다. 조직의 일원이 되니 자유롭지 못하고 각기 소속 부대가 달라 형제가 자주 만날 수 없다 했다.

어느 날 선대모퉁이 물방앗간 주인 아주머니가 인절미 한 석작과 홍시 한 접을 싸들고 우리집을 찾아왔다.

"새집댁! 댁의 아들 동훈이 덕분에 목숨을 건졌단 게라!"

마당에 들어서기 바쁘게 물방앗간 아주머니는 치하의 말부터 했다.

"그 소리가 먼 소리다요?"

영문 몰라 어안이 벙벙해 있는 어머니에게 그녀는 자초지종을 얘기했다. 아낙은 엊그제 오후에 복통을 앓는 아들에게 달여 먹일 약초를 캘 요량으로 복송짐이 산 속으로 갔다는 것이다. 산 속을 헤매던 그녀는 발 가는 대로 용문 마을 뒤 유격대의 진지 부근까지 가게 되었다. 약초 캐는 일에만 신경을 쓰고 있는 그녀를 향해 전초 기지에서 보초를 서고 있던 유격대원이 총을 겨누며 수하를 하는 것이었다.

"누구야? 정지! 암호?"

암호가 무슨 말인지조차 알 턱 없는 그녀가 겁에 질려 머뭇거리고만 있자 정체를 드러낸 보초병은,

"수상한 아낙이로군."

보초는 그녀를 결박지어 그들의 본부로 끌고 갔다. 아낙을 경찰의 밀정으로 단정한 본부에서는 정보를 캐기 위해 아낙을 족쳐댔다.

"아주머니 동무! 바른말하기요. 동무는 경찰이 보낸 밀정이 분명하지요?"

금방이라도 사격을 하려는 듯 누군가가 소총의 방아쇠에 검지를 집어넣으며 겁을 주었다.

"아니어라. 난 약초 캐러 왔어라."

사색이 된 아낙이 손발을 빌며 용서를 구하고 있는데 어디선가 동훈 형이 불쑥 나타나더라는 것이다. 아낙으로부터 자초지종을 듣고 신분을 확인한 동훈 형이,

"이분은 약초를 구하려고 산에 들어온 아랫마을 사람이 분명하오. 모든 걸 내가 책임질 테니 그냥 보내 줍시다."

팔 걷어 부치며 옹호해 주어 토끼 용궁 빠져 나오듯 살아 돌아왔다며, 입에 침이 마르도록 동훈 형을 치하하는 것이었다. 그처럼 동훈 형은 공비들과 행동을 함께 하면서도 부화뇌동하지 않고 사려 깊은 행동을 취했던 모양이다.

유격대들이 진을 친 보림사골.

전남도당 유격대 주둔

유치 산골의 겨울은 혹독한 추위를 몰고 왔다. 한겨울에 접어들자 추위 때문인지 토벌대들이 공격해 오는 일도 별로 없고, 공비들이 역공하는 일도 드물었다. 그들 쌍방은 소강 상태에서 서로를 견제하며 지루한 탐색전만 계속하고 있었다.

공포의 도가니에서 오랫동안 침묵하고만 있던 유치 산골에 갑자기 생기가 넘쳐나고 있었다. 계절에 걸맞지 않는 일이었다. 소지한 통신 기기로 북한 소식을 접한 공산 세력들은 환호성을 내지르며 '인민공화국 만세'를 합창하는 것이었다. 그들은 머지않아 북남 통일이 될 거라는 기대에 잔뜩 부풀어 자가도취 상태에 빠져 있었다. 희소식을 알리는 대자보가 사방 천지에 나붙고 이를 자축하는 행사가 날마다 벌어졌다. 각 마을의 농악대를 총출동시켜 벌이는 자축연은 축제를 방불케 했다.

패주에 패주를 거듭하며 한만 국경지대까지 내몰렸던 인민군이 100만 명이나 되는 중공군의 지원으로 반격을 개시, 유엔군과 국군을 밀어내 평양을 탈환하고 그 여세를 휘몰아 38선을 돌파, 서울을 재차 점령한 후 대전 부근까지 남하중이라는 보도를 접한 때문이었다. 소위 말하는 1·4후퇴 상황을 말함이었다.

지리산과 유치 산골 같은 남한의 산간지대에 고립되어 있는 남해여단을 비롯한 인민군 패잔병들과 지방 좌익 세력들은 중공군이 이곳에 도착하여 자기네들을 구출하는 일은 시간 문제라 믿고 희희낙락거리며 환호작약하고 있었던 것이다. 그 기쁨도 잠시, 그들의 표정은 다시 어두워지기 시작했다. 인해전술을 펼치며 파죽지세로 남하하던 중공군도 대전 부근을 마지노선으로 정하고 사력을 다해 버티는 국군과 유엔군의 반격에 더 이상 진격을 할 수 없었다. 세가 불리해진 중공군은 후퇴를 감행하였고 종내는 38선 이북으로 퇴각하고 말았다. 남한 각지의 산골에 은거하고 있던 공비들의 한 가닥 희망은 그렇게 수포로 돌아가고 만 것이었다.

그 이후의 전황은 휴전선 부근에서 밀고 밀릴 뿐 세력 판도에 더 이상 큰 변화를 주지 못했다. 유엔측과 북한측은 판문점에서 대좌하여 정전 협상에 임했다. 휴전 협정이 조인되기 전에 한 치의 땅이라도 더 차지하려는 국지전이 철의 삼각지를 중심으로 쌍방간에 치열하게 전개되고 있었다. 백마고지를 비롯한 전방의 요충지들은 하루에도 주인이 여러 차례 바뀔 만큼 치열한 격전장이 되었다. 협상 분위기가 무르익자 휴전선을 사이에 둔 양 진영은 숨 고르기를 하면서 적극적인 공세를 펴지 않았다. 동족 상잔의 전쟁에 시달릴 대로 시달린 쌍방은 현 상태에서 전쟁이 마무리되기를 바라고 있는 듯싶었다. 전방의 전황이 소강 상태로 접어들자 정부 당국에서는 작전의 변화를 모색하기 시작했다. 전방에 투입된 정규 병력의 일부를 빼내 지리산, 태백산, 유치 지역을 비롯한 후방 산간지대에서 암약하는 공비 소탕작전에 치중하기로 한 것이었다. 유치지구 공비 토벌작전도 그런 작전의 일환이었는지 그 무렵 장흥 경찰서 광장은 다른 지역에서 지원 나온 국군과 경찰 병력들로 북새통을 이루고 있었다.

그와 때를 같이하여 우리 마을에 주둔해 있던 남해여단은 홀연히 자취를 감추고 말았다. 병력이 증강된 군경 토벌대와 일전을 치르기 위해 전진 배치된 것으로만 알았는데, 나중에 알고 보니 그게 아니었다. 남해여단은 우리 마을에서 후퇴하여 그들의 본부가 위치한 보림사 골짜기 깊숙한 곳의 대천·운월·강만·소양 마을로 이동했다는 거였다. 그들이 떠나 버린 빈자리는 3지사를 비롯한 지방 유격대원들이 대신 메우고 있었다. 지방 유격대원들은 주로 군(郡)인민위원회나 치안 부서인 내무서에서 근무하던 지방 열성 당원들이 주축을 이루고 있었다. 유치에서 가까운 장흥·강진·해남·진도·완도·영암 등 서남부 지방의 행정 및 치안관서에 근무하던 열성 당원들이 도망쳐 와 전남도당 유격대를 조직했는데 그들은 장비도 빈약하고 기강도 해이해 보였다. 소지한 무기들 역시 사용 불능인 고철덩어리가 대부분이었다.

어느 날 오후, 부대원 거의가 고철이나 다름없는 노리쇠 등 부속품 빠진 소총으로 무장한 남루한 차림의 일개 부대가 우리집에 나타났다. 그들의 우두머리는 마을 첫들머리에 위치한 우리집으로 거침없이 들어와 어머니를 찾았다. 우두머리는 어머니에게 '친정 동네' 사람이라고 자신을 소개하며 인사를 했다. 그는 다름 아닌 장흥군 인민위원장인 김갑년이었다. 그 김갑년으로 인해 외숙이 갖은 고초를 겪어야만 했던 사실을 잘 아는 어머니는 그가 별로 달갑지 않았다. 그렇다고 내색할 수도 없는 일이어서 어머니는 건성으로 인사만 주고받았다. 면 소재지 부근 마을에 진치고 있던 김갑년의 장흥군당 유격대는 더욱 안전한 보림사 골짜기로 후퇴하면서 가는 걸음에 우리 마을에 들러 하룻밤을 묵고 갔다.

그 김갑년과 용기 외숙 사이엔 묘한 인연이 있었다. 그는 일본 유학까지 다녀온 근동에서 보기 드문 인텔리였다. 일본 유학 중에 맑스·레닌 사상에 심취된 김갑년은 조국 광복이 되자 귀국하여 박헌영이이끄는 남로당에 입당했다. 김구 선생의 조국 통일을 위한 남북 화해시도가 무산되고, 미국의 지원을 등에 업은 우익 진영의 이승만이5·10총선을 통해 남한만의 단독 정부를 수립하려 들자 남로당을 비롯한 좌경 세력들이 이를 반대하며 거세게 저항하였다. 그들은 5·10총선을 한반도의 반쪽 선거라며 선거 자체를 보이콧하고 선거 방해공작을 치열하게 벌였다. 그러나 대세는 이미 기울어져 있었다. 선거에 의해 대한민국 정부가 수립되고 이승만이 초대 대통령에 취임하였다. 이승만 정권은 마침내 이들 좌익 단체들을 불순 단체로 지목,해체시키는 일방 조직원들 검거에 나섰다. 골수 좌익인 김갑년은 신변의 위험을 감지하고 입산을 결행했다. 그는 마을에서 멀지 않은 복흥리 뒤 험준한 오골성(병영성의 요새인 수인산성을 오골성이라고도 불렀다)에 아지트를 설치한 채 암약하고 있었다. 그는 밤이면 수시로 고향 마을에 내려와 주 부식을 비롯한 갖가지 물건을 조달해 갔다. 그는 외숙집에도 나타나 식량과 부식을 제공받고 손목시계까지 빼앗아간 일이 있었다. 꼬리가 길면 잡힌다고 했던가. 어느 날 밤 김갑년은마을에 잠입하여 보급 투쟁을 마치고 귀대 도중 잠복중이던 경찰에게 붙잡히고 말았다. 그는 경찰의 혹독한 고문에 못 이겨 외숙에게서 시계를 얻었다는 자백을 하고 말았다.

해방 후, 좌우 이념 싸움에서 패한 골수 좌익들은 김갑년처럼 깊은 산 속에 은거하며 빨치산 활동을 전개했다. 그들은 야간이면 마을에 잠입하여 식량과 피복 등을 조달하였다. 치안 당국에서는 경계를 엄히 하는 한편, 산간 주민들에게 빨치산에게 약탈당한 품목들을 빠짐없이 신고하도록 홍보했다. 주민들이 강제로 빼앗겼노라고 신고한 품목과 빨치산이 붙잡혀 실토한 품목이 일치할 경우, 정상을 참작하여 죄를 묻지 않은 관례가 있었다. 그러나 외숙은 마을 선배인 김갑년에게 식량 약탈 건만 신고하고 손목시계를 빼앗겼다는 사실은 신고하지 않았다. 그런데 일이 공교롭게 되느라고 김갑년이 검거되어 손목시계의 출처를 실토하고 만 것이었다. 그 일로 말미암아 외숙은 장흥 경찰서에 구금되었다. 온몸에 시퍼런 장독이 일도록 흠씬 두들겨 맞고 사상 불순자로 지목된 외숙은 군청에서 쫓겨났다. 마을 선배 때문에 신세 망친 꼴이었다.

6·25전쟁이 발발하고 인민군들이 목포를 향해 쳐들어오자 다급해진 목포 경찰 당국은 형무소에 수감중인 좌익 세력들을 미처 처단하지 못하고 그대로 후퇴해 버렸다. 목포 형무소에 수감중이던 김갑년은 진주한 인민군들에게 구출되어 구사일생 금의환향했다. 그는 마침내 인공 치하 군의 행정 수장인 장흥군 인민위원장의 요직에 올랐다. 김갑년은 그때 외숙에게 진 빚을 갚는다는 생각으로 외숙에게 군 인민위원회 간부 자리를 권하였으나 외숙은 경찰에게 얻어맞아 골병이 들어 거동이 자유롭지 못하다는 핑계로 그들과 어울리지 않았다.

지금 장흥 인심은 그 김갑년에게 호의적이다. 왜냐하면 그가 장흥 사회에 별다른 해악을 끼치지 않은 인물이기 때문이다. 그는 인민위 원장으로 있으면서 주민의 편에 서서 일했고 경찰이 진주하자 유치 산골로 후퇴하면서도 군청을 비롯한 주요 기관을 소각하자는 강경파 들의 의견을 묵살함으로써 보존이 가능케 조치하였다는 것이다.

우리 마을에서 하룻밤을 묵은 김갑년의 장흥군당 유격대는 보림사 골짜기로 옮겨 가고 우리 마을에는 전남도당 유격대가 대신 주둔했 다. 도당 유격대에는 그들 공 조직에 몸 담았던 사람 외에도 경찰에게 가족을 잃었거나 우익 인사들로부터 핍박받아 원한 사무쳐 지원한 젊 은이들도 많았다. 그들 가운데는 여성들도 꽤 있었다. 여성 당원들은 홍보를 담당하는 문화부와 부상병을 돌보는 의무 부대에 주로 배속되 었다. 우리집에는 문화부 소속 당원들이 배치되었다. 문화부 사람들 은 선무 공작이 주 임무였다. 묵은 신문지로 선전용 삐라를 만들고 무 명천에 인공기를 그려 보급 투쟁시 대상 마을 곳곳에 부착도 하고, 마 을 주민들을 상대로 방송하는 일을 맡아 했다. 여성 대원 대부분은 광 주·목포 같은 도시에서 고등교육을 받은 학생 출신이어서 지성적이 고 미모도 빼어났다. 그녀들 가운데는 성우 뺨칠 정도로 꾀꼬리 같은 아름다운 목소리를 소유한 사람도 많았다. 그녀들은 밤에 대한민국의 주권하에 있는 마을로 보급 투쟁을 나갈 때면 두꺼운 종이를 말아 만 든 메가폰을 소지하고 뒤따라 나섰다. 마이크가 발명되지 않았던 당 시에 메가폰은 음성 증폭 기능을 하는 유일한 기구였다. 남성 유격대 원들이 마을에 들어가 보급 투쟁을 전개하는 동안 그녀들은 마을 뒷 산에 올라가 낭랑한 목소리로 선전 임무를 수행하는 것이었다.

'친애하는 ○○ 리민 동무 여러분! 저희는 전남도당 소속 유격대입니다. 저희 용맹무쌍한 전남도당 유격대원들은 북조선 인민해방군과 힘을 합쳐 인민의 숙원인 조국 통일을 하루빨리 이루고 또한 미 제국주의자의 앞잡이가 된 이승만 괴뢰 도당을 이 땅에서 몰아내기 위해 불철주야 노력하고 있습니다. 간악한 미제의 압제와 이승만 도당들의 학정에 신음하고 계시는 인민 여러분! 힘을 내십시오. 머지않아 미제와 이승만 괴뢰 도당은 이 땅에서 발붙이지 못하고 태평양 바다 속에 수장되고 말 것입니다…….'

심야에 낭랑하게 울려 퍼지는 메가폰 소리는 자지러지게 짖어대는 개 울음소리에 파묻혀 제 기능을 다하지 못했으나 그 방송을 들은 마음 약한 마을 사람들은 여성 대원의 낭랑한 목소리에 매료되어 넋을 잃고는 선뜻 곡식을 내주는 등 협조적인 태도를 보이기도 했다.

여성 대원들의 메가폰 소리가 허공에서 사라지면 유격대원들의 보급 투쟁이 종료되었음을 뜻했다. 공비들이 물러가면 마을의 이장은 한달음에 관할 지서로 달려가 공비 약탈 사실을 신고하여야만 했다. 신고를 접수한 경찰들은 출동할 생각은 않고 이미 철수해 버린 유격대들의 꽁무니에다 공포만 몇 발 쏘아대다가 날이 밝고 난 한참 후에야 마을에 들이닥쳤다. 경찰들은 마을 이장을 앞세우고 가가호호 방문하여 어젯밤에 공비들에게 약탈당한 물품 품목과 수량을 파악하는 한편, 공비들의 보급 투쟁 과정에 동조자가 있는지의 여부를 캐는 데만 혈안이 되어 기세 등등하였다.

우리집에 배치된 여성 대원들은 어머니와 어린 우리가 기거하는 안방으로 서슴없이 들어와 새우잠을 자며 한 가족처럼 지냈다. 나는 그녀들이 친누나처럼 생각되어 어리광을 곧잘 부렸고 그녀들 역시 나를 막내 동생 대하듯 해주었다. 내게 공부를 가르쳐 주거나 가사에 분주한 어머니를 도와 김치도 담그고 바느질도 함께 하는 여성 대원도 많았다.

사방 천지에서 모여든 많은 유격대원들 중에는 별의별 사람들이 많았다. 학벌도 좋고 상당한 실력을 갖춘 지적인 대원이 있는가 하면 형편없이 질이 낮은 대원들도 많았다. 붉게 충혈되고 살기 넘치는 눈알을 번득이는 막되 먹은 대원들은 마치 미친 개 같아 보였다. 무고한 사람들을 많이 죽이게 되면 눈알이 붉고 살기를 번득인다는 거였다. 그런 부류 중에 완도 출신으로 돼지처럼 뒤룩뒤룩 살 찐 왈패 같은 작자가 있었다. 그는 오칸겹집 전후좌우퇴 구조의 우람한 우리집을 아니꼬운 눈초리로 흘끔거리며 걸핏하면 '반동의 집'이라고 시비를 걸었다. 선친의 면장 전력을 꼬집으며 부르주아라고 서슴없이 몰아붙이는 것이었다. 인민들의 피와 땀을 착취하여 이처럼 커다란 가옥을 지었다는 것이다. 그는 섶에 불을 붙여 들고는 금방이라도 우리집을 태워 버릴 태세였다. 그때마다 동훈 형의 14연대 전력을 소상하게 알고 있는 유격대장이 가로막으며,

"이 집은 우리의 동료인 14연대 출신 혁명 전사의 집이다. 경거 망동하지 말라!"

대갈일성(大喝一聲) 논의 자체를 봉쇄시켜 우리 가족을 감쌌다. 동훈 형의 14연대 경력이 우리 집안을 지켜 준 셈이었다.

나의 초등학교 급우인 덕산 마을 문봉섭네는 봉섭의 아버지 문계정

(文桂貞) 씨가 면장을 지낸 전력 때문에 좌익들에게 가족이 몰살당하는 참화를 입은 바 있었다. 유치면 제6대 면장을 지낸 문계정 어른은 선친의 후임이기도 했다. 겨우 열한 살짜리 철부지까지도 마구 살육하는 살얼음판에서 우리 가족이 운 좋게 살아 남을 수 있었던 것은, 좌익과 우익의 틈바구니에서 한쪽에 치우치지 않고 적절하게 양쪽의 실리를 이용한 결과라고 볼 수 있다.

봉섭네 가족 중에서 유일하게 살아 남은 장남 문순섭 선생님은 그때 유치면 집에 있지 않고 장흥읍에서 교직에 종사하고 있었으므로 무사할 수 있었다. 일가족의 참변 소식을 전해 듣고는 절치부심 기회를 엿보던 문순섭 선생님은 장흥읍이 수복되고 유치지구 공비 토벌 작전이 개시되자 교직을 버린 채 좌익들에게 화를 당한 유가족들의 모임체인 용호 부대에 지원, 유치지구 공비 토벌에 참여했다. 문순섭 선생님은 유치지구 공비 토벌작전이 완료되자 초등학교 교사로 원대복귀했다. 후일 유치 산골을 떠나 읍내로 거주를 옮겨 장흥남초등학교 4학년으로 편입한 나는, 그곳에서 문순섭 선생님을 만나게 된다. 처녀와 같은 온순한 성격의 문 선생님이 어떻게 억척스런 용호 부대 생활을 감내할 수 있었을까? 나는 그 점이 항상 궁금했지만 직접 물어보지는 못했다.

6·25 직전에 좌익들에게 온 가족을 잃고 울화 김에, 유치지구 공비 토벌 참전 의용경찰대에 투신한 이웃 금성 마을 선배 한 사람이 있다. 노년에까지 유치면 소재지에 행정사무소를 차리고 민원 대행 업무를 보던 박병찬 씨가 그분인데 얼마 전에 세상을 떴다는 소식이 들렸다.

부유층 자제인 박 선배는 면내에서 몇 명 되지 않는 읍내 5년제 장흥 중학교 유학생으로 토요일이면 집에 돌아왔다. 박 선배가 집에 온 것을 간파한 좌익들은 박씨 집안의 씨를 말릴 요량으로 그날 밤 박 선배의 집에 나타나 온 가족을 살해하고 방화하는 참화를 자행했다. 때마침 설사병이 나 변소간에서 생리를 해결중이던 박 선배는 천행으로 화를 면하고 유일하게 살아 남아 집안의 대를 이을 수 있었다. 박 선배 집 재래식 변소는 안채와 멀리 떨어진 사랑채 뒤에 설치되어 있었다. 당시의 변소는 땅을 움푹 판 웅덩이에 시멘트로 벽을 바르고 웅덩이 위에 서까래를 걸쳐 놓은 보기 흉한 시설이었다. 항상 냄새가 풍기는 재래식 변소는 외진 곳에 있기 마련이어서 어린아이나 여인들은

야밤의 용변 처리를 요강으로 대신하곤 했다. 좌익들은 행방이 묘연해져 버린 박 선배를 찾기 위해 혈안이 되어 온 집안을 샅샅이 뒤졌다. 횃불을 든 그들은 외진 변소의 거적까지 들어올렸으나 변소간 서까래 밑에 몸을 숨긴 박 선배를 끝내 찾지 못하고 물러가고 말았다. 박 선배의 실화는 내 문학 작품에서 소재로 활용되었다.

　박 선배는 오물독(똥독)에 감염되어 그 치료에 애를 먹었다고 후일담으로 말했다.

여순반란 패잔병들이 숨어든 월암마을
(지금은 유치 자연휴양림지구로 각광받고 있다).

유치지구 6·25 공비 토벌작전 때 전남도경 기동 부대 본부가 있던 월천 마을.

토벌 부대의 춘계 대공세

　　　　　　　　　설이었다. 동족 상잔의 비극을 야
기한 지긋지긋한 마(魔)의 해 1950년도 가고 1951년 새해가 찾아온
것이었다. 산골 사람들은 난리통이었지만 떡국도 쓰고 정갈하게 나
물까지 장만하여 차례상에 올렸다. 젊은이들은 나이 든 마을 어른을
찾아다니며 세배를 드렸고 애들은 세뱃돈도 받았다. 마을 사람들은
주둔중인 공비들에게도 음식을 제공하여 함께 설을 보냈다. 군경 토

벌대들도 우리 민족 고유의 명절인 설의 의미를 염두에 두어서 인지 설을 전후한 며칠간은 공격할 기미를 전혀 보이지 않았다.

정월의 끝자락으로 접어들자 날씨는 조금씩 풀리기 시작했다. 날씨 관계로 겨우내 움츠려 있던 군경 토벌 부대들도 경칩(驚蟄) 넘긴 개구리처럼 서서히 토벌작전을 준비하고 있었다.

장흥군지의 유치지구 공비 토벌작전 개시 기록을 보면 다음과 같다.

전남도경 당국에서는 면밀히 作戰計劃을 세우던 차에 1951년 2월 10일(15일이라는 또 다른 기록도 있다)을 기하여 대규모 유치지구 공비 섬멸 작전을 세웠다. 유치면 능용리 월천 부락 江城書院에 작전사령부를 설치, 사령관으로 전남 경찰국 경비과장 한정일 총경을 보하고 나주, 화순, 보성, 영암, 장흥, 강진, 해남, 고흥, 진도, 완도 경찰 병력과 자원 병력인 장흥 용호 부대 등 12개 기동 중대 1,500명을 경찰대로 편성하여, 대대장에 장흥 경찰서 경비과장 김쾌득 경감을 임명하고 유치면 수복과 은거중인 共匪 掃蕩 작전을 전개하였다.

뛰어난 화력과 기동력, 그리고 증강된 병력을 휘몰아 작전을 개시한 도경 기동 부대와 장흥 경찰서 토벌 부대는, 면 소재지를 사수하려는 유격대들의 완강한 저항을 물리치고 마침내 유치면 소재지를 접수하는 데 성공했다. 이 전투는 너무나 치열하여 양측 모두 엄청난 피해를 입었는데 경찰 토벌대와 합동으로 작전을 펼치던 향토 구국 학도병들도 복거리 전투에서 여러 명이 전사하는 피해를 입었다. 1950년 해를 넘겨 가며 공산 세력의 해방구로 남아 있던 유치면 소재지는 1951년 2월에야 비로소 수복된 것이었다. 그러나 경찰 토벌 부대가 수복한 지역은 유치면 전체 면적의 3분의 1도 되지 못했다.

유치면 면 소재지는 배후에 유치천이 흐르고 있어 퇴로가 용이치 못했다. 더군다나 앞이 툭 터져 있는 허허 벌판이어서 방어에 어려움이 많은 작전상 악조건인 지형이었다. 이렇듯 방어가 쉽지 않은 면 소재지를 쉽게 내어 준 유치지구의 유격대는 보림사 골짜기 협곡 초입 선대모퉁이 지점에 배수진을 치고 해방구 사수 작전에 총력을 경주하고 있었다.

유치면 소재지를 수복한 장흥 경찰 토벌대는 그들의 지배하에 들어온 대리·오복·단산·금사리·월천·송정 마을 등 유치면 남부 지역의 치안을 장악하는 한편 주민들을 동원하여 면 소재지 주위에 견고한 진지를 구축하기 시작했다. 그들은 항용 해왔던 대로 주둔지 주변을 대나무 울타리로 빙 둘러치고 그 울타리 밑에 참호를 파 강물까지 끌어들여 유격대들의 야간 기습에 대비했다.

한편, 장흥 경찰서 토벌 부대와 합동 작전으로 유치면 소재지를 수복한 전남도경 기동 부대는 면 소재지 건너 월천 부락 강성서원에 본부를 설치하고 유치지구 공비 토벌작전에 돌입했다. 도경 기동 부대는 정규 포병 부대들이 소지하는 육중한 105mm 야포를 끌고 와 면 소재지 바로 앞 '둔지봉' 정상에 거치하는 작업에 착수했다. 육중한 대포를 둔지봉 정상까지 끌어올리는 일은 결코 쉬운 일이 아니었다. 주민들을 총동원하여 나무를 잘라내고 풀을 베어 통로를 만들고 밧줄에 대포를 매달아 끌어올려야만 했다. 그 동안 공비의 뒤치다꺼리에 시달릴 대로 시달리던 수복지구의 유치 사람들에게 토벌 부대의

연이은 노력 동원은 죽을 맛이었으나 거역했다가는 목숨 부지가 어려운 상황이라서 고분고분하지 않으면 안 되었다.

둔지봉 정상에 거치한 105mm 야포는 포신(砲身)을 문밧재 너머 산간 마을과 보림사 골짜기 안통을 향해 조준해 놓고 수시로 포탄을 쏘아댔다. 고막을 찢는 듯한 장거리포의 굉음은 천지를 뒤흔들어 산골 주민들은 물론 공비들의 간담을 서늘하게 만들어 주눅들게 했다.

이처럼 기세 등등한 경찰 토벌대였지만, 물방앗간이 있는 선대모퉁이와 늑룡 마을 협곡에 형성된 전선을 마주한 채 장기간 대치하고 있을 뿐 더 이상 진격하지 못했다. 선대모퉁이 바로 위 공수평 우리 마을과 보림사 골짜기에 정예 남해여단과 인민유격대의 주력이 주둔하여 방비를 엄히 하고 있음을 알기 때문이었다.

공수평 마을에 진을 친 인민유격대는 면 소재지가 경찰들에게 함락된 다음날부터 마을 사람들에게 피난 명령을 내렸다. 낮에는 절대로 집에 있지 못하게 했다. 그들의 작전에 지장이 있다는 거였다. 일찍 아침을 지어 먹고 마을을 떠나 깊은 산 속에 숨어 있다가 해 넘어 간 후에 귀가하도록 지시했다. 밤에도 불을 켜지 못하게 해 마을 전체가 암흑 세계나 다름없었다. 명령을 어기고 불을 켜게 되면 토벌대들에게 신호를 보내는 경찰의 끄나풀이라는 누명을 씌워 즉결 처분을 서슴지 않았다. 마을 사람들은 어둠 속에서 더듬더듬 저녁을 지어 먹고 이른 저녁부터 잠들지 않으면 안 되었다. 그러나 정작 자기네들은 낮에도 몸을 피할 생각을 하지도 않았다. 주인 없는 집안에 틀어박혀 있으면서 별의별 못된 짓만 골라 했다. 함부로 안방에 들어가 잠자는 일은 예사이고 은밀한 곳까지 샅샅이 뒤져 쓸 만한 물건은 모두 가져

갔다. 맛있는 음식을 먹어치우고 닭, 돼지 같은 가축을 잡아먹었다.

맨 처음 우리 마을에 주둔했던 기강 엄한 남해여단 병사들에게서는 볼 수 없던 못된 행동을 그들 유격대원들은 서슴없이 자행하는 것이었다. 오합지졸이나 진배 없는 그들 유격대원들에게 엄한 군기를 기대한다는 것은 연목구어나 다름없는 희망 사항일 따름이었다.

한낮 내내 엉골 깊은 골짜기에 숨어 있다가 해거름녘에 집에 돌아와 보니 집안을 온통 들쑤신 흔적이 여기저기서 보였다. 닭장에 가둬 둔 씨암탉도 한 마리 없어졌다. 조상 제사며 가족 생일 같은 특별한 집안 행사에만 쓰려고 첫 수확한 햅쌀을 정성껏 갈무리하여 앙증맞게 생긴 한 가마들이 질 독에 가득 담아 놓았는데 어찌된 일인지 쌀 한 톨 남아 있지 않았다. 어머니는 내팽개쳐져 있는 빈 독 그릇을 보고 몹시 흥분하셨다.

"엠병할 놈들. 이따위 못된 짓거리를 하니까 성공 못 하고 밤낮 쫓겨다니지, 쯧쯧……."

분을 삭이지 못하고 울화 김에 내뱉은 어머니의 독설은 유격대장의 귀에 들어가 기어코 문제를 만들고 말았다. 혁명 과업 완수를 위한 성스러운 행위에 대해서 불만을 터뜨리는 것은 바로 반동의 언동이라는 죄목이었다. 유격대 본부는 매우 부산스러웠다. 어디론가 전령이 가고 오고 분주하게 움직였다. 다음날 아침부터 어머니는 포승으로 결박당한 채 안방에 구금되었다. 당시 우리 마을에 주둔한 유격대원 중에는 '무데뽀'라는 별명을 가진 자가 있었다. 그 자의 소임은 번득이는 장검으로 반동의 목을 치는 일이었다. 예전의 망나니 같은 역할이었던 것이다. 그는 오후만 되면 장검을 숫돌에 쓱쓱 갈아 광을 내며 날을 세우는 일로 소일했다. 장검의 날을 서슬 퍼렇게 갈아 놓았다가 즉결 처분 대상자가 생기면 그 칼로 내리치려는 것이었다. 즉결 처분은 주로 야밤에 행해졌다. 마을 뒤 엉골의 숯가마터, 용소 부근 갈대밭, 금성 마을 대나무밭 등 마을에서 후미진 곳이면 어느 곳이건 그들의 눈밖에 난 무고한 사람들의 무덤이 되었다. 유치 안통에서 무데뽀의 칼에 맞아죽은 사람이 부지기수라는 소문은 널리 퍼져 있는 터라 누구나 무데뽀 얼굴만 봐도 기절초풍할 정도였다.

나는 밧줄에 꽁꽁 묶인 어머니 곁에 거머리처럼 달라붙은 채 징징거리며 울고만 있었다. 날이 어두워지자 병사 두 사람이 어머니를 데리고 어디론가 갔다. 나는 호송병의 제지를 무릅쓰고 울며불며 어머니를 따라 나섰다. 어머니와 떨어지지 않으려는 나를 마음씨 고운 호송병들이 이해해 주어 동행할 수 있었다. 어머니는 그들의 상급 부대가 있는 다른 마을로 도살장에 끌려가는 가축처럼 붙잡혀 갔다. 지휘 부인 성싶은 널찍한 방에 공비 간부들이 빙 둘러앉았다가 어머니가 들어서자 아니꼬운 눈초리를 희번덕이며 윗목에 앉게 했다. 서기장 직책을 맡은 젊은 병사가 문서를 들고 반동이라는 요지로 어머니의 죄목을 낭독했다. 나는 어머니의 치맛자락을 꽉 붙잡은 채 판결을 내릴 우두머리의 입 언저리에 온 정신을 집중하고 있었다. 그때였다. 바깥이 떠들썩하더니 누군가가 방 안으로 들어서는 것이었다. 인민 군복을 입고 들어선 사람은 다름 아닌 동훈 형이었다.

"아니, 이게 누구지? 동훈 동무 아니오?"

판결을 내리려던 우두머리가 자리를 털고 일어서며 동훈 형을 반갑게 맞았다. 홀연히 나타난 동훈 형은 어머니에게는 구세주나 다름없었다. 우두머리는 동훈 형과 국방경비대 14연대에서 생사고락을 함께 했던 전우였던 것이다. 동훈 형이 대신 백배사죄하고 재발 방지를 책임지는 선에서 일이 마무리되고 어머니는 훈방 조치되었다. 조금만 늦었더라면 어머니를 위시한 우리 가족은 반동으로 몰려 그날 밤 무데뽀의 장검에 떼죽음을 당할 뻔한 위기일발의 순간이었던 것이다.

"어머니, 제발 입 조심하시란 게라. 곧은 박달로 내뱉다가는 온 식구가 몰살당하기 똑 알맞어라. 제가 알았기 망정이지 정말 큰일날 뻔했구만요."

집으로 돌아오면서 동훈 형은 어머니에게 입 조심을 신신당부했다.

"니가 어떻게 내 소식을 알았드냐?"

어머니는 안도의 한숨을 내쉬며 아들에게 말했다.

"임배 형이 달려와 알려줬지 뭐요."

한집 식구나 다름없이 매사를 도와주던 이웃집 임배 형이 사태의 심각성을 간파하고 백방으로 동훈 형을 수소문하여 위급한 상황을 전한 덕분이었다. 그때 우리 가족을 구한 임배 형이 얼마 전에 위암으로 세상을 떠났다는 소식이 전전기별로 들린다. 변변히 은혜 갚음도 못했는데…… . 나는 아픈 가슴을 가까스로 달래느라 애를 먹었다.

유격대들의 마지노선 선대모퉁이(예전에 물레방앗간이 있었음).

유랑의 시작

선대모퉁이 전선을 마주한 채 천연 세월로 장기간 대치만 하고 있을 경찰 토벌대가 아니었다. 토벌 부대의 입장에서 보면 어떻게든 선대모퉁이 전선을 돌파해야만 보림사 골짜기에 우글거리는 공비 토벌이 가능한 일이었고 유격대의 입장에서는 선대모퉁이 방어선이 최후의 마지노선이나 다름없었다. 그러므로 유격대들은 마지노선 사수에 총력을 기울일 수밖에 없었다. 유격대들은 장애물 설치, 복병 배치 조치와 병행하여 경찰 토벌대가 진치고 있는 면 소재지가 빤히 보이는 배바위 뒷산까지 수색조를 내보내 정찰 활동을 강화했다. 우리집에 주둔하고 있는 유격대원 중에 권 상사라는 나이 지긋한 공비가 있었다. 국방경비대 출신인 그는 14연대 여순반란 당시 진압군으로 출동했다가 순천 시가지 전투에서 반란군에게 투항한, 요즘 말로 신을 거꾸로 신은 병사였다. 그는 지리산에 은거해 있다가 6·25전쟁 때 하산하여 전남도당에서 요직을 거친 고참 유격대원이었다. 계급이 높은 그는 부지런하고 날렵하여 부하에게 시킬 수 있는 사소한 정찰 임무도 스스로 나서며 모범을 보였다. 그는 지급된 권총보다도 병사용 아식장총을 애지중지했다. 백발백중의 명사수라고 소문난 그는 장총이라야 원거리 사격과 명중이 가능하다고 입버릇처럼 말하곤 했다. 권 상사는 평소 나를 귀여워하며 다람쥐라는 별명도 지어 주었다. 하는 짓이 야무지고 동작이 민첩하다는 뜻이었다. 그는 산꼭대기 초소에 순찰을 나갈 때마다 나를 불러 세우고,

"날 따라올 수 있겠니?"

하며 내 의중을 떠보는 거였다.

"네."

그는 나를 뒤에 달고는 유격훈련을 가르치듯 가파른 산길을 기어오르는 것이었다. 어느 날 배바위 뒷산으로 적정을 살피러 가는 권 상사를 따라갔다가 나는 우연하게도 그가 단 한 방의 총알로 원거리에 있는 토벌대원을 명중시키는 장면을 목격하게 되었다.

공수평 앞 실개울에 걸린 징검다리를 건너 강동 마을 뒤 '복송짐이' 능선을 타고 정상에 오르면 갈머리 마을 뒷산 문밧재에 이른다. 이 문밧재는 면 소재지에서 대삼·신삼·이신·어인·새터·산태몰 등 내지 마을로 통하는 지름길이기도 했다. 문밧재를 조금 지나 정상에 이르면 배바위 마을 뒷산이었다. 가파른 암벽이 층을 이루고 있는 정상에 올라 건너를 보면 야포가 거치된 둔지봉 정상이 바로 눈앞에 보이고, 발 아래로 멀리 면 소재지 전경은 물론 유치초등학교 운동장이 한눈에 들어왔다. 유치초등학교 운동장에 진을 친 토벌대원들이 부산하게 움직이는 모습을 목격한 권 상사는 그들 중 한 병사를 장총을 겨냥했다. 아식장총의 가늠쇠에 시선을 집중한 채 볼에 개머리판을

밀착시키고 있던 그는 정조준하여 방아쇠를 잡아당겼다. '딱! 꿍!' 우람한 아식장총의 총성이 산울림 됨과 동시에 표적이 된 병사는 그 자리에 고꾸라지고 말았다.

"어떠냐? 내 솜씨가!"

의기양양해진 권 상사는 장총을 허공에 흔들어대며 기고만장 뽐내고 있었다. 곧바로 토벌대들의 응사가 시작되고 이어 둔지봉 정상에 거치된 105mm 야포가 문밧재를 향하여 요란한 포성을 내뿜기 시작했다. 나는 '걸음아, 날 살려라!' 기겁을 하며 한달음에 산을 내려오고 말았다.

오비이락 격이었던가. 권 상사가 벌집을 건드려 놓은 후로 경찰 토벌대의 공격은 격렬해지고 있었다. 경찰 토벌대는 사생결단의 자세로 총공격을 개시한 듯싶었다. 새벽 안개 자욱한 어느 날 미명을 기해 전남도경 기동 부대는 증강된 병력과 중화기를 총동원하여 선대모퉁이 요충지를 돌파해 버렸다. 선대모퉁이 주 저항선은 나치 독일군의 탱크 앞에 무력화되어 버린 프랑스 국경의 마지노선처럼 허무하게 무너져 버렸다. 유격대들은 동료들의 시체를 밟고 넘으며 보림사 골짜기를 향해 퇴각하기 바빴다. 장흥 경찰 토벌대의 주력이 보림사 골짜기를 향해 진격을 개시하는 같은 시각에, 영암 경찰서 토벌부대는 군계(郡界)에 위치한 요충지 국사봉을 점령하고 그 여세를 휘몰아 신풍·조양 마을로 들이닥쳤다. 일종의 양면 작전, 협공이었던 것이다.

막강한 화력과 충분한 병참 지원, 증강된 병력으로 사기가 드높아진 토벌대의 거센 공격 앞에 공비들은 추풍낙엽 신세였다. 전초 기지

를 잃은 유격대들은 공수평 마을 노거수와 둔덕을 방패 삼아 토벌대
의 진입을 저지했다. 유격대들의 완강한 저항에 잠시 주춤해 있던 경
찰 토벌대는 전열을 재정비하여 공격을 개시했다. 강동 마을이 토벌
대의 수중에 들어가고 나자 개울 건너 공수평 마을의 운명도 바람 앞
의 등불이었다. 다음날 공수평 우리 마을도 토벌대의 수중에 들어가
고 말았다. 공수평 마을을 접수한 토벌대들은 밤이 되어도 철수하지
않고 현지에서 야영을 하였다. 종전, 낮에 공격하고 밤에는 주둔지로
철수하던 소극적인 공격에서 벗어나 경찰 토벌대들은 점령지에서 아
예 밤을 새우는 적극적인 전법을 구사하고 있는 것이었다. 판이하게
달라진 전법이었다. 어제까지는 낮이면 마을 뒤 엉골에 숨어 있다가
밤이 되면 집에 돌아와 잠을 잘 수 있었는데 이제는 그렇게 할 수도
없었다. 집에 돌아와 새우잠을 자고 아침 먹기가 바쁘게 산 속으로
피난하던 생활 패턴에 변화가 온 것이었다. 마을 사람들은 정든 마을
을 떠나지 않으면 안 되었다. 누구 한 사람 오라는 데는 없어도 어디
론가 떠나야만 했다. 하루 아침에 피난민 처지가 된 마을 사람들은
보림사 골짜기에 흩어져 있는 낯선 마을을 향해 남부여대한 채 유랑
의 길을 떠나지 않으면 안 되었다.

　공비들은 후퇴하면서도 반드시 주민들을 몰고 다녔다. 주민들을 마
을에 두고 가면 토벌대들에게 정보를 제공한다는 것이었다. 일종의
초토작전이었던 것이다. 마을 사람들은 간편한 이부자리와 비상 식
량만을 짊어진 채 공비들을 뒤따라 나섰다. 우리 가족도 예외는 아니
어서 장형이 살고 있는 이웃 용문 마을로 피난을 떠났다. 일부 약삭
빠른 마을 사람들은 공비들을 따라 보림사 골짜기로 가지 않고 그들

몰래 마을 뒤 엉골에 토굴을 파고 은신하였다는데, 우리 가족은 용문 마을에 분가해 사는 장형을 찾아 나선 게 잘못된 선택이었다. 나중에 들으니, 엉골 골짜기로 피신한 마을 사람들은 밤이면 도둑고양이처럼 마을로 내려가 주 부식을 조달해 끼니를 때우고 나중에는 선무 부대의 귀순 종용 방송에 순응하여 산을 내려와 토벌대들이 금사리 마을에 마련해 준 피난민 수용소에 수용되어 별다른 고생을 하지 않았다고 한다.

　장형은 졸지에 자신의 네 식구에다 우리 다섯 식구를 합친 아홉 식구의 대식솔을 책임지게 되었다. 그러나 이곳 장형의 집도 안전한 곳이 되지 못했다. 공수평 마을이 함락된 바로 다음날 용문 마을마저 토벌대에게 점령당해 버린 때문이었다. 우리 아홉 식구는 용문 마을 뒤 송림 부락 뒷산, 보림사로 넘어가는 지름길 중간 지점, 갈대 숲이 우거져 있어 은폐 엄폐가 용이한 음습한 지점에 움막을 만들고 함께 숨어 지내게 되었다. 대동아 전쟁, 즉 2차 대전 말기에 일제는 우리 백성들에게 관솔기름을 짜게 했다. 소나무 괭이 부분에 뭉쳐 있는 송진 기름을 가공하여 군용 윤활유로 사용하고자 함이었다. 송림 부락 뒷산에는 숯을 굽고 관솔기름을 짜던 가마 웅덩이들이 즐비했다. 그 가마 웅덩이는 움막의 좋은 기반이 되었다. 웅덩이 위에 서까래를 가로 걸치고 나뭇가지를 엮어 덤불로 위장해 놓으면 쉽게 발견되지 않았다. 굴 안 토벽에 짚마름을 둘러치고 낙엽과 덤불을 긁어모아 바닥에 두둑이 깐 채 솜이불을 덮고 누우면 웬만한 추위는 견딜 수 있었다. 피난민들은 토벌대들이 물러가고 난 오후 늦게야 움막 밖으로 나와 밥을 해먹었다. 취사용 땔감으로는 연기가 잘 피어 오르지 않는

썩은 비싸리나무와 죽은 맹감 넝쿨이 단연 인기였다. 그것들은 주변에 지천으로 널려 있었다. 피난민들은 무단 이탈을 감시하는 유격대원의 양해를 얻어 야밤에 마을에 내려가 외딴 곳에 숨겨 놓은 양식이며 된장, 김치 같은 주 부식을 조달해 먹었으므로 끼니 굶을 염려는 없었다. 한파가 몰아치는 야간의 보온 방법으로 잘 마르고 화력이 좋은 나무토막을 불살라 잉걸불을 만들어 화로에 담아 토굴 안에 들여 놓았다. 타다 남은 연료에서 내뿜는 매운 냉갈 때문에 몹시 곤욕스러웠으나 토굴 안은 삽시간에 온기로 가득 차 한기를 몰아낼 수 있었다. 움막 한가운데에는 보물 단지처럼 화로가 항상 자리잡고 있었다. 신주 단지처럼 모셔 논(?) 그 화로를 잘못 간수하여 낭패를 본 경우도 더러 있었다. 잠버릇 사나운 사람이 발길로 걷어차는 등의 부주의로 움막을 태우고 화상을 입는 일이 비일비재하였던 것이다. 늦겨울과 초봄이 교차되는 시점의 날씨는 일교차가 크고 무척 변덕이 심했다. 어떤 날은 볕이 쨍쨍하게 화창하다가도 금세 을씨년스럽고 매서운 겨울 날씨로 변하는 것이었다. 세찬 바람에 황사가 기승을 부리는가 하면 이따금 펑펑 눈이 내리는 날도 있었다. 그런 기후 조건은 온돌 생활에 길들여져 있는 산골 사람들에게는 참기 힘든 고역이 아닐 수 없었다. 뜨뜻한 온돌에 등을 대고 누워 봤으면 원도 한도 없겠다고 어머니는 자나깨나 말씀하셨다. 토굴 생활에 쉽게 적응하지 못한 어머니는 심한 고뿔을 앓게 되었다. 어머니의 병세는 점점 악화되어 마침내 합병증으로 발전하고 말았다. 열병에 걸린 것이었다.

그 즈음 유치 산골 마을 곳곳에는 열병을 앓는 사람들이 하나둘 늘어나기 시작했는데 허약해진 어머니가 기어코 그 돌림병에 감염되고

만 것이었다. 열병은 머리가 빠지는 병으로 속칭 '염병'이라고 불렀다. 의학 용어로는 장티푸스(장질부사) 혹은 '재귀열'이라 했다. 벽지에 의료시설이 있을 리 없고, 더군다나 난세라서 치료는 엄두도 낼 수 없었으며 약도 구할 수 없었다. 괴질은 조상 대대로 전래된 단방약만으로는 치료가 어림없는 악성 돌림병이었다. 이 병의 예방을 위해서는 일제 말 호열자(콜레라)가 창궐할 때처럼 주변 환경을 깨끗이 하고 물은 반드시 끓여 먹어야 한다고 마을 어른들은 이구동성으로 말했다.

아홉 식구나 되는 대가족의 끼니를 위해서는 많은 양의 곡식이 필요했다. 장형네 비축 양식도 바닥이 나 버렸다. 밤이 이슥해지자 어머니는 장형에게 우리집 곡간의 열쇠를 건네 주며 공수평 집에 내려가 양식을 가져오도록 지시했다. 장형은 별빛을 등불 삼아 도둑고양이 걸음으로 마을을 향해 떠났다. 장형은 한식경이 지난 후에 숨이 턱에 차서 돌아왔다.

"어머니! 어머니! 우리집이 몽땅 불에 타 없어져 버렸당게라!"

장형은 어깨에 메고 온 묵직한 물건을 땅바닥에 내동댕이치면서 울먹였다. 장형이 마을 첫들머리에 당도하자 매캐한 짚불 내음이 풍겨와 코로 숨을 들이키기 어렵더라 했다. 코를 감싸쥐며 마을 가까이 접근했는데도 쉽게 보여야 할 우리집이 보이지 않았다. 불길한 예감에 사로잡혔으나 설마 하며 더듬더듬 집 가까이 가보니, 깜깜한 그믐 밤에도 또렷이 그 형체를 드러내던 우람한 안채며 부속 건물은 간 곳 없었다. 말로만 듣던 ·폐허였다. 폭삭 내려앉아 버린 집 마당으로 한 바탕 세찬 바람이 휩쓸고 가자 잿가루가 얼굴로 날아들고 있어 더욱 심기를 언짢게 만들었다. 폐허가 된 집터에서 우두망찰 장탄식만 하고 있던 장형이 하릴없이 발걸음을 옮기려는데 무언가 발에 밟히는 게 있었다. 연체 동물처럼 흐물흐물한 물체는 누군가가 잡아먹고 내팽개쳐 버려 나뒹구는 소의 껍질이었다. 비린내가 풀풀거리는 걸로 미루어 갓 잡아먹은 듯싶었다. 분명 마을을 점령한 경찰 토벌대들이 주인 잃은 우리집 소를 잡아먹어 치운 모양 같았다. 양식을 구하지 못한 장형은 식량 대신 소 껍질을 걸머메고 헐레벌떡 돌아오는 길이라고 했다.

"참말로 우리집이 불타 버렸어야?"

어머니는 그 한마디를 탄식처럼 토해내고는 넋을 잃고 말았다. 그도 그럴 것이, 우리집은 유치에 정착하신 아버지께서 정성을 쏟아 지은 집이었고 여순반란사건 당시, 공비 토벌작전의 일환으로 산골 마을 모든 인가를 소각했을 때도 화를 입지 않고 명맥을 유지하던 운이 좋다는 집이었던 것이다. 집을 잃은 설움도 잠깐, 굶주린 우리 가족들은 그 소 껍질의 털을 벗기고 푹 삶아 몇 끼를 연명할 수 있었다. 돌림병에 걸린 어머니의 병세는 점점 악화되었다. 온몸에 열이 오르고 머리카락이 빠지기 시작했다. 빗으로 머리를 빗으면 머리털이 무더기로 뽑혀 나왔다. 머리털이 부족하여 쪽을 찌기도 어려웠다. 어머니는 머리에 수건을 둘러썼다. 돌림병에 시달리는 어머니에게 또 다른 고통이 뒤따랐다. 마을 사람들로부터 따돌림을 당하는 아픔이었다. 마을 사람들은 어머니가 앓고 있는 괴질이 혹시 자신들에게도 옮을까 싶어 한사코 우리 가족과 어울리려 하지 않았다. 대화는 물론 내왕을 삼가고 피난을 갈 때도 우리 가족과 함께 가기를 꺼려 했다.

전염성 괴질은 유치 산골 안통에 널리 퍼져 있어 주민이나 병사를 가리지 않고 무서운 기세로 창궐했다. 괴질의 원인은 밤낮없이 쫓겨만 다니느라 목욕을 하지 못하는 등 위생 관리를 소홀히 하여 자연 발생한 병이라고도 하고, 비행기가 공중에서 하얀 분말을 뿌려 세균전을 감행한 때문이라는 소문도 있었지만 그 실상은 우리가 알 수 없는 일이었다. 제2차 세계대전 말기 나치 독일의 유태인 유독가스 대량 학살과 일본군 731부대의 생체 실험 만행이 도마에 올라 적나라하게 파헤쳐지는 현상을 보면, 당시 유치 산골에 창궐했던 괴질의 원인도 언젠가는 규명될 것이라는 기대를 해본다.

장형네와 우리 가족은 그렇게 해서 외톨이가 되었다.

그러나 움막 속에서 숨어 사는 피난 생활도 안전을 보장받을 수 없는 지경에 이르고 말았다. 경찰 토벌대들이 공비들을 계속 추격, 보림사 사찰 경내까지 진출한 때문이었다. 당시 보림사에는 주지 스님과 두어 사람의 행자가 있었는데 난리가 나자 모두 다른 절로 피신해 버리고 지키는 이 한 사람 없어 보림사의 최후를 아무도 목격하지 못했다는 것이다. 불제자 중 누군가 한 사람이라도 사명감을 가지고 사찰을 지켰더라면 사찰의 소실을 사전에 방지할 수도 있었을 것이며 역부족하여 화를 막지 못하였다손 치더라도 그 최후의 날짜와 상황만은 기록으로 남길 수 있지 않았을까 하는 아쉬움이 남는다. 난리통에 뛰어난 지혜로 절을 지켜낸 불제자의 살신성인적 사례가 실제로 얼마나 많던가 말이다.

평소 도보로 병력을 이동시키던 경찰 토벌대는 이제 버젓이 트럭으로 병력과 군수물자를 수송할 정도로 대담해졌다. 기동력을 겸비한 경찰 토벌대의 공격은 날이 갈수록 거세어지고 반대로 공비들은 힘이 쇠진하여 날로 움츠러들고 있었다. 그러나 후퇴를 거듭하던 공비들도 결코 만만한 상대는 아니었다. 공비들은 보림사 골을 마지막 보루 삼아 죽을 힘을 다해 저항하고 있었다.

이런 위급 상황 때 인민군 정규 부대인 남해여단이 지원 출동하여 한바탕 반격을 시도하면 좋으련만 남해여단은 종내 그 모습을 나타내지 않았다. 6·25전쟁을 다룬 일부 작품에서, '전투를 기피한 남해여단이 안전지대인 모후산으로 도망가 민폐만 끼치고 있기 때문에 〈먹고 놀자 부대〉로 명명되었다' '전투를 기피하는 남해여단장 이청송을 전남도당 위원장 박영발이 사살하였다'는 둥으로 묘사하고 있는 동기가 그들의 우유부단한 작전 태도 때문이 아니었나 싶기도 하다.

그러나 사실이 반드시 그런 것만은 아니었던 것 같다.

『디지털 장흥 역사』를 검색하면,

'1951년 3월 18일 남해여단 작전 실패로 궤멸 상태(500여 명 사망) 생존자 작전 참모 등 15명 정도만이 화순 백아산으로 이동.'

이라는 기록이 보인다. 그들은 보림사 골짜기와 화학산 등지에서 정예 국군과 경찰 토벌대를 상대로 전투를 벌이다 막심한 피해를 입고 재기 불능 상태가 되었다는 얘기를 나 역시 당시에 귀동냥으로 들은 바 있다. 그들은 모든 여건상 세가 불리하여 패전한 것이지 비겁한 짓을 골라 한 것은 아닌 듯싶다. 내가 우리집에서 같이 생활하면서 직접 겪은 남해여단 병사들은 결코 그런 사람들이 아니었다.

한 가지 이해가 되지 않는 점이 있긴 하다. 유치 산골 입산 당시 200명이라는 남해여단 병력이 궤멸 당시는 500여 명으로 기록되어 있는 점이다. 인적 자원이 고갈된 산 속 마을에서 그 많은 병사를 초모했을 리도 없고 보면 그들의 후속 부대가 합류하였거나, 지방 유격대를 흡수 확대 개편했든지, 아니면 체계가 바로 서지 않았던 시절인지라 기록의 잘못일 수도 있다고 본다.

아무튼 보림사 골짜기는 사생결단의 각오로 버티는 비정규 부대인 전남도당 소속 유격대원들을 주축으로 방어되고 있었다.

송림 부락에서 보림사로 통하는 산길.

장형 일가족의 참변

1951년 음력으로 2월 18일.

날짜까지 똑똑히 기억할 수 있는 것은 참변 전날인 2월 17일이 장형 일가의 제삿날이기 때문이다. 겨울과 봄의 갈림길에서 엉거주춤 머뭇 거리던 무렵의 그날은 우리 집안에 커다란 비극을 안겨 준 통한의 날 이기도 했다. 식량이 부족하여 고구마와 배추 등걸을 점심 대용식으로 때운 온 가족이 밀려드는 식곤증 때문에 한가로이 졸고 있는데 움막 가까운 곳에서 고막을 찢는 듯한 총성이 요란하게 들려왔다. 경찰 토벌대들이 마을 뒷산을 수색하며 쏘아대는 총소리가 분명했다.

"거멍개 새끼들이 또 지랄 발광이로구먼!"

피난 생활에 이골이 난 마을 사람들은 경찰 토벌대를 향해 욕설을 퍼부으며 은신처를 뒤로 하고 도망치기 바빴다. 우리 가족 역시 잽싸게 움막을 빠져 나와 보림사로 넘어가는 산길을 바라보며 발걸음을 재촉했다. 우리 가족이 잰걸음으로 보림사 지척인 산발치 가까이 이르렀을 때 보림사 경내 쪽에서 요란한 총소리가 들리는 것이었다. 경찰 토벌대들이 협공을 펴는 모양 같았다. 보림사 경내에서 소총을 난사하던 경찰 토벌대들은 방금 전 우리 가족이 넘어온 산길을 향해 가까이 오고 있었다. 일렬 횡대로 행군하는 소대 규모의 병력이었다. 앞뒤로 길을 차단당한 우리 가족은 혼비백산하여 가던 길을 되돌아 뒷걸음질치기 시작했다. 그러나 그들의 행군 속도로 보아 곧 덜미가 잡힐 것 같았다.

다급해진 어머니는 우리들에게 길 옆 무성한 산죽밭으로 몸을 숨기라고 말했다. 멀찌감치 우리를 뒤따라오던 장형네 식구들은 어디로 갔는지 모습이 보이지 않았다. 우리 가족은 산길에서 멀리 떨어진 무성한 산죽밭에 몸을 숨긴 채 죽은 듯이 엎드려 있었다. 그곳에는 우리 다섯 식구뿐만 아니라 낯모르는 몇 사람의 피난민들도 숨을 죽인 채 엎드려 있었다. 이윽고 산길을 타고 오르는 둔탁한 군화발 소리와 달그락거리는 총기 쇠붙이 부딪치는 소리에 섞여 두런두런 톤 낮은 인기척이 들렸다.

"좀 전에 분명 사람들이 내려오고 있었는데? 근처를 샅샅이 수색하라!"

토벌대 지휘자의 우람한 목소리가 지척에서 들렸다. 운명을 오직 하늘에 맡긴 우리 가족은 고슴도치처럼 몸을 잔뜩 웅크린 채 숨소리까지 죽이고 있었다. 발각되어 붙잡히는 날엔 끝장이라는 강박관념 때문인지 숨통이 막힐 것 같은 고통도 참을 수 있었다.

얼마나 지났을까. 경찰 토벌대들의 발소리가 차츰 멀어지고 산 속은 고요를 되찾았다. 해는 뉘엿뉘엿 서산으로 지고 산 속은 어둑어둑 땅거미가 내리고 있었다. 사위가 고즈넉해지자 여기저기서 두세두세 인기척이 났다. 산죽밭과 우거진 덤불 속에 몸을 숨기고 있던 피난민들이 하나둘 조심스럽게 모습을 나타내기 시작한 것이었다.

"애비야! 애비야, 어디 있느냐?"

산죽밭에서 몸을 빼쳐낸 어머니는 가만한 목소리로 장형을 찾았다. 그러나 장형의 가족은 아무 곳에서도 보이지 않았다. 애가 탄 어머니는 아까 우리가 도망쳐 왔던 길을 거슬러 앞장서 갔다. 혹시 장형네 가족들이 먼저 움막에 돌아와 있지 않을까 하는 일말의 희망을 안고 움막으로 올라가 볼 심산이었던 것이다. 우리 가족이 산길을 타고 오르는데 때마침, 장형네 옆집 아낙이 산길을 거슬러 내려오고 있다가 우리 가족을 보고는,

"오메! 살아계셨구만이라!"

죽었던 사람이 살아오기라도 한 듯 반색을 하며 어머니를 얼싸 안는 것이었다.

"혹시, 우리 동준이네 못 보았는게라?"

어머니는 장형네의 안부가 걱정되어 그렇게 물었다.

죄를 진 사람처럼 한참을 머뭇거리고만 있던 아낙은 이윽고 무겁게 입을 열었다.

"큰일이 난 성싶으요. 큰아들네 가족이 경찰들한테 몽땅 당해 분 모양이요!"

"당하다니라?"

영문 모르는 어머니는 사색이 되어 아낙의 옷깃을 붙잡고 다그쳤다. 후유! 한바탕 한숨을 몰아쉬고 나서 아낙은 차근차근 얘기를 늘어놓기 시작했다.

장형은 우리 가족보다 한참 뒤쳐져 움막을 나섰다. 젖먹이가 줄곧 보채는 통에 지체된 것이었다. 장형은 움막을 나간 어머니가 보이지 않으므로 무작정 보림사 방면 산길로 내려오다가 경찰 토벌대가 거슬러 올라오는 것을 목격하고는 자신의 가족을 데리고 우리가 숨어 있던 산죽밭의 반대쪽 골짜기로 은신하였다는 것이다. 산길을 올라오던 경찰 토벌대들은 장형이 숨어 있는 부근을 지나치려다 말고 걸음을 멈추었다. 그들은 수풀 속에서 들려오는 인기척을 감지하고는

공포를 난사했다. 그 서슬에 장형의 젖먹이가 기어코 울음을 터뜨리고 말았다는 것이다.

"어째 수상타 했더니만 여기 사람이 숨어 있었구만. 빨리 나오라! 안 나오면 쏠 테다!"

장형 가족은 젖먹이의 울음 때문에 토벌대에게 발각된 것이었다. 촌로들의 말에 의하면 난세에 가장 두려운 존재는 뭐니뭐니해도 어린애라고 했다. 은신중에 어린애가 울게 되면 '나 여기 숨어 있소' 하고 알리는 거나 다름없기 때문이라 했다. 그러므로 난세에 피난을 하는 경우, 사람들은 아이 딸린 아낙을 극히 경계한다는 것이다. 일행 가운데 철모르는 어린애가 끼어 있다가 울음이라도 터뜨리게 되면 피난민들은 이구동성으로,

'누굴 죽이려고 드느냐? 당장 울음을 그치게 하지 않을 테냐!'
라고 윽박지르거나 그들을 피해 다른 곳으로 몸을 사리는 사례가 비일비재했다. 그 때문에 극한 상황에서 어린애의 울음을 그치게 하려고 아이의 입에 수건을 물렸다가 죽게 한 일은 피난 생활중에 흔히 볼 수 있는 현상이었다. 그런 우려가 바로 형수의 눈앞에 현실로 나타나고 만 것이었다.

어린애를 품에 안은 형수는 엉거주춤 경찰 토벌대원 앞에 몸을 드러냈다. 토벌대원 한 사람이 형수의 가슴에 총부리를 들이대며 족쳐댔다.

"남편은 어디 있나? 숨어 있는 곳을 빨리 대라!"

호통치는 토벌대원의 위협에 혼비백산한 형수는 죽을 상이 되어 숲속을 향해 외쳤다.

"여보! 빨리 나오시란게라! 당신 안 나오면 나 죽인다요."

그렇게 해서 그들에게 붙잡힌 장형은 용문 마을 인민위원장이라는 직함이 들통나고 말았다. 장형이 인민위원장으로 있던 용문 마을은 물론 인근 마을에는 반동이라는 죄목으로 좌익들에게 가족을 잃은 집안이 많았다. 참변을 당한 그들 유가족들의 입장에서 보면 좌익이라면 누굴 불문하고 불구대천의 원수로 치기 마련이었다. 그들 일행 중에 좌익들에게 가족을 잃고 그 복수를 위해 토벌 부대에 지원한 자가 있어 장형의 정체를 쉽게 파악한 모양 같았다.

"거물 빨갱이 새끼를 잡았다!"

기고만장한 경찰 토벌대원은 장형 가족을 끌고 산 위로 올라가더라 했다. 장형은 끌려가면서, 형수를 보고 '이 미련한 여펜네야! 이 원수야!' 하는 저주의 소리를 수없이 반복하며 울부짖더라는 것이다. 당시의 상황에서 지혜가 있는 아낙 같았으면 아이가 울지 못하도록 사전에 젖을 물린다든지 하여 예방 조치를 했을 것이고, 일이 여의치 못해 토벌대에게 발각됐더라도 남편의 행방만은 절대 모른다고 시치미를 딱 떼 남편을 살려야 하는 게 도리인데 형수는 그 점에 있어서 지혜롭지 못한 여인이 분명했다. 장형 가족이 붙들려 간 얼마 후 산 정상 숯가마터가 있는 웅덩이 부근에서 요란한 총성이 울렸는데 그 총성이 장형 일가족을 사살하는 총성이었을 거라며 아낙은 눈시울을 붉혔다. 그녀는 덧붙이기를,

"……온 식구가 함께 있지 않아 천만 다행이었구만이라. 까닥 잘못 했으면 아홉 식구 떼죽음당할 뻔했소. 난세에는 부모 형제 간에도 윤기를 끊어야만 멸문지화를 면할 수 있다는 옛 어른들의 말씀이 거짓

갈머리에서 출토된 고인돌군.

이 아니었소 그랴!"

　아낙은 그 한마디를 남기고 남편이 숨어 있는 가지산 중턱 송대암
으로 간다며 총총히 사라져 버렸다. 어머니는 병환중이고 동석 형과
나는 아직 철부지인 터라 장형네 가족의 시신을 수습할 엄두도 내지
못하고, 종내는 중음신 신세로 구천을 방황하는 떠돌이 혼백이 되게
한 일은, 지금도 가슴이 메어지지만 당시 상황으로는 어쩔 수 없는

일이었다.

　난리가 평정되고 사회 질서가 회복된 그해 여름, 어머니는 장형 가
족의 유골이라도 수습하려고 그 방면 전문가를 대동하고 현장 일대
를 수색하는 등 갖은 애를 썼지만 정확한 사망 장소도 모를 뿐만 아
니라 여름 산세가 워낙 무성하여 도저히 찾을 수 없었다.

중건된 보림사(6·25전쟁 때 불타 버린 절을 최근에 중건하였음).

천년 고찰 보림사 소실

　　그 무렵, 천년의 역사를 자랑하던 고찰 보림사는 불타고 말았다.

　　장흥군지(誌)에는 1951년 2월 23일 17시경에 절이 불탔다고 기록되어 있고 『디지털 장흥의 역사』에는 동일 22시 30분으로 되어 있어 시간적인 차이가 있다. 동년 3월 11일경이라는 또 다른 기록도 있어 혹시 음력과 양력의 차이가 아닌가 싶어 만세력을 들춰 본바, 음력으로 1951년 2월 23일은 양력으로 3월 30일로 되어 있어 이 또한 일치되지 않는다. 한술 더 떠서 7월 28일 밤 10시 30분경에 군경에 의해 소실됐다는 기록도 보인다. 군지와 『디지털 장흥의 역사』 두 기록 모두 시간만 다를 뿐 동일한 날짜로 올라 있으므로 2월 23일경이 확실한 걸로 생각되나 그 역시 하늘만이 알고 있는 수수께끼가 아닐 수 없다. 절이 불타던 날 화광은 하늘을 찌르고 기왓장과 쇠북이 터지는 소리가 천지를 진동했다고 사찰 부근 마을 촌로들은 말하고 있지만 그들 역시 정확한 날짜는 기억할 수 없다고 했다.

보림사 소실은 두 차례에 걸쳐 감행되었다고 한다. 첫번째는 송대암·삼성암 등 암자 위주였고, 그로부터 얼마 후 본절의 소각이 감행되었다는 것이다.

이렇듯 스무나문 채의 부속 건물과 산재한 여러 암자를 거느리며 영화를 누리던 천년 고찰 보림사는 사천왕각 한 채만 달랑 남긴 채 화마의 혀 속으로 허무하게 사라져 버리고 만 것이었다.

보림사는 유치 산골 오지에 위치한 데다가 인민공화국 시절, 경내에 군관학교가 설립되어 인민군 장교를 양성하는 등 요새로 활용된 점이 병화의 근원이었던 걸로 사료된다. 동양의 3보림. 구산선문(九山禪門), 가지산파(迦智山派)의 근본 도량이었던 보림사는 그렇게 해서 폐허가 되었다. 대적광전에 모셔져 있던 철조 비로자나불만 유일하게 남아 거멓게 그을린 채로 흉물스럽게 방치되어 있었는데 그해 따라 농사철에 비가 오지 않았다는 것이다. 항간에는 부처가 비를 맞을까 봐 하늘이 일부러 비를 내리지 않는다는 소문이 나돌았다.

당시 유치 면장직에 있던 문경구 씨가 어느 날 꿈을 꾸었는데 꿈속에 한 동자승이 나타나 '철불을 저렇게 방치하고 무슨 비를 기다리느냐!' 일갈하므로 장흥읍 예양리 소재 유치면 임시 사무소에서 직무를 보던 문 면장은 급히 현장을 돌아보고 나서, 읍내에 피난 나와 사는 당촌 마을 출신 조성호(장흥 노인회장 역임) 씨에게 인부 다섯 명을 주어 초막이라도 만들도록 조치하였다. 조성호 씨가 임시 방편으로 초막 공사를 완료하고 귀가하는 도중에 장대 같은 비가 내려 가뭄이 해갈되었다는 것이다. 문 면장은 6·25 전 덤재에서 참변을 당한 문복호 면장의 후임으로 부임하여 6·25 격동기를 거쳐 1961년까지 13년간이나 최장수로 재직한 이 지역의 수장이었다.

비록 병화로 소실되었지만 사찰의 전통은 살아 있는지라, 사찰을 원래 모습대로 복원해야 마땅한 일이나 엄두조차 못 내고 있던 자유당 시절, 조계종 정화 사태 와중에서 청담 스님, 경산 스님 같은 고승들이 주지로 파견되었던 걸로 보아 종단에서도 보림사의 비중을 가볍게 보지 않았던 것으로 사료된다.

절 뒤편 가지산 산록에는 차(茶)나무 자생지로 다원이 형성돼 있어 예로부터 다례(茶禮) 문화를 선도했다. 보림사 작설차는 비자나무 그늘 등나무 틈바구니에서 자라 그 질은 상품으로 친다. 수려한 경관을 자랑하며 군락을 이루는 비자나무 숲에는 가을철이면 열매가 곳곳에 수북이 널려 있어 주위 담기에도 벅찼다. 비자 열매는 기호 식품이면서도 구충제로서의 효능이 인정되어 한약재로 쓰였다.

절 앞으로 국사봉 중턱에서 발원한 탐진천 원류가 흘러내리는데 개울에는 장어·메기·가물치·배가사리·모래무지 같은 토종 어종은 물론, 각시붕어·칼납자루·가시납자리·긴몰개·돌마자·남방조개·버들치 같은 물고기들이 서식한다. 점줄조개·줄납자루·참중고기·얼룩동사리 등 생물 도감에서나 찾아볼 수 있는 희소 어종들도 이곳 개울에서는 쉽게 볼 수 있다. 여름철이면 모천 회귀하는 이 지방 특산물인 은어 역시 이곳 개울에서 산란을 한다.

사찰에는 국보와 보물도 많아 그 수를 헤아리기 어렵다. 보림사의 부속 암자 중 삼성암은 명창 판소리꾼 정광수가 젊은 시절 한때 목청을 가다듬었다는 일화로 유명하고, 가지산 중턱에 위치했던 송대암은 불자가 많은 암자로 어머니의 시주 사찰이었다.

보림사 창건 신화 및 연기 설화를 살펴보면, 절터는 원래 커다란 못 (沼)이었다고 전한다.

신라 대덕 보조선사께서 이곳 지형을 살펴보니 대가람이 들어설 명당 자리가 분명한데 커다란 연못이 형성되어 있는 터라 무척 고심을 했다는 것이다. 연못에는 청룡·황룡·백룡, 세 마리의 용이 살고 있었다. 황룡과 청룡은 보조국사의 말을 듣고 순순히 물러났으나 고집 불통인 백룡만은 선사의 말을 듣지 않았다. 크게 노한 보조선사가 백룡의 머리를 지팡이로 내려치자 대갈통을 두들겨 맞은 백룡은 남쪽 방향을 향해 곧바로 도망치다가 용소 부근 앞을 가로막고 있는 산허리를 머리로 들이받아 산이 두 동강 나고 말았다. 그 두 동강 난 산협은 계곡이 되어 강물이 흐르고 있다. 머리를 크게 다친 백룡은 피를 뚝뚝 흘리며 용소 옆 당산 삼거리에서 왼쪽 장평면 방면으로 진로를 바꾸어 자취를 감추어 버렸다. 그런 연유로 백룡이 머리로 앞산을 들이받아 산줄기가 두 동강 난 지점을 용문리라 부르며, 백룡이 피를 흘리며 넘어간 고갯길을 '피재'라 부르게 되었다는 전설이다.

세 마리의 용들을 모두 쫓아낸 선사께서는 광활한 못을 메울 궁리를 하다가 문득 한 꾀를 내어 온 세상 사람들에게 눈 아픈 병을 퍼뜨렸다. 그리고 나서 눈병을 나으려면 이곳 못에 숯 한 가마니와 모래 한 소쿠리씩을 넣어야만 한다고 소문을 퍼뜨리자, 모든 세상 사람들이 앞을 다투어 삽시간에 그 못을 메웠고 그 자리에 대가람을 세우게 되었다는 것이다. 보림사 연기 설화에 원표대덕을 내세우는 얘기도 구전된다. 세 마리, 혹은 아홉 마리의 용이라거니, 또는 용이 못 된 이무기라거니 설이 분분하지만 못에 용이 살고 있었다는 사실만은 공통되므로 신경쓸 일이 못 된다.

6·25전쟁 당시, 보림사를 소각한 장본인이 누군가에 대해서 지금도 설왕설래가 많다. 장흥군사에 정설로 굳어진 기록에 의하면, 유격대의 주력 부대인 민청연대의 한월수가 추격해 오는 군경 토벌대들이 보림사를 교두보 삼아 토벌작전을 감행할 우려 때문에 고의로 방화했는데, 방화를 자행한 공비들은 천벌을 받았는지 그로부터 얼마 후 지리산으로 도망질치다 화학산과 깃대봉 전투에서 궤멸되었다는 것이다.

그러나 또 다른 일설은, 보림사에 근거를 두고 사찰의 지형지물을 방패 삼아 항거하는 공비들의 거점을 없애기 위한 초토작전의 일환으로 경찰 토벌대들이 방화했는데 그 증거로, 유치지구의 유격대원으로 활동하다가 토벌대에 귀순한 자들의 모임체인 '멸공대' 조직원들이 사찰 소각 며칠 전부터 매일 밤 사찰 부근에 나타나 사찰을 감시하고 있었다는 사실을 들고 있다.

베일 속에 감춰진 방화 사건은 최근 들어 진실에 접근하는 정보가 나돌고 있는데 그 내용은, 지방 좌익들에게 가족을 잃고 토벌대에 투신한 어느 철딱서니 없는 젊은이의 앙갚음이었다는 새로운 사실인 것이다. 이 역시 하늘만이 진실을 알고 있는 수수께끼가 아닐 수 없다. 그러나 사찰이 존재함으로써 파생되는 유·불리의 여부와 이해 득실을 따져 보면 저울의 추는 분명 군경 토벌대 진영으로 기울던 거였다.

유치 산골에 주둔한 공비들 중 남해여단을 비롯한 정예 부대는 주로 가마터재·화학산·바람재 등 유치 산골 북벽을 가로막는 남 소백

(小白) 준령을 중심으로 화순군 관할 지역에 포진해 있었다. 그 까닭은 그곳 산세가 은신처로 적합하고 산간 취락들이 많아 보급 활동이 용이할 뿐만 아니라 지역 역시 넓어 치고 빠지는 게릴라전을 수행하기 알맞기 때문이다. 또한 전세가 불리하면 모후산·백아산을 경유 지리산으로 잠입하는 루트에 인접해 있기도 하다. 그러므로 쌍방간 전투의 주 전선은 주로 화순군 관할 지역에 형성되어 있었고, 국군을 위시한 정예 토벌 부대는 도암면 중장터 골짜기와 화학산 인근 청풍·이양면 주변에 포진하였던 것이다.

광주광역시에서 화순읍으로 넘어가는 너릿재 터널 바로 아래 검문소에서 무등산 자락 쪽으로 조금 가면 '이십곡리'라는 마을이 있다. 이십곡리 마을 초입 검문소로부터 100여 미터 지점 우측 산기슭에 무명 용사의 묘역이 있고 2, 30여 기의 봉분이 가지런히 묻혀져 있는 걸 볼 수 있다. 6·25전쟁 때 조성된 묘역이므로 반세기의 역사를 지니고 있는 셈이다. 표말 한 개 없고 봉분도 매우 작아 초라해만 보이던 묘역은 조성된 지 30여 년 후에야 새롭게 단장되고 아담한 비석도 세워졌다. 이 묘역에 묻힌 용사들은 국군 제8사단 10연대 소속인데 6·25전쟁 때 유치 산골과 인접한 화순군 관내 산간 지역에서 준동하는 공비 토벌작전에 투입된 병사들이었다. 국군 제8사단 병력은 전임 부대인 국군 제11사단 병력과 부대 교체를 위해 대구에서 열차 편으로 광주에 도착했다. 8사단 예하 10연대장은 본부를 광주 서석초등학교에 두고 우선 1개 중대만 화순지구 공비 토벌작전에 투입시켰다. 중차대한 임무를 띠고 1951년 4월 5일 이양면으로 출동한 중대 병력은 공비들을 만만하게 보고 사전 대비를 소홀하게 하였던가 보았다.

야영지인 이양초등학교에 도착한 중대 병력은 피곤한 몸을 가누지 못하고 전 병력이 깊은 잠에 빠져 버렸다. 이 같은 정보를 입수한 공비들은 즉시 행동을 개시하여 4월 6일 새벽 1시 폭우가 쏟아지는 칠흑 같은 어둠을 뚫고 기습 공격을 감행해 국군에게 엄청난 피해를 입힌 것이었다. 불의의 야습으로 국군 26명이 사망하고 부상병이 부지기수였다. 막대한 피해를 입은 국군 부대는 부랴부랴 연대 본부가 있는 광주로 퇴각하지 않을 수 없었다. 그들은 퇴각하면서 사망병들의 유해를 이십곡리 초입 도로변 야산 기슭에 매장한 것이었다.

이 '무명 용사의 묘역'은 그 동안 돌보는 사람 없이 방치되었다가 1981년 재향군인회 등 뜻있는 인사들에 의해 성역화가 추진되어 발굴 작업에 들어갔고 마침내 26구의 시신이 확인되었다는 것이다. 흔적조차 구분키 어려운 유골에서는 각종 소지품이며 썩지 않은 철모도 발견되었다 한다. 패전의 와중에 얼마나 황망했기에 전우의 철모도 벗기지 못한 채 매장했는가를 생각하면 당시의 급박한 상황이 이해되는 거였다. 이 사건은 유치지구와 화순군 남부 일대를 무대로 암약하던 남해여단과 인민유격대들의 소행이라는 사실에 이의를 제기할 사람은 아무도 없을 것이라 사료된다.

요충지 산태몰 생활

장형 일가족이 자리에 없는 움막 속은 침통한 침묵만이 흘렀다.

어머니는 식음을 전폐한 상태였고, 철없는 나를 비롯한 가족들 역시 눈이 퉁퉁 부어 있었다. 어머니를 위시한 온 가족은 눈물로 날을 보내고만 있었다. 상심으로 얼룩진 우리 가족에게 마음의 상처를 다

요충지 산태몰 마을.

스릴 휴식 기간이 절대 필요했지만 난마 같은 세상은 이를 허용하지
않았다. 아침나절 일찍부터 산 아래 송림 부락 입구 쪽에서 콩을 볶
는 듯한 요란한 총소리가 연이어 들려오기 시작했다. 경찰 토벌대들
이 작전을 개시한 모양 같았다. 허겁지겁 움막을 빠져 나온 우리 가
족은 은신하기 좋은 골짜기 산죽밭에 몸을 숨긴 채 하루를 보냈다.
해가 서산으로 기울고 토벌대들이 철수하자, 우리 가족은 다시 움막
으로 돌아와 밤늦게 밥을 지어먹고 잠을 청했다. 그러나 그 짓도 며

칠 가지 못했다. 토벌대들이 마을 뒤 깊숙한 골짜기까지 온 산을 이 잡는 듯이 뒤지며 대대적인 수색작전을 편 때문이었다. 토벌대들은 피난민들의 안식처나 다름없는 움막과 토굴을 발견하는 족족 불을 놓거나 파괴하여 사용 불능하게 만들어 버렸다.

우리 가족의 거처인 움막도 그렇게 해서 없어져 버렸다. 안식처를 잃은 마을 사람들은 남부여대한 채 토벌대들의 공격이 미치지 않는 더욱 안전한 곳을 찾아 떠나지 않으면 안 되었다. 아직까지 안전이 보장된 곳은 보림사 안통 골짜기 마을뿐이었다. 우리 가족 역시 간단한 피난 보따리를 이고 진 채 수많은 피난 인파를 따라 나섰다. 목적지는 물론 반기는 사람 하나 없는 정처없는 발걸음이었다. 보림사 안통에는 대천·운월·강만·소양·산태몰 마을 등이 있었다. 보림사 안통 첫들머리 구석몰에 이르자 사방에서 모여든 피난민들의 숫자는 기하급수적으로 늘어났다. 흙먼지가 풀썩거리는 산간 길을 가득 메운 인파들은 무작정 북쪽으로만 가고 있었다. 골짜기가 깊어질수록 인가 한 채 보이지 않고 첩첩산중만 연이어 나타났다. 점점 좁아져만 가던 골짜기는 마침내 양쪽 산등성이가 맞붙으려 하였다. 외지 사람들이 보림사 골짜기를 가리켜, '긴 장대를 걸치면 이산 저산이 맞닿는다'는 말로 산세를 비유한 뜻을 이해할 수 있었다. 구석몰 갈림길에서 새터·어인 마을 방면으로 향하는 인파를 걸려냈는데도 피난 행렬은 끝이 보이지 않았다.

피난길 길목 곳곳에 널려 있는 참혹한 시체들은 참으로 목불인견이었다. 그런 시체들은 한두 구가 아니었다. 지난번 장형 일가족이 참변을 당할 때 내지 마을 깊숙한 곳까지 쳐들어와 작전을 펼치고 철수한 바 있던 경찰 토벌대들이 저지른 짓이 분명했다. 황급하게 도망가다가 뒤에서 쏘아낸 총알에 맞아죽은 시체는 논두렁이나 둔덕에 엎드린 채로 나자빠져 있었고, 도랑을 뛰어넘다 총에 맞은 시체는 물도랑에 물구나무선 자세로 처박혀 있었다. 어린애에게 젖을 물리다 죽었는지 어느 이름 모를 여인의 시체는 젖무덤을 훤히 드러낸 채 어린아이와 함께 하늘을 향해 벌렁 누워 있었다. 별의별 형태의 주검들을 수습하는 사람은 아무도 찾아볼 수 없고, 시체를 탐하는 까마귀들만이 상공을 배회하며 흉측한 울음을 울고 있을 뿐이었다. 평소 같으면 공포와 전율에 떨며 어머니 치마폭에 안겼을 나였지만 왠지 그날만은 아무런 감정도 느낄 수 없었다.

시체의 대부분은 백의의 선량한 주민들이었다. 당시 토벌대들은 공비와 양민을 구분치 않고 마구 사살하는 무자비한 행위를 함부로 자행하던 때인지라 위장된 복장을 착용치 못하고 행동까지 굼뜬 민간인들이 피해를 입는 것은 당연한 일이었다. 많은 민간인들이 공비들에 휩싸인 채 피난길을 택한 것은, 공비들이 작전상 주민 껴안기를 시도하여 강압적으로 내몰고 간 때문이기도 하지만, 토벌대들의 무차별 사살에 놀란 나머지 스스로 자신의 생명을 보전키 위해 취한 궁여지책이기도 했다. 당시 경찰 토벌대 구성원 중에는 좌익 사상자들에게 가족을 잃은 젊은이들이 많이 섞여 있어 개인적인 앙갚음을 하느라 인정사정 없이 물불 가리지 않고 만행을 저질렀다는 사실은 이미 알려진 비밀 아닌 비밀이었다.

유치 지역의 유격대들은 공포에 떨고 있는 주민들에게,

"용감무쌍한 우리 인민군과 통일 성전에 참전한 백만 중화인민공화국 용사들이 이승만 괴뢰 도당과 미 제국주의자들을 기필코 이 땅에서 몰아내고 조국 통일을 이루어낼 터이니 그때까지만 참고 견디자."

라고 호언하며 달콤한 말로 꼬드겼으므로 유치 사람들은 그 말을 곧이곧대로 믿을 수밖에 없었다.

내지 깊숙이 들어가면 갈수록 피난민들의 마음은 안정을 되찾아 가고 있었다. 토벌대의 추격권에서 멀리 벗어났다는 안도감에 길을 가는 발걸음에도 여유가 생기고 마음 또한 가벼워져 오랜만에 차분한 심경이 되는가 보았다. 신의 섭리이기도 한 오묘한 대자연의 법칙은 인간들의 무모한 전쟁 놀음에 아랑곳없이 순리에 따라 변화를 모색하고 있었다. 그러고 보니 겨우내 메말라 있던 개울가 개나리 가지에 자르르 윤기가 흐르고 씨눈 자리 역시 도톰해지고 있었다. 그뿐만이 아니었다. 개울을 뒤덮고 있던 얼음장이 녹아 내리면서 졸졸졸 흘러 내리는 시냇물 소리 역시 차츰 톤이 높아지고 있었다. 계곡물 소리는 다가올 봄을 찬미하는 교향곡처럼 들렸다. 먼 산에 아지랑이가 아롱거리고 삼라만상이 기지개를 켤 호시절 봄의 문턱이 바야흐로 눈앞에 다가오고 있는데도 만물의 영장이라는 인간에게는 온갖 시련만이 계속되고 있었다. 험한 산길을 터덜거리며 북쪽으로 한동안 가자 여나문 개의 징검돌이 걸린 실개울 건너편 산자락에 초가집 몇 채가 모습을 나타냈다. 동산 마을을 지난 후 처음 만나는 인가였다. 죽동 마을이라 했다. 마을은 조선 초 영의정을 지낸 서근이라는 분이 유배되어 와 조성한 취락인데 마을 근처에 그분의 이름을 딴 서근소라는 못이 있다고 했다.

가던 길을 따라 곧바로 길을 가면, 대천·강만·운월·소양 마을이
있고, 개울 건너 죽동 마을로 들어서 가파른 고갯길로 올라가면 산등
성이에 산태몰 마을이 있다고 했다. 지금 산태몰은 행정구역상 봉명
(鳳鳴) 마을로 불린다. 피난 행렬은 그곳 갈림길에서 또다시 분산되
어 각기 취향대로 길을 잡았다. 어머니는 산태몰로 길을 정하고 개울
을 건너뛰어 앞장을 섰다. 산태몰에는 여순반란사건 때 군경들의 작
전 때문에 소개(疏開) 나와 우리집 바깥채에서 잠시 더부살이했던 문
씨가 살고 있는 때문이었다.

6·25전쟁 발발 2년 전, 여순반란사건이 발발하고 그 패잔병들이 보
림사 골짜기에 은거하며 저항을 계속하자 당국에서는 공비들의 아지
트를 없애는 초토작전의 일환으로 산골 마을의 집들을 모두 비우게
하고 그들 주민들을 면 소재지 가까운 여러 마을로 소개시킨 바 있었
다. 우리집은 터가 넓고 부속 건물이 많아 보림사 안통 산골 마을에서
소개되어 온 여러 가구가 모여 살게 되었다. 그들 여러 가구 중에서도
산태몰 문씨가 가장 기억에 남는다. 문씨는 반란이 평정되고 복귀 지
시가 내리자 고향 산태몰로 돌아갔다. 문씨는 소개 당시 우리집에서
신세진 일을 항상 고마워하며 면사무소에 볼일이 있거나 읍내 5일장
을 내왕하는 길에 자주 들러 쉬어 가곤 하는 절친한 사이였다.

산태몰은 고원지대를 연상케 하는 높은 곳에 위치한 마을이었다.
마을은 망루처럼 돋보여 전망이 좋았다. 주변 마을이며 산 아래로 뚫
린 도로망도 한눈에 훤히 내려다보였다. 산태몰은 산간 교통의 중심
지였다. 그곳에서 동남쪽으로 내려가면 방금 전 우리 가족이 왔던 죽
동·보림사로 가는 길목이고, 남서쪽으로 뚫린 길로 가면 새터·어

인·신삼·내삼 마을을 비롯하여 용문·공수평 마을로도 통했다. 또한 대삼 마을을 지나 문밧재를 넘으면 갈머리 마을과 면 소재지가 지척 간이었다. 서쪽으로는 신덕·마정·신풍 마을과 국사봉 줄기를 넘어 영암 금정면이나 나주 다도면으로 가는 길로 이어졌다. 북쪽으로 가면 대천·강만·운월 마을로 가는 지름길이 있었다. 이렇듯 산태몰은 유치 산골의 모든 길이 시작되는 문자 그대로 사통오달한 교통의 요충지였다.

문씨네는 우리 가족을 반갑게 맞았다. "진즉 안전한 이곳으로 오시지 난리통에 얼마나 고생 많았느냐"는 위로의 말도 빼놓지 않았다. 그들은 우리 가족의 존재를 귀찮아하며 눈치를 주거나 건성으로 대하지 않고 매사를 곰살궂게 굴어 심기를 편안하게 해주었다. 점심때가 지났는데도 요기를 하지 못한 우리 가족에게 찐 고구마 한 소쿠리를 냉큼 내놓는가 하면 방 한 칸을 깨끗이 치워 병든 어머니를 눕게 했다. 어머니의 병이 중한 것을 보고 위급할 때 쓸 요량으로 몰래 경작하여 보관중인 앵속을 달이는 등 지극 정성을 쏟았다. 그 와중에서도 나는 동갑내기인 문씨네 아들과 전쟁놀이에 열중하며 철부지 노릇만 했다. 나무막대를 소총 삼아 상대를 겨냥하며 타타탕탕…… 총소리까지 흉내내 병정놀이를 하는 나를 보고 누나가,

"너는 고놈의 전쟁이 송신나지도 않아서 밤낮 병정놀이냐?"

하고 호통을 쳐 흥을 깨고 말았지만, 나는 잠시 동안이나마 동심의 세계로 돌아가 전쟁의 공포로부터 벗어날 수 있었다.

아침 먹기 바쁘게 산 속으로 피난을 떠났다가 해가 지면 귀가했던 험난한 일상에서 잠시 벗어나 마음 편히 병을 다스린 때문인지 어머

니의 병환은 현저하게 차도가 있었다. 문씨 내외가 정성껏 간병한 덕택도 있었지만 어머니의 강인한 투병 정신이 주효했던 것 같았다.

"내가 죽고 나면 어린 너희들 신세가 말이 아니다."

어머니는 자나깨나 그 말을 곱씹으며 끙끙 신음하시다가도 끼니가 되면 억지로 음식을 입에 넣곤 하셨다.

산태몰은 워낙 깊은 산골 마을이고 공비들의 주력이 진지를 견고하게 구축한 채 일전불사를 벼르는 요충지인 때문에 군경 토벌대들도 쉽게 공격하지 못하는 듯싶었다. 산태몰에서 보낸 길지 않은 기간은 험난한 피난 생활로 몸과 마음이 지쳐 버린 우리 가족을 비롯한 모든 피난민들에게 천금 같은 휴식 기간이기도 했다.

마침, 산태몰 가까운 유격 부대에 배치되어 있던 동숙 형이 소식을 듣고 부랴부랴 찾아왔다. 동숙 형은 어머니의 건재를 목격하고 환한 웃음을 웃고 있었다. 어머니는 울먹이며 장형네의 참변을 알렸다. 어머니로부터 장형 일가의 참변 소식을 전해 들은 동숙 형은 목놓아 통곡했다. 동복 형제를 잃은 슬픔이 간장을 에이는지 동숙 형의 통곡은 처절하기만 했다.

암천리 앞 개울.

혼자만의 줄행랑

우수, 경
칩을 넘긴 계절은 해동의 기운이 역력했
다. 꽃샘 추위가 간간이 기승을 부릴 뿐 혹
한의 추위는 보기 어려웠다. 날씨가 차츰
풀리고 있는 것이었다. 군경 토벌대들도
본격적인 토벌작전을 모색하는지 출동하
는 횟수도 차츰 잦아지고 있었다. 봄은 전
쟁하는 사람들에게는 작전하기에 더할 나
위 없는 계절일 터였다. 머지않아 새싹이
움트고 꽃들이 만개하는 봄이 되고 곧 풍
요로운 여름이 오면 무성한 수림은 유치
산골의 모든 사물들을 뒤덮어 버릴 것이었
다. 지리적인 악조건과 혹한의 자연 환경
때문에 작전 수행에 애를 먹던 토벌대의
입장에서는 유치 산골의 공비 소탕작전을
번무기가 오기 전인 이 봄 안으로 매듭지
으려고 했을 것이었다.

요즘 들어 태극 표시를 한 L-19 정찰기
가 수시로 유치 상공에 모습을 나타냈다.
하늘을 배회하는 정찰기에서는 귀순을 종

용하는 삐라가 무더기로 쏟아져 내리고 있었다. 산골 곳곳에 마구 뿌려진 네모난 삐라는 커다란 눈송이를 방불케 했다. 그것들은 산과 들 그리고 나뭇가지에 연 착륙하듯 살짝 내려앉곤 했다. 내 동심의 눈에는 나뭇가지에 걸린 삐라가 끈 떨어진 연(鳶)처럼 보였다. 나는 삐라를 붙들고 있는 그 나무들이 대추나무일 거라는 생각을 하고 있었는지도 몰랐다. 일부 공비는 물론 피난민들까지도 그 삐라를 주어 몰래 읽곤 했다. 몰래 삐라를 읽다가 열성 공비들에게 발각되면 즉결 처분 대상이었으므로 세심한 주의가 필요했다. 삐라에 의하면, 전남도경 산하 각지 경찰서의 지원 병력이 속속 장흥 경찰서로 집결중이고 전방에서 빼돌린 정예 국군 부대까지도 작전에 투입될 것이라고 으름장을 놓고 있었다. 삐라의 헤드라인은,

'부모 형제가 그립지 않은가?'

'귀순하여 광명 찾자!'

'귀순한 자는 절대적으로 생명을 보장해 준다!'

(이 전단을 소지하고 귀순하는 모든 자에게는 은전을 베풀 것이다.)

라는 등의 문구였다. 그러나 공비를 비롯한 선량한 피난민들은 그 말을 곧이곧대로 믿지 않고 반신반의했다. 일종의 낚싯밥이라고 생각하는 사람들도 많았다. 그도 그럴 것이, 그 동안 민간인들과 공비를 가리지 않고 닥치는 대로 무차별 살해한 군경 토벌대들의 만행을 수없이 목격한 때문이었다.

요 근래 며칠 동안은 총소리 한 방 울리지 않았다. 수많은 피난민들은 태평성대를 염원하고 있었다. 그러나 피난민들의 기대와는 달리 드디어 올 것이 오고 말았다. 한동안 태고의 정적을 안은 채 고즈넉

하기만 하던 산태몰 마을이 벌집을 건드린 것처럼 뒤숭숭해지기 시작한 것이었다. 가까운 곳에서 교전이라도 벌이는지 연발음으로 들리는 토벌대들의 소총 소리가 산울림 되고 이에 응사(應射)하는 공비들의 딱꿍총 소리도 간헐적으로 들렸다. 시간이 갈수록 교전하는 총소리는 거세어지고 점점 가깝게 들리는 것이었다. 낌새를 보아 하니 이곳 요충지 산태몰도 토벌대의 공격 앞에 안전을 보장할 수 없는 지경에 이르는 성싶었다.

경찰 토벌대는 주둔지인 유치면 소재지에서 보림사 골짜기를 거슬러 오르며 정면에서만 공격하던 구태의연한 작전 방식에서 벗어나 강진·영암·나주·보성·화순 등 접경에서부터 포위망을 좁혀 오며 공비들을 우리 안으로 몰아넣는 입체적인 연합 작전을 구사하기 시작했다.

덤재를 넘어온 영암 경찰서 토벌대는 한대리·신풍·조양 마을을 평정한 다음 한치·인암 마을을 넘보며 암천리를 목표로 진격을 개시하고, 나주 경찰서 토벌대는 유치와 접경인 다도면으로부터 들이닥쳐 운월·발산 마을을 탈환할 기회를 엿보고 있었다. 관할 지역이 넓고 취약지구가 많은 화순 지역은 정예 국군과 화순 경찰서 토벌 부대가 합동 작전을 펴며 도암면 중장터 골짜기 막창 우치 마을을 향해 진격중이고, 이양·청풍 방면에 진치고 있던 일부 국군 병력은 지리산으로 통하는 길목 화학산·바람재·깃대봉 부근을 차단하고 있었다. 강진 경찰서 토벌대는 옴천면과 유치면의 접경 신월리 방면에서 국사봉 방면으로 진격하며 공비들의 퇴로를 봉쇄했다. 또한 보성 경찰서 토벌대는 장평면 병동 마을 장고목재를 넘어와 요충지 산태몰·

암천리를 향해 진격하는 장흥 경찰 토벌 부대를 측면 지원하고 있었다. 장평면 우산리에서 장고목재를 넘으면 산태몰은 그렇게 먼 거리가 아니었다. 그래서인지 산태몰로 시집 온 아낙들 중에 장평면이 친정인 여인들이 무척 많았다. 문씨네 아주머니도 우산리가 친정이라고 했다.

　토벌작전에 적극적이 된 군경 토벌대들은 종전과 달라진 전술을 구사하고 있었다. 지금까지 그들이 구사한 작전을 보면 간선도로를 타고 올라와 산등성이를 향해 위협 사격을 가하며 공비들의 기를 꺾는 소극적인 전술이 전부였다. 그러므로 공비들은 산 속 아지트에 몸을 꼭꼭 숨기고만 있으면 되었다. 밤이 되면 군경 토벌대들은 스스로 안전지대인 주둔지로 물러갔으므로 부족한 실탄을 소비해 가며 응전할 필요도 없고, 위험스럽게 자신들의 위치를 노출시킬 필요도 없었던 것이다. 토벌대는 공비들의 이런 점을 간파하고 전술을 바꾸어 역(逆)으로 공격해 왔다. 소리 없이 산 정상으로 침투하여 정상부터 점령한 다음, 능선을 타고 산발치를 향해 밀고 내려오는 새로운 전법을 구사한 것이었다. 사다리 전법이라 불리는 새로운 이 작전은 가공할 만한 위력을 발휘하여 막대한 전과를 올렸다. 산 정상과 산발치 양면에서 공격해 오는 토벌대들의 협공에 공비들은 전전긍긍하여 어찌할 바를 몰랐다.

　그러나 유격대들도 결코 호락호락하지 않았다. 그들은 특유의 게릴라 전술을 구사하여 토벌대들이 치고 올라와 비어 있는 그들의 후방으로 이동하여 방비가 허술한 병참기지를 급습해 보급품을 노획하고 작전을 교란하는 등의 작전으로 대항하며 짭짤한 전과를 올리곤 했다. 유격대들의 피해 못지않게 토벌대들도 그만한 대가를 치르지 않으면 안 되었다.

밤새 봄을 재촉하는 빗줄기가 줄기차게 내리더니 아침나절에 그쳤다. 하늘에는 구름 한 점 없고 산과 들은 새색시 얼굴처럼 싱그러움으로 가득했다. 오전 중에 비가 그친 터라 혹시 오후라도 공격이 있을 것으로 예상했으나 토벌대들은 공격할 기미를 전혀 보이지 않았다. 하릴없어진 마을 주민들과 피난민들은 양지바른 곳에 삼삼오오 모여 요즘 전황이며 시국에 관한 얘기들을 나누고 있었다. 나 역시 우리 가족과 함께 문씨네 집 앞 양지바른 담벼락에 등을 기대고서 무료한 오후를 볕바라기로 소일하고 있었다. 오후 새참때나 되었을까? 별안간 마을 앞쪽에서 M1 총소리가 울려 퍼지는 게 아닌가. 토벌대들의 기습 공격이 시작된 것이었다. 연이어 쏘아대는 기관총 소리는 자글자글 냄비 끓는 음향을 울리며 반대편 너덜겅에 메아리 되어 온 마을을 공포의 도가니로 몰아넣고 있었다. 기습 작전을 감행하는 군경 토벌대들의 기관총 소리가 분명했다. 나는 총소리만 듣고도 토벌대와 공비를 분간할 줄 알았다. 누구나 전쟁의 소용돌이 속에서 오래 지내다 보면 총소리만 듣고도 무기의 종류를 식별할 만큼 그 방면에 도가 트이기 마련인가 보았다. 씽씽 총알이 허공을 날고 마을은 온통 벌집을 쑤셔 놓은 듯 술렁거렸다. 피난에 익숙해진 우리 가족은 잽싸게 이불 보따리와 식량 자루를 들쳐 메고 고샅으로 뛰쳐나왔다. 피난 인파에 뒤섞인 우리 가족은 총소리가 들리는 반대 방향 고샅길로 냅다 뛰었다. 우리 가족은 산태몰 뒤쪽 암천 마을로 통하는 산길로 무작정 길을 잡았다. 어머니는 병든 몸을 겨우 지탱하며 뒤떨어져 걷고, 이불 보따리는 누나가 머리에 이었다. 동석 형은 비상 식량인 쌀자루를 걸머멨고 막내 누이는 마침 가족과 함께 있던 동숙 형이 등에 업었다. 암천리로 내려가는 산길 좌우에는 계곡이 형성되어 있고 그 계곡은 무성한 산죽과 맹감나무들로 뒤덮여 있었다. 산 중턱에 이르러 잠시 숨을 돌리려는데 바로 뒤에서 요란한 총성이 고막을 때리는 것이었다. 발빠른 토벌대들이 바로 등뒤에 와 있는 성싶었다. 급박한 상황에 직면하자 막내 누이를 업은 채 내 앞을 달리던 동숙 형은 누이동생을 땅바닥에 내팽개친 채 혼자서만 내달리는 게 바라다보였다. 땅바닥에 나둥그러진 누이동생은 비명을 내지르며 울부짖고 있었다. 동숙 형을 뒤따르던 나는 누이동생의 울부짖음을 외면한 채 혼자만의 안일을 위해 동숙 형의 꽁무니만 바라보며 죽을 힘을 다해 달렸다. 내팽개쳐진 누이동생과 어머니를 비롯한 가족들의 안위가 염려되어 잠시 뒤를 돌아다보고 싶었지만, 내가 고개를 돌리기라도 하면 토벌대들의 총알이 금방 내 심장을 꿰뚫어 버릴 것만 같아, 오금이 져려 도저히 엄두가 나지 않았다. 나는 정신없이 동숙 형을 따라 무작정 뛸 뿐이었다. 방금 전 90도로 꺾어지는 산모롱이를 돌아간 동숙 형이 갑자기 내 시야에서 사라져 버렸다. 갈림길도 없는데 어디로 갔을까? 사방을 두리번거리며 동숙 형을 찾고 있는 나를 향해 토벌대들의 총알이 씽씽 귓바퀴를 스치며 지나갔다. 기겁을 한 나는 다시 뛰기 시작했다. 그때였다. 다발총을 손에 든 공비 두 사람이 거친 숨을 몰아내쉬며 뒤로부터 달려와 나를 앞질러 가는 것이었다. 표적이나 다름없는 동숙 형을 놓쳐 버린 내게 그들 두 공비는 길잡이나 다름없었다.

　나는 그들 두 공비의 꽁무니만 바라보며 달리기 시작했다. 그들이 개울을 훌쩍 뛰어넘으면 나도 개울을 훌쩍 건너뛰었고 그들이 가시 넝쿨을 헤치며 포복을 할 때면 그대로 흉내냈다. 한동안 달리고 나자 총성이 멀어지는 듯싶었다. 두 공비도 지쳤는지 걸음을 늦추며 잠시 숨을 고르고 있었다. 그들은 그제서야 내가 자기들의 뒤를 이삿짐 뒤의 강아지처럼 졸졸 따라왔다는 사실을 아는 것 같았다. 그들은 나를 바라보다 말고,

　"다람쥐 같은 놈이로군, 잘도 따라오는 걸 보면 말야."

이죽거리며 얼굴에 잠깐 웃음을 지어 보였다.

무명용사충혼비(유치지구 공비 토벌작전중 전사한 국군 제8사단 장병들의 묘역-화순읍 이십곡리).

소년 유격대원이 될 뻔

　　　　　　　　잠시 숨을 고른 두 공비는 다시 달리기 시작했다.

　나는 그들을 놓치면 큰일이다 싶어 이를 악물고 죽을 힘을 다해 뒤따랐다. 암천 마을 고샅을 빠져 나와 돌담으로 조성된 계단식 산골다랑치 논두렁길을 달려가자 눈앞에 실개울이 나타났다. 국사봉에서 발원한 탐진강의 상류였다. 실개울은 수심이 얕으므로 아무 곳에서나 쉽게 건널 수 있을 것 같았다. 두 공비는 얕은 목을 골라 첨벙첨벙 개울을 건너고 있었다. 그들을 따라 개울을 건너던 나는 갑자기 폭 고꾸라지고 말았다. 이끼 낀 돌멩이에 발목이 미끄러진 것이었다. 바지가 몽땅 젖고 말아 미꾸라지 꼴이 된 나는 그 와중에 고무신 한 짝을 잃고 말았다. 잃은 고무신을 찾으려고 물 속을 두리번거리는 사이에 앞서 가던 공비들은 저만치 달려가고 있었다. 나는 그들을 놓치고 나면 큰일이다 싶어 '엣다, 모르겠다' 신발 찾기를 포기한 채 맨발로 멀어져 가는 두 공비의 뒤를 좇아 죽을 둥 살 둥 달렸다. 겨우 달구지나 지나다닐 수 있는 오솔길을 한동안 달리던 그들은 오솔길을 버리고 길 오른쪽으로 빠끔하게 뚫린 바리산 산길로 접어들고 있었다.

　바리산은 발산 마을 앞을 가로막고 있는 제법 높은 산이었다. 분지 형국의 개활지인 발산 마을은 영암군 금정면, 나주군 세지면, 다도면, 화순군 도암면으로 통하는 길목이었다. 바리산은 산세가 험하고 산림이 우거져 있어 토벌대들의 공격을 막아내기 알맞은 지형 조건을 갖추고 있었다. 어느새 해는 서산에 지고 주위가 어둑어둑해졌다.

산 중턱쯤에 오르자 지형지물로 위장된 경계 초소가 곳곳에서 모습을 드러냈다. 진지에 몸을 숨긴 초병들이 산 아래를 향하여 따발총을 난사하고 있는 게 바라다보였다. 쫓겨오는 아군들을 더 이상 추격하지 못하도록 추격하는 토벌대 진영을 향해 엄호 사격을 퍼붓는 모양이었다. 두 공비는 초병들과 암 구호를 주고받았다.

"누구냐? 암호를 대라! 백두산."

"압록강."

그날의 암구호는 백두산 압록강이었던가 보았다. 아군임을 확인한 초병들은 길을 열어 두 공비를 통과시켰다. 초병들은 그들의 꽁무니에 매달려와 멀뚱히 서 있는 나를 한동안 바라보다가 두 공비에게 눈짓으로 묻고 있었다.

"모르는 애구만요. 산태몰서부터 우리를 줄곧 뒤따라오더라구요."

초병들은 어린 나를 제지하지 않았으므로 나는 두 공비와 함께 진지 안으로 들어갈 수 있었다. 산 정상 부근에 이르자 날은 완전히 어두워져 버렸다. 짙은 어둠에 휩싸인 산 속은 어디가 어딘지 도통 분간할 수 없었다. 나를 데려다 준 두 공비들은 모두 어디로 갔는지 아무 곳에서도 보이지 않았다. 보호자나 다름없던 그들이 사라지고 말자 나는 표적 잃은 사수처럼 당황하기 시작했다. 망연히 한자리에 서 있을 수만도 없고 그렇다고 어디 갈 데도 없고, 난감하기 그지없었다. 이윽고, 진지 주변 이곳 저곳에서 화톳불이 피어 오르기 시작했다. 사방을 밝혀 주는 타오르는 불꽃은 심란한 내 마음을 다소나마 어루만져 주고 있었다. 화광 충천한 화톳불 주변으로 공비들이 우르르 몰려 나왔다. 그들은 두 손을 내밀어 불을 쬐고 있었다. 나는 화톳불 주위에 빙 둘러선 공비들 틈새를 비집고 화톳불 가까이 들어갔다. 언 몸도 녹이고 좀 전 마을 앞개울에서 젖은 바지도 말릴 겸해서였다. 화톳불을 쪼이자 온몸이 나른해지고 젖은 옷에서 김이 모락모락 피어 오르기 시작했다. 외톨이가 된 어린아이가 산 속을 방황하고 있는데도 누구 한 사람 관심을 갖거나 걱정해 주는 이 없었다. 모두들 자신들의 앞날이 더 걱정되는지 풀죽은 모습으로 화톳불 앞에 하염없이 앉아 있을 뿐이었다.

이곳 저곳 사방에서 피어 오르는 화톳불로 산 속은 대낮처럼 밝았다. 저벅저벅 말발굽 소리가 들리고 백마를 탄 장교 한 사람이 모습을 나타냈다. 풍채가 준수한 고급 장교 차림은 화톳불 주위를 둘러보며 유유히 지나갔다. 공비들은 모두 부동자세를 취하며 경례를 올렸다. 순찰을 마친 장교는 저벅저벅 말발굽 소리를 남기고 멀어져 갔다.

"저분이 전남도당 부위원장인 김선우 동무시다."

공비들은 저희들끼리 소곤거렸다. 당시 위원장은 박영발이었는데 그는 이미 광양 백운산에 들어가 있었고 이곳 유치지구는 부위원장이 부대를 지휘하고 있다는 것이었다.

별안간 건너편 산 정상에서 불길이 치솟더니 우렁찬 군가가 합창으로 들려 오는 것이었다. 귀 기울여 들어본 노래는 토벌대들의 군가였다.

"전우의 시체를 넘고 넘어 앞으로 앞으로 낙동강아 잘 있거라 우리는 전진한다……"

토벌대들의 군가 합창에 뒤질세라 바리산 정상에 진을 친 유격대원들도 벌떡 일어나 입을 모으기 시작했다.

"장백산 줄기줄기 피어린 자국, 압록강 줄기마다……."

"원수와 더불어 싸우다 죽은 우리의 죽음을 슬퍼 말아라. 깃발을 덮어다오, 붉은 깃발을……."

"높이 들어라 붉은 깃발을 그 밑에서 전사하리요……."

군가 대항전에서는 토벌대가 유격대를 당해내지 못했다. 왠지 인민 군들의 군가는 부르면 부를수록 신이 나는데 군경 토벌대들의 군가 는 신바람이 나지 않았다. 그리고 레퍼토리 역시 단순했다. 조국 광 복이 되자 일본에서 유학하고 돌아온 훌륭한 음악가들이 대부분 월 북하여 만든 곡인 때문이라 했다.

밤이 이슥해지자 초저녁 내내 군가 대결을 벌이던 토벌대들도 철수 했는지 삼계봉 정상의 화톳불도 사라지고 사위가 고즈넉해졌다. 상 대가 없게 되자 유격대들도 제풀에 꺾여 노래 대결을 중단해 버렸다. 기세 좋게 타오르던 화톳불도 차츰 빛을 잃고 주위를 빙 둘러싸고 있 던 그 많던 유격대원들도 하나둘씩 어디론가 자취를 감춰 버렸다. 호 젓한 산 속에 나 혼자였다. 밤이 깊어지자 더럭 겁이 났다. 아까 도망 쳐 올 때는 경황중이라 아무런 생각도 못 했는데 주변 분위기 때문인 지 이제야 만감이 교차되는 것이었다. 배는 고프고, 밤이슬까지 내리 는데, 갈 곳도 없고 또 혼자라는 생각이 들자 고독감과 어둠의 공포 감까지 한꺼번에 내 온몸을 휘감아 오는 것이었다. 산태몰 산길에서 헤어진 가족들의 안위며 막내 동생을 떨쳐 버리고 혼자 도망쳐 버린 동숙 형의 행방이며…… 이럴 때 동숙 형이라도 곁에 있었으면! 염원이 현실로 되는 경우도 있는가 보았다. 참으로 기적 같은 일이 눈앞에 벌어진 것이었다. 풀죽은 모습으로 하염없이 불씨만 겨우 남은 화톳불을 뙤작거리고만 있는 내 등뒤에서, "막둥아!" 하고 부르는 구세주의 목소리가 들리는 게 아닌가. 깜짝 반가워 뒤를 돌아보니 동숙 형이 빙그레 웃으며 내게 다가오고 있는 것이었다.

"혀엉!"

나는 너무나 반가운 나머지 왈칵 눈물을 쏟으며 동숙 형의 품에 안겨 버렸다.

"막둥아 얼마나 놀랬냐? 아까 네가 내 뒤를 따라오는 것을 보고 필시 이 근처 어디에 있을 것만 같애 여태까지 찾아 다녔지 뭐냐."

만약 그때 내가 동숙 형을 만나지 못했더라면 내 운명은 과연 어떻게 되었을까? 보나마나 소년 유격대원이 되어 유격대원들의 잔심부름이나 하다가 군경 토벌대의 공격을 받고 어느 이름 모를 산 속에서 짧은 생을 마감하였을 것이었다. 신발을 잃고 맨발로 달리느라 발가락에 상처가 난 나를 동숙 형이 들쳐업었다. 동숙 형은 어둠을 헤치며 조심조심 산을 내려가고 있었다. 언제 소란을 피웠느냐 싶게, 산속은 고즈넉한 적막강산으로 변해 버렸다. 하늘은 쪽빛보다 더 푸르고, 별 중의 별 북극성이 북두칠성을 거느린 채 의연하게 북쪽 하늘을 지키고 있을 뿐이었다. 이따금 별똥별들이 사선을 그으며 서산마루로 떨어져 내리고 있었다. 별이 총총한 하늘에서는 찬 이슬이 촉촉하게 내리고 가까운 곳에 인가가 있는지 산 아래 어디선가 컹컹 개 짖는 소리가 들렸다.

소양리 전경.

동훈 형과의 마지막 상면

　　　　　　　　　　　나를 들쳐업은 동숙 형은 산 아래
를 향해 내려갔다.

　어둠 속을 헤쳐 가는 동숙 형의 발걸음은 자꾸만 휘청거렸다. 산발
치에 이르자 많은 사람들의 발길에 닳아 희멀게진 산길이 별빛 아래
희미하게 모습을 나타냈다. 산길을 따라 줄곧 올라가자 한 마을이 나
타났다. 강만리라고 했다. 어둠 속에서 어렴풋이 모습을 나타낸 강만

리는 취락 구조를 면하지 못한 한적한 마을이었다. 우리를 맨 먼저 맞은 건 마을의 개들이었다. 수상한 사람을 발견한 듯 마을의 개들은 입이 찢어지게 짖어댔다. 동숙 형은 이장 집 사립을 열었다. 동숙 형과 안면이 있는 이장은,

"웬일인 겨? 이 밤중에?"

퉁명스럽게 한마디 내뱉고는 앞장서 사랑채로 안내했다.

"낮에 잃어버린 동생을 찾았지 뭐유. 죄송하지만 야 먹이게 더운 밥 좀 부탁합시다."

동숙 형이 이장에게 저녁 식사를 부탁하자,

"쌀도 이제 동이 났구만."

이장은 안방으로 가면서 궁시렁거리고 있었다. 이윽고 개다리소반에 음식이 차려 나왔다. 먹다 남은 잡곡밥과 모락모락 김이 솟는 방금 찐 고구마 몇 뿌리였다. 찬이라고는 군내나는 동치미 국물 한 가지뿐이었으나 그 맛은 꿀맛이었다. 허기에 지쳐 있다가 요기를 한 때문인지 이내 졸음이 밀어닥쳤다. 나는 방바닥에 깔린 멍석 위에 지친 몸을 뉘었다. 이불 대신 멍석을 짜던 짚단을 덮고 새우잠으로 밤을 새웠다. 이장 집에서 조반까지 신세를 진 나와 동숙 형은 밥숟가락을 놓기 바쁘게 암천 마을 앞개울로 내려갔다. 어제 잃어버린 내 고무신 한 짝을 찾기 위해서였다. 내가 어제 건넜던 개울 주위를 샅샅이 살피던 동숙 형이 마침내 개울가 잡초 사이에 걸려 있는 고무신 한 짝을 찾아냈다. 어제 잃은 내 신발이었다. 신발을 찾아 신고 나자 새처럼 훨훨 날 것만 같았다. 이제 신발도 찾았으므로 어제 뿔뿔이 흩어졌던 가족들만 찾으면 되었다. 암천 마을 안 고샅을 벗어나 산태몰로 오르는 산길로 접어들다 말고 동숙 형은 발걸음을 멈추었다. 그리고 나서 내게 말했다.

"막둥아! 동훈 형 보고 싶지 않냐?"

동숙 형은 느닷없는 소리를 했다. 순간, 지난번 어머니의 실언 때문에 반동으로 몰려 처형당할 뻔한 위급한 상황에서 어머니를 비롯한 우리 가족을 구하고 말없이 떠난 동훈 형이 불현듯 보고 싶어졌다.

"보고 싶긴 해. 헌디, 형이 어디 있는디?"

"나만 따라오면 된다."

내가 고개를 끄떡이자 동숙 형은 가던 길을 내려와 반대 방향으로 되짚어 가고 있었다. 만약, 내가 어머니가 보고 싶다고 산태몰 행을 고집하였더라면 동숙 형도 거역하지는 못했을 것이었다. 그러나 나는 어머니도 빨리 만나 보고 싶었지만 동훈 형이 더 보고 싶어지는 거였다. 후일담이지만, 그때 내가 동훈 형을 만나러 가지 않았더라면 이 세상에서 동훈 형과의 마지막 상면은 이루어지지 않았을 터였다.

동숙 형은 내 손을 이끌고 암천 마을을 벗어나 강만리 쪽으로 향해 갔다. 강만리에서 머지않은 소양 마을에 동훈 형이 속한 부대가 주둔해 있다고 했다. 경사가 가팔라지는 산길을 따라 조금 가자 삼거리 갈림길이 나타났다. 곧바로 가면 소양리로 가고 좌측으로 꺾어들면 운월 마을로 가는 길이라 했다. 동숙 형은 곧게 뻗은 길로 가고 있었다. 어젯밤을 묵었던 산등성이 강만 마을 초입을 뒤로 하고 산모롱이를 감고 오르는 곳에 소양 마을이 있었다. 마을은 산골 마을답지 않게 제법 넓은 들녘에 자리잡고 있었다. 나는 긴 간짓대를 걸치면 맞닿는다는 보림사 골짜기 안통에 이만한 너른 들이 위치하고 있다는 사실에 무척 놀랐다.

소양리에는 많은 피난민들과 시름시름 거동이 불편한 비무장 공비들로 득실거렸다. 어디서 노획했는지 낡은 군용 텐트가 두어 개 설치돼 있고 그 텐트 중 한 곳에는 치료소를 나타내는 적십자 표시가 그려진 기가 꽂혀 있었다. 일종의 야전 병원인 병동 마을이었다. 해져 너덜거리는 군복을 걸쳐 입은 부상병들이 막사를 끊임없이 드나들고 있었다. 풀 안 먹인 모시 적삼처럼 맥없이 늘어져 있는 그들이 정상인이 아님을 단번에 알아볼 수 있었다. 전투에서 부상을 입은 병사들과 산 속 마을 곳곳에 창궐하고 있는 돌림병에 걸린 병사들을 치료하는 곳이라고 동숙 형이 설명해 주었다. 그러고 보면 이곳 소양 마을은 유격대 부상병들이나 환자들의 요양소인 셈이었다. 동숙 형은 막사 출입문을 열고 안을 들여다보았다. 병원 특유의 크레졸 냄새가 문 밖까지 흘러 나왔다. 막사 안에는 군복을 입은 군의관들과 역시 군복을 입은 여자 간호사들이 분주하게 움직이고 있었다. 그곳에 동훈 형은 없었다. 동숙 형은 부목을 댄 팔에 붕대를 둘둘 감은 면식 있는 한 환자를 만났다.

"우리 동훈이 못 봤는가?"

"형님 오셨구만이라. 동훈 동무는 좀 전에 치료를 받고 갔소. 저쪽 언덕배기에 앉아 볕바라기를 하고 있을 걸요."

뒤가 둔덕으로 막혀 있어 북풍이 차단되고 볕이 잘 드는 언덕배기에는 초봄의 햇살을 이불 삼아 볕바라기를 하는 병자들로 득실거렸다. 그들은 총상을 입은 부상자들이 아니라 돌림병에 감염된 환자들이었다. 으스스한 오한을 볕바라기로 다스리려는 것이었다. 그들 중 일부는 고의춤을 까 이와 서캐를 잡기도 하고 몸 지탱도 어려운 중환자들은 잔디 위에 벌렁 드러누운 채로 눈을 감고 있었다. 무서운 속도로 전염되는 재귀열이라는 돌림병으로 죽은 병사가 교전중에 전사한 병사들보다 몇 배 더 많다고 동숙 형이 일러주었다. 때마침 얼굴에 보자기를 덮어씌운 시체 한 구가 병사들에 의해 들것에 실려 어디론가 가고 있었다. 괴질로 죽은 병사의 시체라 했다.

볕바라기를 하고 있는 환자들 중에 동훈 형이 끼어 있었다. 동훈 형은 고의춤을 까 내리고서 엄지손톱으로 뚱이(커다란 이)를 잡아죽이느라 정신이 없었다. 가까이 다가간 동숙 형이 "동훈아!" 하고 크게 부르자 동훈 형은 그제서야 고개를 쳐들며 깜짝 놀라는 것이었다. 동훈 형은 비록 형제간이지만 자신의 부끄러운 꼬락서니를 보이는 게 창피하였던지 계면쩍은 웃음을 날리며 엉거주춤 고의춤을 추스르고 있었다.

"형, 웬일이요? 막둥이까지 데리고."

동기간을 만난 동훈 형은 반가운 마음을 주체하지 못하는 듯싶었다.

"어머니랑 식구들도 별일 없어요?"

동훈 형은 어머니와 가족들의 안부도 물었다. 동숙 형은 동생 곁에 바싹 다가앉아 어제 산태몰에서 있었던 상황을 설명해 준 다음 어머니로부터 전해 들은 장형 일가족의 최후를 말해 주자 동훈 형은 닭똥 같은 눈물을 뚝뚝 떨어뜨리며 대성 통곡했다.

"무지한 놈들. 애들까지 죽이다니! 애들이 무신 죄가 있다고……."

"그만 울음을 그쳐라. 건강 해칠라."

동숙 형이 위로하며 울음을 그치게 했다. 가까스로 울음을 그친 동훈 형은 눈물을 훔치고 있었다. 동훈 형의 안색은 너무나도 초췌하여 병색이 완연했다. 총기가 철철 넘쳐 흐르던 눈동자는 정기를 잃어 초점이 흐려진 상태였고 눈두덩은 퀭하게 움푹 패여 있었다. 지독한 돌림병에 몹시 시달리면서도 영양 보충은커녕 세 끼 식사도 제대로 제공받지 못해 탈진한 듯싶었다. 세면도 못한 얼굴에 무성하게 돋아난 수염 때문인지 동훈 형의 나이는 실제보다 스무 살은 더 늙어 보였다. 국방경비대 시절 멋들어진 정복을 받쳐 입고 의기 양양 뽐내던 씩씩했던 그 모습은 아무 곳에서도 찾아볼 수 없었다. 동숙 형도 나와 같은 생각을 하는지 시선을 애써 딴 곳으로 돌리며 난감한 표정을 짓고만 있었다. 오랜만에 만난 우리 삼형제였지만 별로 할 얘기가 없었다. 서로 얼굴만 쳐다보다가 한숨만 짓고 있을 뿐이었다. 점심때가 되었는지 여자 유격대원들이 밥 소쿠리를 이고 나와 환자들에게 배식을 하였다. 소금물을 적셔 뭉친 주먹밥이었다. 반찬이라고는 군내나는 무김치 두어 조각이 전부였다. 배당받은 주먹밥을 동훈 형은 먹지 않고 내게 주었다.

"배 고프겠다. 어서 묵어라. 막둥아!"

나는 사양도 않고 주먹밥을 덥석 움켜쥐었다. 꾸역꾸역 형의 몫을 빼앗아 먹고 있는 나를 동훈 형은 자애로운 눈빛으로 지켜 보고만 있었다. 여분의 밥이 없어 두 형은 점심을 굶고 나 혼자만 염치없이 배를 채웠다. 내가 손바닥에 달라붙은 밥풀찌꺼기까지 말끔하게 뜯어먹고 나서 손바닥으로 입술을 쓱쓱 문지르며 자리를 털고 일어서자, 동훈 형은 동숙 형을 향해 입을 열었다.

"형, 내 걱정 말고 빨리 가서 어머니를 찾아 봐. 해 지기 전에 어서 가야 돼. 산태몰로 가서 문씨 가족을 만나 보면 어머니 소식을 알 수 있지 않을까?"

그리고 내겐,

"어머니를 만나거든 유치 산골을 빠져 나가시라고 말씀드려라. 읍내 외가로 가시라고…… 그래야만 살 수 있다고 말이다. 내가 이 난리통에서 용케 살아 남는다면 다시 만날 날이 있을 것이다. 그럼 잘 가거라, 막둥아."

하고 말했다.

동숙 형은 동생에게 신신 당부를 하는 걸 잊지 않았다.

"뭐든지 잘 먹고 치료 열심히 받아야 한다. 막둥이를 어머니께 데려다 주고 일간 다시 들르마."

내 손을 이끈 동숙 형은 발길을 돌렸다.

"잘 있어, 형. 꼭 나아야 돼, 응?"

나는 꾸뻑 고개 숙여 아쉬운 작별 인사를 했다.

"그러마. 열심히 치료해서 꼭 나으마."

동훈 형은 우리 형제의 뒷모습이 산모롱이에 가려 보이지 않을 때까지 힘없는 손을 흔들고 있었다. 그날의 상봉이 동훈 형과의 마지막이 될 줄을 어찌 알았겠는가! 그로부터 얼마 후 불편한 몸이 채 완쾌되기도 전에 들이닥친, 5개군 군경 합동 토벌작전의 와중에서 소양마을을 빠져 나와 각수바위 부근 계곡으로 몸을 피했던 동훈 형은, 길목에 중화기를 거치해 놓고 유치 지역에서 넘어오는 공비와 피난민들을 기다리고 있던 '장사의 부대'(화순 중장터 지역을 맡았던 군경 토벌 부대 중에서도 가장 악랄하고 용맹스럽기로 소문난 토벌 부대였다)의 집중 공격을 받고, 유치 일대에서 몰려온 공비를 비롯한 수많은 피난민들과 함께 불귀의 객이 되었다고 전한다.

그 사실은 그로부터 서너 달 뒤 유치지구의 공비 토벌작전이 수습단계에 돌입할 무렵, 각수바위 전투 현장에서 상황을 직접 목격했다는 누군가가 퍼뜨린 소문으로 들을 수 있었다. 무운장구·일취월장, 크게 성공하고 종내는 장성이 되어 나타날 것이라는 우리 가족의 바람은 동훈 형이 시국을 잘못 만난 탓으로 산산 조각나 버린 것이었다. 국군 장성들 중에 국방경비대 출신이 얼마나 많았던가. 무운을 떨치고 계속 승진하여 요직에 오른 분들이 어디 한두 사람이었던가. 당시 동훈 형이 14연대가 아닌 다른 국방경비대에 입대하였더라면, 우리 가족의 기대를 저버리지 않았을 거라는 아쉬운 마음은 지금도 변함이 없다. 원대한 꿈을 실현시키지 못한 채 개죽음 처지가 되어 외롭게 생을 마감하였을 동훈 형의 명복을 이 지면을 빌어 간절히 빈다.

유치면민을 포함한 대부분의 장흥 고을 사람들은 이곳 소양 마을이 군내 버스의 종점지이므로 유치면 행정구역의 끄트머리 마을인 줄로 알기 십상이다. 그러나 그게 아니다. 그곳에서 십리 정도 산길을 더 거슬러 가면 화순군과 경계를 이루는 가마터재 바로 아래에 취실 마을이 위치하는데 그 마을이 유치면의 마지막 마을이다. 그러므로 유치면의 관할구역은 빈재에서부터 도암면 접경 가마터재까지 남북으로 무려 칠십여 리가 족히 되는 길쭉한 고구마 형국의 광활한 면적을 포용하는 것이다.

6·25전쟁을 치른 지 반세기가 다 되어 가지만 하루가 다르게 변화하는 도시의 생태와는 달리 보림사 골짜기에 산재한 마을들은 구태의연하여 당시와 비교해 크게 달라진 게 별로 없다. 한적한 산간지대에 일정한 간격으로 우뚝 솟아 있는 전기와 전화선을 연결한 전봇대만이 유난히 돋보일 뿐 가옥의 구조나 주변 환경은 예전 그대로여서 문명과는 도통 담을 쌓고 사는 이방지대 같게도 보인다. 태고의 정적을 고이 간직한 이곳 산골은 이 세상에서 보기 드문 원시의 땅이라는 표현이 지나치지 않을 것 같다. 특용작물을 재배하는 비닐 하우스며 표고버섯을 재배하는 차광막을 친 하우스들이 자주 보이고 멧돼지를 비롯한 가축을 사육하는 농장이 들어서 있는 점이 생소하다면 생소할 따름이다.

교통편 역시 불편하기 짝이 없다. 장흥읍 터미널에서 하루에 두어 차례 소양리 종점까지 운행되는 군내 버스가 유일한 정기 교통 수단이다. 택시 요금은 비포장 난코스라는 구실로 부르는 게 값이라 주민들은 감히 탈 엄두도 내지 못한다. 보림사 골짜기에 가면 흙먼지 뿜어대며 질주하는 노란색 승합차를 등하교(登下校) 시간대마다 볼 수 있다. 마을 입구마다 정차하여 어린 학생들을 태워 가기도 하고 내려주기도 하는 노란색 승합차는 유치초등학교 스쿨버스다. 수용 학생 숫자가 급격하게 줄은 보림분교와 대천분교가 폐교되어 유치초등학교로 통합하면서부터 생긴 새로운 통학 풍속도인 것이다.

종점지 소양리를 벗어나면서부터는 전륜구동형 지프차가 아니면 운행이 어려운 임도로 길은 이어지고 있으므로 유치의 마지막 마을 취실을 가자면 험하고 가파른 산길을 헤쳐가야만 한다. 등산 차림을 해야만 걷는 데 지장이 없다. 임도를 헉헉거리며 한동안 거슬러 오르면 한적한 산모롱이 골짜기에 취락은 위치한다. 취실 마을 역시 여느 농촌이나 다름없이 이농 현상이 심해 폐가가 즐비하고 인적조차 뜸하다. 멧돼지를 사육하였다는 축사 몇 동도 폐사(廢舍) 상태로 방치되어 있다. 내친걸음에 산 정상으로 이어지는 임도를 따라가 보면 임도는 정상 가마터재에서 상승을 멈춘다. 이곳 가마터재부터는 관할 행정구역이 화순군이다. 임도는 아득한 산발치를 향하여 뱀의 허리처럼 구부구불 이어진다. 화순 지역 임도는 일반 승용차도 운행이 가능할 정도로 평탄하고 넓게 잘 닦여져 있어 정상까지 올라와 멈춰 서 있는 차량들을 흔히 볼 수 있다. 가마터재를 넘어 가파른 산길을 내려가면서 오른쪽으로 시선을 돌리면 6·25 당시 격전지였다는 각수바위가 빤히 바라다보인다. 당시 피난민들은 죽음의 계곡으로 불리는 그곳을 가리켜 각시바위라고 불렀었는데 지도에 보면 각시바위가 아니라 각수바위라고 기재돼 있다. 각수바위가 올바른 표기인 것이다. 6·25전쟁 때 그곳을 중심으로 참혹하게 생을 마감한 수많은 중음신들의 넋이 허공을 떠돌고 있을 각수바위는 석양 무렵이면 태양의 잔광을 하얀 몸통으로 되받아 찬연하게 빛난다.

각수바위 절벽 아래 골짜기에 규모가 제법 큰 마을이 있었는데 바로 우치(牛峙) 마을이다. 유치 산골 마을들과 더불어 6·25전쟁의 피해를 가장 많이 입은 우치 마을은 중장터 골짜기 막창에 위치한다. 마을에 초등학교 분교까지 설치돼 있을 정도로 규모가 큰 마을이다. 마을 뒤 협곡에 소류지를 조성하는 공사가 진행중이고 자재를 가득 실은 덤프 트럭들이 흙먼지를 날리며 빠끔히 뚫린 신작로를 따라 쉴 새없이 들락거리고 있는 걸 볼 수 있다. 팽이버섯 재배 하우스가 산재한 개울가 골짜기를 따라 곧장 내려가면 산세가 수려하고 고풍스런 곳에 자리한 호암 마을이 나타난다. 마을 앞 공터, 군락을 이루는 고목 아래 지어진 마을 공용 정각이 나그네의 발목을 붙잡기 십상이다. 그곳을 지나는 나그네라면 누구나 잠시 발걸음을 멈추고 정각에 올라 여로에 지친 몸과 마음을 잠시 쉬어 가기 마련이다.

유치 산골과 중장터 막창 골짜기를 더듬어 온 산길은 중장터에서 험난한 여정의 끝을 맺는다. 중장터는 광주와 화순읍에서 들어온 여러 대의 노선 버스들이 즐비하게 늘어서 있는 산골 마을 교통의 시발점과 종점지가 되는 것이다. 중장터 마을은 면 소재지가 아니어서 관공서가 전무한 마을 규모지만 웬만한 면 소재지와 비교해도 손색이 없을 만큼 숙박 시설, 상점, 음식점 등 제반 시설을 짜임새 있게 두루 갖추고 있다. 나주 다도면과 화순 도암면을 잇는 지방도를 슬쩍 비켜나 골짜기 초입에 널찍하게 자리잡은 중장터는 5일장이 설 만한 충분한 공간도 확보하고 있다. 중장터에서 다도면 방면으로 가다 보면 비자나무 숲이 아름다운 불회사라는 고찰이 있고, 반대편 도암면 소재지 방면으로 2km쯤 거리에 운주사가 위치한다. 천불천탑과 와불의 전설로 널리 알려진 운주사는 황석영 씨의 장편소설 『장길산』의 마지막 무대가 되어 더욱 유명해졌다.

모두들 궁금해 하는 중장터라는 지명의 유래는, 근처에 수많은 사찰이 있어 그곳에 사는 스님들이 물물교환 장소로 그곳에 장을 개설했으므로 중들이 모이는 장터라는 뜻에서 그렇게 명명되었다고 전한다. 중장터는 나주·영암·화순·장흥 4개 군의 접경에 위치하므로 관할 행정구역에 관계없이 부근 오지 마을 주민들이 즐겨 이용하였는데, 소양리를 비롯한 암천·운월·강만리 등 유치면 북부 오지 사람들은 거리가 너무 먼 장흥읍 5일장 대신, 가마터재를 넘어 중장터로 장을 보러 다녔다는 것이다.

6·25전쟁 당시 민초들과 공비들의 주검으로 시산 혈해를 이루었다는 각수바위와 함께 격전지로 명성을 떨쳤던 깃대봉·바람재·화학산은 소양리에서 그리 멀지 않은 곳에 위치한다. 특히 화학산은 모후산·백아산·지리산으로 통하는 공비들의 내왕 통로여서 여순반란사건 때부터 이들을 토벌하기 위한 군경 토벌대와 빨치산이 치열한 전투를 수없이 벌였던 요충지이기도 하다.

유치천에 걸린 송정교(이 다리 사이에 두고 공비와 토벌대가 대치했다).

어머니를 다시 만남

　　　　　　　　동훈 형을 상면하고 귀로에 오른
나와 동숙 형의 발걸음은 무척 홀가분했다.

저절로 콧노래가 나오는지 동숙 형은, "황성옛터에 밤이 되니 월색
만 고요해……" 당시 유행했던 노래 「황성옛터」를 흥얼거리며 앞장
서 걷고 있었다.

암천리 마을 고샅을 벗어나 산태몰로 올라가는 산길 중간쯤에 이르

러 동숙 형은 잠시 발걸음을 멈추었다. 그 부근은 어제 막내 동생을 내팽개치고 홀로 줄행랑을 친 동숙 형이 어머니를 비롯한 가족들과 헤어진 지점이었던 것이다. 동숙 형은 주위를 두리번거리다 말고 손으로 나팔을 만들어 근처 산죽과 칡넝쿨, 맹감나무들이 뒤엉켜 있는 우거진 덤불 속을 향해,

"어무니! 어무니!"

하고 나지막하게 부르고 있었다. 그러나 사각사각 나뭇잎을 스치는 바람 소리뿐 아무런 응답이 없었다. 무언가 미심쩍은 게 있었던지 동숙 형은 가시덤불을 헤쳐 가며 골짜기 건너편 곰이 웅크리고 있는 형체의 커다란 바위 아래를 향해 조심조심 다가가고 있었다. 벼랑 밑 동굴 속에 혹시 어머니가 숨어 있지나 않는가 하는 생각을 한 것이다.

"아무도 없어야."

한식경 후에야 덤불 속에서 모습을 나타낸 동숙 형은 내게 손사랫짓까지 하면서 힘없는 목소리로 말했다. 그런 동숙 형의 손에는 아직도 온기가 느껴지는 갓 죽은 장끼 한 마리가 들려져 있었다.

"동굴 앞까지 가 봤더니 금방 솔개가 채다 논 꿩 한 마리가 파드득거리고 있지 뭐냐. 빨리 어머니를 찾아 이 꿩고기로 죽을 쑤어 드시게 하자."

동숙 형은 꿩의 목을 허리띠에 단단히 꿰찬 다음 앞장서 산태물 마을을 향해 올라갔다. 웬일인지 그날 따라 총소리 한 방 들리지 않고 산 속 분위기는 하루 종일 고즈넉했다. 줄기차게 공격해 오던 군경 토벌대들도 오늘 하루만은 휴식을 취하는 모양이었다. 내일의 공격

을 위한 준비와 휴식 조치도 일종의 작전일 터였다. 토벌대들이라고 매일 작전을 펴는 건 아니었다. 군경 토벌대들의 공격 패턴을 눈여겨보면 무언가 공통점이 있었다. 이틀 공격 하루 휴식, 이런 터울로 은연중 주기가 형성되고 있는 터여서, 그 점을 적절히 활용하는 지혜를 터득한 공비들도 많았다. 동숙 형도 그 같은 사실을 알고 있는지 오늘따라 여유 있게 행동하고 있었다.

나와 동숙 형은 해거름 참에야 산태몰에 당도했다. 산태몰 상공은 집집에서 뿜어내는 밥 짓는 연기로 자욱했다. 마을에는 사방에서 모여든 많은 피난민들이 집집마다 우글거리고 있어 시골 장터를 연상케 했다. 문씨네 집에 이르자 어머니를 위시한 온 가족이 모두 돌아와 있었다.

"어디로 갔다가 인자들 오냐?"

어머니는 반색을 하며 우리를 맞았다.

"니가 막둥이 챙기느라 고상 많았구나."

어머니는 당신 소생인 나를 다시 만나는 반가움보다 전실 소생인 동숙 형의 노고를 치하하는 데 더 많은 비중을 두었다. 우리 가족은 재회의 기쁨을 나누며 어제 피난 때의 일들로 얘기꽃을 피웠다.

어제 오후 피난길에서 동숙 형이 막내 누이를 땅에 내려놓고 도망가고 말자 뒤따르던 동석 형이 대신 누이를 들쳐업었다는 것이다. 바로 등뒤에서 드르륵 드르륵 토벌대들이 추격하면서 쏘아대는 다급한 총소리가 들리자 화들짝 놀란 어머니와 누나는 급한 김에 가까운 계곡 산죽 수풀 속으로 몸을 숨겼고, 걸음이 빠른 동석 형은 막내를 들쳐업고 암천 마을로 내달아 어느 인가 두엄더미 속에 몸을 숨기고 있었다.

날이 저물고 토벌대들이 병력을 철수했는지 사방이 조용해지자 어머니와 누나는 은신처를 빠져 나와 가족들을 찾았으나 뿔뿔이 흩어진 가족들을 찾을 수 없었다. 가족을 찾지 못한 어머니와 누나는 발만 동동 구르며 힘없는 발걸음으로 산태몰 문씨 집으로 찾아들었다. 한편, 막내 누이를 데리고 암천리 어느 민가에서 새우잠을 자고 날이 밝기 바쁘게 산태몰 문씨 집으로 돌아온 동석 형은 어머니와 누나를 만나 해후의 기쁨을 나눈 다음 여지껏 동숙 형과 내 안위를 몰라 애태우던 중이라고 했다.

문씨네 아주머니가 동숙 형이 주워 온 꿩고기에 찹쌀을 넣고 죽을 쑤어 주어 오랜만에 식구대로 포식을 했는데, 신통한 일은 그 꿩고기를 먹고 나서 어머니의 병환이 눈에 보이게 호전되었다는 점이다. 꿩죽을 드신 어머니는 몸에 힘이 붙고 보행에 자신이 생긴 것 같다고 말하며 얼굴에 생기를 띠셨다. 사람들은 입을 모아 '꿩고기는 해열제로서 열병을 앓는 사람들에게는 아주 신통한 묘약이라고' 말했다. 어머니는 그 꿩고기 덕을 톡톡히 본 셈이었다.

"어머니 전 이제 그만 부대로 돌아가 봐야겠습니다."

나를 어머니의 품에 데려다 준 동숙 형이 가족들에게 작별 인사를 했다. 소속 부대와 합류하기 위해 재집결 장소를 찾아가야 한다는 거였다. 부대에서는 전황에 따른 불시의 이동과 낙오병들의 재집결을 위해 항상 제2, 제3집결 장소를 미리 정해 놓는 규칙이 있었던 것이다. 동숙 형은 자리를 털고 일어서려다 말고 어머니에게 말했다.

"어무니, 아무래도 유치를 빠져 나가 읍내 외가로 가시는 게 좋을 듯싶습니다. 동훈이도 그렇게 말하더군요."

"오냐 알았다. 그렇게 하마. 너도 몸조심해야 한다 잉."

동숙 형과도 그날이 마지막 이별이 될 줄을 어찌 알았겠는가!

피난민 수용소였던 금사리 마을.

하산 길에 오름

　　　　　　그 동안 버
팀목 노릇을 해주던 동숙 형도 떠나 버리고
힘없는 다섯 식구만 달랑 남게 되었다.

　어머니는 어제 동숙 형이 전한 말을 듣고
결심을 굳힌 듯싶었다. 민간인 노약자고 어린
애고 가리지 않고 무자비하게 학살한다는 악
랄한 경찰 토벌대원에게 붙잡혀 목숨을 잃는
데도 여한이 없으니 공수평 우리 마을로 내려
가고 싶다고 용을 쓰며 말했다. 속말로 이판
사판의 심정이 된 것이었다. 우리집이 불타
버렸다던 장형의 말도 곧이곧대로 믿어지지
않았는가 보았다. 직접 두 눈으로 확인하지
않고는 믿을 수가 없다며 어머니는 마구 고집
을 피우셨다. 여순반란 패잔병 소탕작전의 와
중에서도 용케 소각의 화를 면했던 몇 채 되
지 않은 운 좋은 우리집이 불탔을 리 없다고
어머니는 굳게 믿고 있는 것이었다.

　여순반란사건 후 유치 산골에 은거한 반란
군들의 거처를 없앨 속셈으로 경찰 당국에서
는 산간 마을 주민들을 소개시키고 가옥들은
모두 소각한 일이 있었다. 우리 마을도 소각
대상 마을에 포함되었는지 경찰들이 불방망

이를 추켜 들고 나타나 마을 뒤쪽 집부터 불을 지펴 오고 있었다. 다행스럽게도 우리집은 동구의 첫들머리여서 순서가 늦게 되었다. 우리집 차례가 곧 다가오는데 지서 방면에서 군용 스리쿼터를 급히 몰고 온 전령이 크게 손짓하며 외치는 것이었다.

"소각을 중지하라! 공수평 마을은 해당 없다!"

불방망이에 기름을 잔뜩 묻혀 집집마다 처마를 들쑤시고 다니던 경찰들은 전령이 몰고 온 군용차를 타고 하릴없이 물러가고 말았다. 우리 다섯 가족은 하산 길에 올랐다. 죽어도 집에 가서 죽겠다는 어머니의 굳은 의지가 하산 쪽으로 가닥을 잡은 것이었다. 하산 코스는 산태몰에서 어인·신삼 마을 방면으로 통하는 생소한 내지 코스를 택했다. 어머니께서 눈에 익은 죽동·동산 마을을 경유해 가는 보림사 방면 길을 택하지 않고 어인 마을 방면 산길로 길을 잡은 까닭은, 보림사 건너편 산 속에서 참살당한 큰아들 일가족의 참상 현장을 지나가고 싶지 않았고, 하산을 서두르는 일행 중에 내삼·대삼 마을을 지나 문밧재를 넘어 갈머리 마을로 가는 길이 면 소재지로 통하는 지름길이라며 앞장을 서는 사람들이 많았기 때문이었다. 오후 늦게 산태몰을 떠나 쉬엄쉬엄 험한 샅길을 걸어 어인마을에 도착하자마자 해는 서산마루를 발딱 넘어서 버렸다. 몸과 마음도 지치고 배까지 고파왔으므로 우리 가족은 발길을 멈추고 오늘밤을 이곳에서 묵기로 작정했다. 오늘밤을 이곳에서 지내고 날이 밝으면 신산·내삼·송림·용문 마을을 거쳐 공수평 우리집으로 내려가 볼 참이었다.

어인 마을에는 공비들이 약탈해다 설치해 놓은 원동기와 정미기 같은 많은 양곡 조정 시설들이 벌겋게 녹이 슨 채로 버려져 있었다. 지

붕은 홀라당 불에 타 버리고 외벽만 달랑 남은 건초장(잎담배를 말리는 시설) 안을 임시 거처로 여장을 푼 우리 가족은 산태몰을 떠날 때 문씨네가 마련해 준 약간의 쌀로 저녁밥을 지어 먹고는 멍석을 깐 바닥에 낡은 솜이불을 둘러쓰고 지친 몸을 뉘었다. 솜이불은 피난 보따리의 목록 1호여서 가장 요긴하게 사용되는 물건이었다. 이른 봄이었지만 영하의 밤 기온 때문에 잠자리가 편하지 못했고 더군다나 옆 방에서 총상을 입은 장정 한 사람이 밤새 신음 소리를 내며 엉엉 우는 통에 제대로 잠을 이룰 수가 없었다.

아침이 되자 모두들 서둘러 밥을 지어 먹었다. 그러나 아침을 먹은 피난민들은 웬일인지 누구 한 사람 꿈쩍하지 않았다. 딴 때 같으면 아침을 먹기 바쁘게 피난 보따리를 이고 진 채 허겁지겁 근처 산 속으로 피신을 하거나 죽기를 작정하고 각기 목적지를 향해 하산 길을 재촉했을 터인데도 오늘은 아예 맥이 빠져 버렸는지 아무도 자리를 뜰 생각을 하지 않는 것이었다. 될 대로 되라는 자포자기의 심정이 되자 두려움이나 의욕마저도 상실되어 옴짝달싹하기 싫은지도 몰랐다. 어머니 역시 공수평 우리 마을로 내려가려는 생각을 버렸는지 돌부처처럼 우두커니 앉아만 계셨다. 모두들 건초장 바람벽에 등을 기댄 채 말똥말똥 눈망울만 굴리며 하염없이 앉아 있는데, 이윽고 골목 어귀에서 왁자지껄한 사람 소리가 들려왔다. 고샅 가득히 몰려오는 사람들은 읍내에서 징발된 주민, 학생, 그리고 그들을 인솔하는 경찰들이었다. 나중에 들은 얘기지만, 정부 당국에서는 지금까지 선량한 민간인들을 전혀 배려치 않고 무차별 사살하던 토벌 방침을 바꿔 민간인들을 공비들로부터 떼어내는 선무 작전을 지시했다고 한다. 그 방법의 일환으로 읍내 학생들을 연고자들이 거주하는 마을 근처 산속으로 들여보내 큰 소리로 연고자들의 이름을 외치게 하여 귀순을 종용했다는 것이다. 장흥읍에서 중학교에 다니는 외갓집 사촌 형들도 우리 마을 뒤 엉골에 나타나 '고모님 어서 나오세요! 저 아무개예요!' 하고 목이 터져라 외쳤으나 아무런 응답이 없어 죽은 줄로만 알았다는 말을 후일담으로 들을 수 있었다. 엉골과는 동떨어진 곳 보림사 골짜기 깊숙한 산태몰·암천·소양 마을까지 도망간 우리 가족이 그들의 외침을 들을 수가 없는 것은 당연한 일이었다.

헌 짚가마니를 뜯어 만든 발 문틈으로 밖을 보니, 지게를 지거나 연장을 든 많은 인파가 골목을 메우며 윗마을 쪽으로 올라가고 있었다. 대열에 뒤쳐져 인파를 지휘하던 경찰 간부 차림이 부하들을 데리고 우리가 숨어 있는 건초장 쪽으로 오고 있었다. 그는 저벅저벅 발자국 소리를 내며 건초장 앞으로 다가왔다. 총상을 입은 장정이 질러대는 신음 소리를 듣고 그냥 지나치지 못한 것 같았다. 우리는 그들에게 발각되지 않으려고 반사적으로 몸을 공벌레처럼 움츠렸다. 사냥개 같은 후각으로 훈련된 눈치 빠른 경찰이 인기척을 못 느꼈을 리 없다. 경찰 간부는 코를 흠흠거리다 말고 착검한 총으로 건초장 출입구에 내려쳐진 발을 걷어올렸다. 우리 일행은 정체가 노출되고 말았다. 우리를 발견한 경찰이 크게 소리쳤다.

"여기 사람 있다!"

그 외침을 듣고 달려온 여러 명의 경찰이 총부리를 겨누며 포위망을 좁혀 왔다.

"모두들 두 손을 머리에 얹고 한 사람씩 밖으로 나오시오!"

모두들 엉거주춤한 자세로 경찰이 시키는 대로 했다.

"어느 마을 사는 사람들이요?"

경찰들의 태도는 너무나도 달라져 있었다. 얼마 전까지만 해도 포악하기 이를 데 없던 그들이었는데 갑자기 존댓말을 쓰는 것부터가 큰 변화가 아닐 수 없었다. 손을 머리에 얹은 채 엉거주춤 밖으로 나온 피난민들은 각기 거주 마을을 댔다. 갈머리·배바우·늡용·월촌, 면 소재지 부근 마을 사람들이 대부분이고 공수평 마을 사람은 우리 식구뿐이었다.

"여러분들, 그 동안 고생 많았소. 우리는 대한민국 경찰이요. 여러분들은 지금부터 경찰들을 따라 지서로 가 수속을 밟고 피난민 수용소에 입소하게 됩니다. 문밧재를 넘어 갈머리 마을 가는 길로 길을 잡을 테니 그리 아시요. 어이 김 순경, 이 사람들을 지서로 호송하라구!"

경찰은 양민들을 친절하게 대하고 있었다. 아까부터 어머니의 행색을 유심히 살피고만 있던 경찰 간부가 슬금슬금 어머니 곁으로 다가오며 말을 걸었다.

"아주머니, 혹시 친가가 읍내 아니시오?"

"맞구만이라. 읍내 신흥리가 친정이구만이라."

"그럼, 김용욱 경사를 아시겠군요?"

"알다마다요. 제 사촌 동생이 되는디요."

어머니는 구세주를 만난 심정이었다. 대답이 밝고 힘찬 건 당연한 일이었다.

"내 짐작이 맞았군요. 김 경사가 유치에 가면 이러 이러한 매씨가 살고 계시니 관심을 가지고 한번 찾아봐 달라고 부탁합디다. 진즉 내려오실 일이지 여태 뭣하고 계셨소? 그 동안 고생 많았소. 저 사람들과 함께 지서로 내려가 계십시오. 제가 작전을 끝내고 귀대하여 김 경사에게 연락해 드릴게요."

"이렇게 고마울 데가…… 헌디, 청이 한 가지 있구만이라. 내려가는 길에 공수평 우리집에 들러가면 안 될께라?"

"집이요? 불타 버리고 아무것도 없을 텐데요. 정이 원하신다면 그렇게 해드리지요. 개인 행동은 절대 안 되는 건데 김 경사 체면 때문에 봐드리는 거니 딴 곳으로 가시면 안 됩니다. 혹시 누군가가 검문을 하거든 이 표찰을 보이세요."

경찰 간부의 배려로 우리 가족만은 문밧재를 경유하지 않고 공수평마을로 내려올 수 있었다. 온통 폐허가 되어 버린 신삼·내삼·송림·용문 마을을 경유하여 공수평 마을에 당도하니 우리 마을 역시 다른 마을과 다를 바 없었다. 불탄 마을 곳곳에 아직까지도 남아 있는 매캐한 냇내가 심하게 코를 자극하며 그날의 참상을 말해 주고 있었다. 벌렁 나자빠진 기둥이며 타다 남은 서까래들이 볼썽사납게 마당 여기저기에 널브러져 있는 집안은 아수라장이나 다름없었다. 마을을 점령한 경찰 토벌대에게 쫓겨 피난 보따리를 챙겨 들고 용문 마을 장형네 집으로 더부살이 떠난 날로부터 얼마 되지 않는 사이, 그 길지 않은 기간에 경천동지할 만한 엄청난 변화가 마을에 일어났던 것이다. 불타 버린 집터 땅바닥을 두들기며 대성통곡하시던 어머니는 가까스로 정신을 수습한 후, 자루가 불타고 쇠붙이만 남은 쇠스랑을 주어 울 안 남새밭 이랑을 파기 시작했다. 피난 떠나기 전에 묻어 두었던 곡식 가마니를 찾기 위해서였다. 당장 끓여 먹을 양식이 없으므로 그거라도 찾아야만 했던 것이다. 그런데 누군가가 벌써 파내 가고 없는 게 아닌가. '어허, 이럴 수가!' 허탈해진 어머니가 망연자실 탄식만 하고 있는데, 이웃집 진철 형의 아버지 염부 양반이 불쑥 모습을 나타냈다.

"아니, 새집댁 아니시오? 어디 계시다 인자 오셨소?"

"아이고, 염부 양반 아니시오. 살아 계셨구만이라! 참말로 반갑소."

어머니와 염부 양반은 해후의 기쁨을 서로 나누었다. 염부 양반은 멀리 피난 가지 않고 마을 뒤 엉골에 숨어 있다가 귀순을 종용하는 경찰 선무 부대에 구조되어 별다른 고생을 하지 않고 그들이 안내한 대로 금사리에 마련된 피난민 수용소에서 생활하고 있다고 말했다. 오늘, 경찰의 허락을 얻어 땅 속에 숨겨 놓은 곡식이며 세간을 찾을까 하여 마을에 왔는데 누군가가 모두 꺼내가 버렸다며 혀를 낄낄 차고 있는 중이라 했다.

"진철이는 무사한가요?"

어머니는 동훈 형 생각이 나는지 또래인 진철 형의 안부를 묻고 있었다.

"야는 그때(여순반란 때) 장평에 있는 일가집으로 몸을 피한 후, 이번 난리 때도 고향에 돌아오지 않아 무사할 겁니다."

염부 양반의 대답을 들은 어머니는 '우리 동훈이 놈도 읍내 외가에 그대로 눌러 있었으면 이처럼 모진 고생을 하지 않았을 터인데' 하는 생각을 하시는 것 같았다.

경찰 당국에서는 유치 사람들이 피난 가기 전에 집 밖 곳곳에 숨겨 놓은 많은 곡식과 가재 도구들을 공비들이 군수품으로 이용할 수 없도록 조처하기 위하여 장흥읍, 부산·장동·장평면 등 유치 인근 면 주민들까지 총동원, 샅샅이 훑어가 버렸다는 것이다. 무슨 연유였는지, 6·25전쟁이 발발하기 전인 지난해에는 사상 유래 없는 대풍이 들어 오곡과 백과가 흐드러지게 수확되었다. 해방 전부터 계속된 흉년으로 기아에 허덕이던 유치 사람들은 오랜만의 대풍으로 배불리 먹으며 한시름 놓으려 하는데, 호사다마였는지 미증유의 참혹한 난리가 일어나 죽을 고생만 하고 생명 보존에 급급하는 처지가 되었다며, 겨우 목숨을 부지한 걸로 위안삼아 긴 한숨만 내쉬고 있

호수를 가로지르는 새로 가설한 교량.

었다.

산골 사람들은 집이 소실되는 만약의 사태를 염려하여 곡간에 저장해 두었던 많은 곡식과 잎담배 등 특산물을 꺼내 인근 야산이나 웅덩이, 토굴, 밭이랑, 너덜겅의 돌무지 등 은밀한 곳에 꼭꼭 숨겨 두고 피난을 떠났는데, 작전을 편 경찰 토벌대들이 민간인을 동원하여 이를 모두 수거해 가 버렸던 것이다. 그에 대한 웃지 못할 에피소드도 많았다. 도굴범들이 사용하는 쇠꼬챙이까지 동원하여 땅 속에 묻어둔 물건들을 찾아낸 민간인 수색대들은 너덜겅의 돌무지 속에서도 많은 물건이 발견되자 이에 맛을 들였다는 것이다. 돌무지만 중점적으로 수색하던 그들은 종내 학을 떼는 낭패를 보고 말았다. 피난길에 발생한 주검들을 수습할 겨를이 없게 된 유족들은 조성하기 손쉬운 급조 돌무덤을 만들어 사체를 처리하고 피난길을 재촉할 수밖에 없었다. 그 사실을 모르는 민간인 수색대들이 돌무더기를 허물다가 부패한 시체를 발견하고는 기겁을 하여 그 짓을 그만두었다는 것이다. 숟가락 한 개, 쌀 한 톨 건지지 못한 우리 가족은 털털이 빈손으로 지서로 내려가 피난민 수용소 입소 절차를 밟았다.

보금자리를 떠나는 새(금사리 백로).

금사리 피난민 수용소 생활

유치지구 피난민 수용소가 설치된
금사리는 행정구역상으로 강성서원이 자리한 월천 마을과 함께 능룡
리 2구에 속한다. 마을 앞 복거리, 안태들, 각시둠벙을 사이에 두고
면 소재지 그리고 단산 마을과도 마주한다. 습지대로 형성된 평야의
한가운데 자리한 마을은 꽤 규모가 컸다. 마을 주변에는 소나무 숲이
울창하고 대나무까지 우거져 있으며 지척으로 탐진천 맑은 물이 흐
르고 있어 봄이면 천연기념물인 백로, 황새, 왜가리 등 백로과에 속
하는 조류들이 도래하여 여름을 보내다가 소슬한 가을이면 이곳을
떠난다. 전국적으로 몇 곳 되지 않는 철새 도래지인 것이다. 이들 철
새들은 봄이면 따듯한 남쪽 지방에서 날아와 생식기인 4~5월에 3~
5개의 알을 낳아 새끼를 치고 연못이나 논, 강가에서 물고기·개구
리·뱀·우렁이·다슬기들을 포식한 다음 숲에서 잠을 잔다. 이곳에
도래하는 백로는 혹가이도와 대만 사이의 동북아시아 각지에서 번식
하며 아프리카·유럽에도 분포한다는 것이다.

탐진천의 명물 다슬기는, 유치 계곡 어디서나 많이 잡히는데 특히
금사리 앞 하천에서 잡히는 다슬기는 씨알이 굵기로 정평이 나 있다.
다슬기는 무릎 뼈를 비롯한 모든 관절염 치료에 특효 식품으로 소문
나 있어 다슬기 잡기는 이곳 아낙들의 부업이기도 하다. 요리 방법도
간단하여 된장 물에 푹 삶은 다음 바구니에 건져 올려 바늘이나 탱자
나무 가시를 다슬기 주둥이 속살에 꽂아 몸통을 빙글빙글 돌리면 다
슬기 속살은 비탈못 형태로 뿌리채 뽑혔다. 다슬기를 삶은 된장 국물

맛은 또 어떠한가? 따끈따끈하고 건건한 다슬기 국물을 훌훌 둘러 마시고 나면 속이 그렇게 후련할 수가 없었다. 다슬기 국물은 술꾼들의 숙취 해소용 해장거리로는 그저 그만이었다. 요즘 시중에 다슬기를 원료로 요리를 하는 음식점들이 우후죽순 격으로 생겨난 것은 다슬기의 그런 효능 때문일 터였다.

도보로 장흥 읍내 출입을 하는 유치 사람들은 거의가 금사리 평야를 가로질러 다닌다. 그 길이 지름길인 때문이다. 사람들은 누구나 길을 갈 때면 지름길로 다니는 습성에 길들여져 왔다. 휴경중인 논밭에 가리마처럼 훤히 트인 지름길이 바로 그 증거다. 어느 수학자는 지름길을 예로 들어 삼각형의 논리를 편 바 있었다.

'모든 3각형의 빗변의 길이는 밑변과 높이의 합보다 짧다. 국어나 영어는 누구나 사용하는 빈도가 높지만 수학은 전문가들만이 통용하는 학문이다. 그러나 지름길의 원리만은 배움이 부족한 일개 초부나 삼척동자까지도 스스로 터득하고 일상에 활용하고 있다'는 거였다. 그 지름길의 원리가 바로 수학의 진리라는 것이다.

앞에서 언급했다시피 유치 사람들은 읍내 내왕 때면 면 소재지를 경유하는 대로 23번 도로를 외면하고 금사리 평야지대 사잇길을 이용한다. 이 길이 지름길일 뿐만 아니라 비포장을 달리는 자동차의 먼지 공해로부터 해방될 수 있기 때문이다. 또한, 산천 경계를 음미하며 유유자적하는 낭만까지 곁들여 노독 역시 느껴지지 않는다는 것이다. 국군 14연대의 반란군 대열에서 이탈한 동훈 형이 읍내 외가로 피신할 때도 경계가 삼엄한 유치 지서를 피해 이 지름길을 이용했으며 6·25전쟁 후, 고향 마을로 들어가 농사를 지으신 어머니께서도 즐겨 이용하던 코스였다.

유치 지서에 도착한 어머니는 가족을 대표하여 간단한 조사를 마쳤다. 담당 경찰이 묻는 대로 생년월일을 비롯한 간단한 인적 사항과 거주 마을, 피난 경로, 구출 장소 등을 불러주면 되는 요식 행위였지만 어머니는 가슴을 졸였다. 심사를 마친 우리 가족이 지서 앞마당을 서성이며 경찰의 차후 조치를 기다리고 있는데 마침 오늘 오전 어인 마을에서 우리를 구출해 준 경찰 간부가 작전을 마치고 병력을 인솔해 귀대하는 게 보였다.

"엄마! 저분이 그 아저씨 아냐?"

눈썰미가 유별난 내가 얼른 그를 알아보고 어머니에게 귀띔하자 어머니는 부리나케 경찰 간부를 향해 달려갔다.

"아저씨! 인자 오시요."

허리를 90도로 굽혀 알은체를 하는 어머니를 간부는 쉽게 알아보았다.

"그러잖아도 찾아뵐려던 참이었는데 여기 계셨군요. 입소 수속은 마치셨나요?"

경찰 간부는 자상하게 말했다.

"방금 전에 끝냈구만이라."

"그럼 됐구만요. 잠깐, 절 따라오시죠."

경찰 간부는 어머니를 데리고 지서 안으로 들어갔다. 어머니는 지서 상황실에서 경비 전화를 통해 본서에 근무하는 용욱 외숙과 통화할 수 있었다. 경찰 간부의 배려로 우리 가족은 수십 채의 피난민 수용 동 중에서도 규모가 크고 가장 깨끗한 동으로 안내되었다. 천막으로 가설한 한 개의 수용 동에는 스무나문 명의 피난민들, 그러니까 너덧 가구가 함께 기거하게 되어 있었다. 바닥에 군용 매트리스가 깔리고 산뜻한 새 국방색 담요도 침구로 배당되었다. 식사는 공동 배식 형태가 아니고 쌀을 나누어 주어 각기 직접 지어 먹게 했다. 수용 기간 중에 이따금 분유를 배급받았는데 나는 그 분유를 너무 많이 먹어 설사병을 앓은 적도 있었다. 배급된 분유가 넘쳐나자 피난민들은 그걸 가지고 달리 요리를 만들 궁리를 했다. 물로 반죽하여 계란 반찬처럼 만들어 먹을 요량으로 밥솥에 얹어 익히자 분유 요리는 개떡처럼 굳어 있어 먹기 어려웠다. 간간이 레이션 박스도 배당되었다. 미군의 비상 식품이라는 씨레이션은 그때 처음 맛본 음식이었다. 그 씨레이션 통 속에는 별의별 물건들이 다 들어 있었다. 새알 과자, 초콜릿, 통조림 깡통— 통조림 중에는 육질이 연하고 색이 붉은 말고기 통조림도 있었다. 먹을 것뿐만이 아니었다. 색연필 같은 학용품도 있었고 놀이용 공도 들어 있었는데 내 또래 소년들은 그 공으로 축구도 하고 빨래방망이를 사용하여 '하루'라 불리는 약식 야구 경기를 하며 놀았다.

수많은 사람들이 수용된 피난민 수용소는 흡사 시장통을 방불케 했다. 피난민 수용 동(棟)에 수용된 사람들은 같은 면내 사람들이므로 거의가 낯이 익어 서먹하진 않았다. 경황없는 그 와중에서도 입심 사나운 일부 아낙들은 자기네들끼리 모여 앉아 입방정을 떨어댔다. 그네들은 어머니 흉도 드러내 놓고 보고 있었다.

"새집댁 꼴 좀 보소. 면장댁이라고 고자세이더니 거지꼴이지 뭐여? 장대 같은 자식들 다 잃고 무슨 낙으로 살꼬."

그러나 대부분 선량한 사람들은 모두들 그간의 고통을 얘기하며 서로를 위로하느라 밤잠을 이루지 못했다. 금사리 수용소에는 날이 갈수록 넘쳐나는 피난민들로 북적대고 있었다. 우리 가족이 경찰에게 구조되던 무렵을 전후하여 상당 기간 동안 보림사 골짜기를 비롯한 유치 안통의 모든 산길은 온통 금사리 피난민 수용소로 향하는 백의의 인파로 북적거렸다고 목격자들은 말했다. 그토록 포악했던 군경토벌대들이 갑자기 태도를 바꾸어 피난민들을 선무하여 수용소로 집결시킨 속내는, 본격적인 공비 토벌작전에 앞서 거추장스러운 민간인들을 공비들과 격리시킴으로써 작전을 용이하게 하기 위함이었다. 경찰들도 이제는 이성을 찾기 시작한 것 같았다.

공비들이 민간인들을 함께 몰고 후퇴를 감행한 것 역시 그들대로 작전의 일환이었다. 주민들을 마을에 남겨 두면 진주해 온 경찰에게 정보를 제공할 우려도 있었지만, 그보다도 경찰들이 선량한 민간인들을 함부로 공격하지 못할 것이라는 얄팍한 계산으로 양민들을 방패막이 삼아 저항하면서 시간을 버는 것이 효과적이라는 그들대로의 꿍꿍이가 있었던 것도 사실이었다. 당시 공비들은 중공군의 개입으로 전황이 호전되고 그 여세를 몰아 언젠가는 이곳도 탈환될 것이고, 그리되면 자신들의 구조는 시간 문제일 거라는 막연한 믿음으로 시간 벌기를 최우선 명제로 삼고 있었던 것 같았다. 그러한 실낱 같은 희망 때문에 공비들은 결사 항전하였던 것으로 믿어진다. 만약 그러한 희망이 없었더라면 일찌감치 포기하고 귀순하는 공비들이 훨씬 더 많았을지도 몰랐다.

장흥읍내 교통로 빈재.

유치를 떠나 읍내 외가로

금사리 피난민 수용소에 수용된 피난민들의 유형을 보면 구구 각색이었다.

우리 가족들보다 더 많은 고초를 겪은 사람들도 많았다. 멀리 소양·취실 마을을 지나 가마터재 너머 중장터 골짜기 각수바위 부근까지 피난 갔다가 용케도 목숨을 건진 사람, 영암 방면으로 도망치다가 국사봉 부근에서 토벌대를 만나 발길을 돌린 사람, 발산 마을을 지나 나주 땅 세지 방면까지 갔다가 붙잡혀 온 사람……, 사방 천지에서 모여든 피난민들의 수효가 많다 보니 갖가지 정보나 믿을 수 없는 소문들도 난무했다. 출처가 불분명한 동숙 형에 대한 루머도 나돌았다.

산태몰에서 가족과 헤어진 후 소식을 모르는 동숙 형에 관한 얘기라서 관심이 쏠렸다. 소속 부대를 찾지 못하고 홀로 낙오되어 운월리 근처 깎아지른 절벽 동굴 속에 은신해 있던 동숙 형은 토벌대의 선무 방송을 듣고 투항하여 유치 지서로 호송되었다는 것이다. 구금중인 동숙 형은 안면이 있는 어떤 사람으로부터, 미확인된 우리 가족의 근황을 귀동냥했다. '소양리 병동에서 돌림병을 치료중이던 동훈 동생은 군경 합동토벌대의 집중 공격시 성치 못한 몸을 이끌고 각수바위 방면으로 도망치다가 사살되었고, 어머니를 비롯한 나머지 가족들 역시 생사를 모르는데 아마 모두가 이 세상 사람이 아닐 것이라'는 비통한 소식이었다. 그러잖아도 장형네 일가족의 참변 사건으로 의기 소침해 있던 동숙 형은 사랑하는 동훈 동생의 사망 소식과 어머니를 비롯한 가족들의 절망적인 비보에 애통해 하며 하늘을 우러르다가,

"형님 가족과 아우가 죽고 어머니를 비롯한 가족들의 생사마저 모르는데 나 혼자 살아서 무엇을 할 것이냐!"

한동안 땅을 치며 탄식하더라 했다. 그런 동숙 형은 경찰의 감시가 느슨한 틈을 이용해 지서를 탈출하여 다시 산 속으로 도망쳐 버렸다는 것이었다.

그 정보의 진위 여부는 지금까지도 가릴 수 없다. 당시 상황으로 보아 동숙 형이 토벌대에 귀순했다는 얘기나, 감시가 느슨한 틈을 이용하여 재입산했다는 등의 신빙성 희박한 소문은 입담 좋은 누군가가 그럴 듯하게 지어낸 유언비어가 분명할 터였다. 요즘 신종 풍자 용어인 '유비 통신', '카더라 방송'은 그 당시에도 유언비어라는 용어로 판을 치고 있었는데 그 위세는 참으로 대단했다. 사람들은 그런 신빙

성 없는 정보 자체를 믿으려 들지 않았지만 한 가닥 믿음을 갖는 것은 물에 빠진 사람이 지푸라기라도 잡고 싶은 심정일는지도 몰랐다.

난세일수록 '유비 통신'과 '카더라 방송'이 기승을 부리며 맹위를 떨쳤지만 동서 고금을 통해 그 실상을 파헤쳐 보면 진실에 가까운 게 많지 않았다 하였다. 설혹, 동숙 형에 대한 소문을 사실로 가정하고 그 발설자를 추적하려 해도 당시의 상황을 알 만한 사람들 거의는 6·25전쟁 후 유치 산골에 환멸을 느낀 나머지 고향을 등져 버렸고, 형편이 여의치 못하여 고향을 지킨 사람들 중에 증인이 될 만한 사람들은 이미 세상을 떠나고 없다. 지난 일을 알아서 뭘 하겠는가마는, 알아보고 싶어도 방법이 없음을 한탄할 뿐이다.

비록 이복 동생이었지만 동숙 형이 동훈 형을 사랑하는 마음은 유별났었다. 여순반란사건 당시 동생 때문에 지서 주임한테 심한 물 고문을 당하는 등 고초를 겪으면서도 동생을 원망하거나 기분 나쁜 내색을 전혀 않고 도리어 민망해 하는 어머니를 위로해 주던 도량이 넓은 동숙 형이었다. 바리산에서 미아가 된 나를 찾기 위해 온 산을 헤매고 또 내게 동훈 형을 만나게 해주려고 소양리까지 찾아간 일은 동숙 형의 진심에서 우러나온 형제애 때문이었다.

동훈 형의 국방경비대에 입대 소식을 서울 점원 생활중에 전해 들은 동숙 형은 매우 기뻐하며 우리 집안에 장성이 나올 것이라고 큰소리치곤 했다는 것이다. 그처럼 자랑스럽던 동생을 잃은 슬픔이 동복 형제인 장형을 잃은 슬픔보다 더 했던 모양이다. 동훈 형에 대한 기막히고 애석한 사건이 또 있다. 행정과 치안이 정상 궤도에 오르자 당국에서는 동훈 형이 6·25전쟁 발발 직전에 응시한 초등학교 준교사 자격 시험 합격자 발표가 있었는데, 동훈 형도 그 명단에 끼어 있었다는 것이다. 그 합격 통지서는 주인을 찾지 못하고 장흥군 교육청 서고에서 장기간 방치 후 폐기되었다는 것이니 참으로 애석한 일이 아닐 수 없다.

우리 집안의 내력을 소상히 아는 사람들은, 그때 산 속으로 다시 도망쳤다고 알려진 동숙 형이 무사히 북으로 넘어가 북한에 살아 있다면 남북 관계가 호전되는 중이므로 언젠가는 만나볼 수 있지 않겠느냐고 말들 하지만, 남해여단 같은 용맹스런 인민군 정규 부대도 북상을 포기하고 남한 산골을 전전하다가 결국은 궤멸되어 어느 이름 모를 산 속에서 까마귀 밥 신세가 되었다는데 동숙 형이 무슨 재주로 그 험한 38선을 넘을 수 있었겠는가. 필시 보림사 골짜기 어느 산 속에서 경찰 토벌대들의 공격을 받아 이승을 하직, 떠돌이 혼백이 되었을 거라는 확신은 의심의 여지가 없다 하겠다. 이렇듯 한 집안에서 유골을 수습하지 못한 시신이 여섯 구나 된다는 사실은 비극 중의 비극이 아닐 수 없었다.

누나의 생존 소식을 전해 들은 용기 외숙과 외숙모가 금사리 피난민 수용소로 특별 면회를 왔다. 어머니는 오랜만에 만난 친정 동생을 부여안은 채 처절한 눈물을 한없이 흘리고만 계셨다.

"매씨! 조금만 더 고생하셔요. 곧 당국에서 피난민에 대한 후속 조치가 있을 거라는군요. 그때 꼭 모시러 올게요."

우리 가족이 피난민 수용소 생활에 익숙해질 무렵 당국은 피난민들에게 거주 선택의 기회를 베풀었다. 친인척을 따라 수용소를 떠나도 좋다는 내용이었다. 이 소식을 접한 외숙이 소달구지를 세내어 금사리 피난민 수용소에 나타났다. 우리 가족은 외숙을 따라 금사리 수용소를 떠나게 되었다. 불탄 집터 주변에서 건진 폐품이나 다름없는 가재 도구와 수용소에서 배급받은 모포, 피복, 식기 등 살림 도구를 실은 소달구지를 따라 나는 십여 년이나 정들었던 고향 땅 유치를 등졌다. 유치면의 마지막 땅 빈재몰랭이에 당도하여 잠깐 휴식을 취하는데 고향을 떠나는 우리 가족의 슬픔을 하늘도 아는지 갑자기 부슬비가 하염없이 내리고 있었다.

우리 다섯 가족은 장흥읍 변두리 외갓집 아래채에서 더부살이를 시작했다. 유치 산골 마을 대부분은 아직도 잔비(殘匪) 소탕을 위한 토벌작전이 진행중이었으므로 산 속 마을 주민 입주는 통제되었다. 당국에서는 금사리 피난민 수용소를 폐쇄하고 수용중인 피난민들에게는 작전이 완료될 동안 연고를 따라 이주하도록 조처한 것이었다. 피난민들 거의는 인근 부산면이나 장흥읍내 등 연고를 따라 옮겨 갔다. 유치면 피난민들의 편의를 위해 지금의 이북 5도청처럼 장흥읍 예양리 시장통에 임시로 면사무소가 개설되었다. 임시 면사무소에서는 유치면의 모든 행정 업무를 관장하는 일방 피난민 구호 업무도 겸해 보던 거였다. 어머니는 임시 면사무소를 찾아가 고향 마을의 소식도 알아 보고 구호금품 등을 수령해 왔다. 구호품은 군용 비상 식량인 씨레이션을 비롯하여 우방국에서 구호품으로 보내 온 피복류 등 종류도 다양했다. 6·25전쟁을 전후한 격동의 시대에 유치 면장 직책을 맡은 문경구 면장은 임시 면사무소에 상주하면서 피난 나온 면민을 위한 업무를 집행하느라 많은 고생을 하였다. 그 문 면장은 면내에서 가장 많은 피해를 입은 전임자 가족인 우리네 처지를 딱히 여겨 많은 편리를 제공해 주곤 하였다.

저자가 편입했던 장흥남초등학교.

피난 시절의 추억

  알거지가 되어 나타난 우리 가족의 뒷바라지를 하느라 외숙 내외분의 고생은 이만 저만이 아니었다. 아래채 방 한 칸을 비워 우리 가족을 살게 했고 끼니도 함께 끓였다. 나는 전쟁통에 중단한 학업을 계속하기 위해 해당 학구인 장흥남초등학교 4학년으로 편입했다. 공교롭게도 내가 편입한 학급의 담임 선생님은 앞서 얘기한 대로 내 친구 문봉섭의 형 문순섭 선생님이었다. 공비들에게 무참하게 살해당한 가족의 원수 갚음을 한다며 경찰 토벌 보조 부대인 용호 부대에 지원하여 용맹을 떨치던 문순섭 선생님과의 상봉

은 참으로 뜻밖이었다. 내 처지를 잘 아는 문순섭 선생님은 곧잘 내게 학비며 교과서 등을 무료로 제공해 주는 친절을 베풀었다.

외가 마을 사람들은 피난 나온 우리 가족을 신기한 눈으로 보고 있었다. 얼굴이 거멓게 타고 빼빼 마른 나를 보고, 적도 지방 사람들을 일컫는 '인도징'이라 비유하고 '해 떴다, 올라가자! 해 넘어갔다, 내려가자!'라고 하며 놀려 먹었다. 전란의 공포와 공비들의 강압 때문에 집을 비우고 아침 일찍 산 속으로 숨었다가 해 질 무렵 산을 내려오는 피난 생활을 가지고 그렇게 골려 먹은 것이었다.

공비 토벌작전이 마무리되지 않아 귀향할 처지도 못 되고, 설사 귀향 허용 조치가 내려진다 하여도 송신 덩어리나게 참화를 겪은 공수평 마을로 다시 돌아갈 엄두도 나지 않아 외가 더부살이 생활은 장기적일 수밖에 없었다. 하루 이틀 아닌 친정살이도 염치가 없는 일이어서 어머니는 외가 마을 윗동네에 비어 있는 오두막집 한 채를 헐값에 구입하고는 분가를 결행했다. 불타 버린 공수평 마을 오칸겹집 전후좌우퇴 구조의 우리집 헛간만도 못한 볼품없는 오두막집이었으나 더부살이 생활을 청산한 홀가분함 때문인지 조금도 불편스럽지가 않았다.

어느새 계절은 농사철로 다가서고 있었다. 아직도 암천·운월·소양 마을 등 내륙 깊숙한 지역의 잔비 소탕작전이 진행중이었지만 당국에서는 원주민들의 농사 편의를 위해 작전에 지장이 없는 마을 별로 임시 입주를 허용했다. 어머니는 농사를 짓기 위해 나와 누나, 누이 등 어린 삼남매만 집에 두고 다시 공수평 마을로 돌아가지 않으면 안 되었다. 여섯 명이나 되는 대가족을 잃은 슬픔을 가슴 깊이 간직한 채 어머니는 살아 남은 가족들의 생계를 책임지기 위해 발벗고 나서지 않으면 안 되었던 것이다. 우선 비와 이슬을 피하자면 거주할 집을 마련하여야만 하였다. 아름드리 기둥을 세우고 서까래, 보를 설치하는 정식 가옥은 엄두도 낼 수 없는 형편인 터라 어머니는 임시 방편으로 불탄 집터에 얼기설기 움막을 지어 농사 준비를 시작했다. 집안 형편 때문에 중학교 2학년을 중퇴하고 집에서 놀고 있는 넷째 동석 형이 농사일을 거들었다. 위로 세 분의 형들에게 유고가 생기자, 동석 형은 졸지에 장손 노릇을 하게 된 것이었다. 어머니와 형은 농사를 지으면서도 틈틈이 나물, 약초를 캐고 땔감을 팔아 용돈을 마련해 살림에 보탰다. 여름내 농사를 지은 어머니와 동석 형은 가을걷이가 끝나면 애써 지은 곡식과 땔감용 나무들을 전세낸 트럭에 가득 싣고 읍내 집으로 내려왔다. 온 가족이 함께 지낼 수 있는 겨울은 우리 가족에게는 안식의 계절이기도 했다.

해가 바뀌고 농사철에 접어들면 어머니는 철새처럼 공수평 마을로 들어가 농사 준비에 분주했다. 어머니는 조상의 기제사 등 집안의 행사를 치르거나 읍내 5일장을 보기 위해 짬을 내어 장흥 집에 다녀가셨다. 그때마다 어머니는 차비 한 푼이라도 아끼려고 그 먼길을 걸어 다니셨다. 마을 뒤 양마골 재를 넘고 연산리 산모롱이를 돌아 내안리 들녘을 가로지르고 빈재몰랭이를 넘어 금사리 지름길을 경유 공수평 마을까지는 장장 사십여 리 거리였다. 반복되는 그런 생활을 어머니는 3~4년 동안이나 버텨내셨다.

나는 장흥남초등학교를 졸업하고 장흥중학교에 입학했다. 집안 형편으로 보아 상급 학교 진학은 어림없는 일이었으나 수석 졸업의 머리를 썩히기 아깝다는 담임 선생님과 주위 사람들의 권유에 못 이겨 어머니께서는 용단을 내리신 것이었다. 입학금을 겨우 마련하여 등

록을 마쳤으나 책값을 비롯한 남은 기간 동안의 학비 조달이 문제였다. 담임 선생님은 납부금 징수에 혈안이었다. 학교 방침 때문에 어쩔 수 없는 일이겠지만 너무나도 인정 사정이 없었다. 선생님은 학비가 밀린 학생들을 수업 시간중임에도 교실에서 떠밀어냈다. 집에 가서 돈을 가져오라는 거였다. 그럴 때마다 나는 어머니도 안 계시는 집에 돌아가 봐야 달리 뾰족한 방법이 없으므로 학교와 마을의 중간 지점인 석대모퉁이나 장터 쇠전머리 부근에서 어정거리다가 점심때쯤 학교로 되돌아갔다.

"돈 가져온 거여?"

"……."

나는 대답할 말이 없었다.

"그럼 언제 준다는 거여, 엉?"

담임 선생은 그저 돈에 환장한 사람 같았다. 당장이라도 미납금을 내놓지 않으면 머리통을 쥐어박을 태세로 주먹을 올렸다 내렸다 하며 엄포를 놓았다. 그때마다 나는 곤경에서 벗어나기 위해 아무렇게나 둘러대지 않을 수 없었다.

"장, 보고요."

"뭐라고? 장보고라고? 임마, 잘 알고나 대답해라. 장보고는 장군이며 청해진 대사야! 고놈의 장 보고 자그만치 우려먹어, 이 자식아!"

담임 선생님도 우스운지 피식 웃고 말아 그날은 더 이상 쫓겨나지 않았다.

'장 보고'는 거짓말이 아닌 사실이었다. 유치 고향 마을에 들어가 농사를 짓는 어머니께서는 읍내 5일장을 보기 위해 장날에야 장흥집으로 내려오시곤 했으니까 어머니를 만날 수 있는 기회는 그날뿐이었다. 그러나 담임 선생님과의 약속은 번번이 지켜지지 않았다. 어머니께서 시장에 내다 판 곡식 몇 됫박과 푸성귀 몇 다발 값은 납부금으로는 턱없이 부족했다. 5일장 다음날 빈손으로 등교하는 내 발걸음은 천근만근이었다. 마치 도살장으로 끌려가는 소걸음이었다. 교실에서 쫓겨나고 또 '장 보고'를 파는, 숨바꼭질 같은 지긋지긋했던 학창 시절을 나는 회상하기조차 싫다. 급우들은 거의가 당시 유행하는 '구레빠'라는 기지 옷이나 사아지 천 학생복을 입는데 나 혼자만 무명 베로 만든 옷을 입고 다녔다. 군내나는 김치가 유일한 도시락 반찬인 점심 도시락을 내놓기 창피해 도시락을 지참치 않고 등교하는 일이 잦자, 담임 선생님은 도시락 지참을 독려키 위한 방법이었는지, 점심 시간에 아무도 밖으로 나가지 못하게 하고 반 전체 학생이 밥을 나누어 먹게 하였다. 나는 그런 일이 있고부터 급우들에게 동냥밥을 얻어먹는 것 같아 자존심이 상하여 비록 군내나는 김치와 꽁보리밥일망정 싸들고 다녔다. 나는 나이에 어울리지 않게 지금도 마을의 조기 축구회에 나가곤 하는데, 학창 시절 점심을 거르거나 부실하게 때우고도 방과후 늦게까지 축구를 한답시고 운동장을 누빈 전력 때문일 터였다.

우리 집안 형편을 어떻게 알았는지 한번은 국사 선생님이 내 교과서 대금을 대납해 주었다. 나는 다른 과목에 비해 국사와 국어 과목은 타인의 추종을 불허하였으므로 국어와 국사 선생님은 나를 몹시 예뻐했다. 중학교 때 이병도 박사가 펴낸 『국사대관』을 거의 암기하였고 고등학교에 다니는 마을 형들의 국사 숙제 정도는 거뜬하게 해줄 수 있는 실력이었다. 통일신라 시절 청해진을 무대로 중국과 교역하여 무역왕으로 명성을 떨쳤던 해상왕 장보고는, 명장의 이미지 대신 내 뇌리에는 가난의 멍에로 각인되어 좀처럼 지워지지 않는 상흔으로 남아 있다.

공휴일이나 방학 때면 나는 가끔 어머니를 따라 고향에 다녀왔다. 어머니는 도보로 그 먼길을 다니시기 때문에 나 역시 걷지 않을 수 없었다. 나는 그때마다 발바닥에 물집이 생기는 여독으로 옴짝달싹 못하며 여러 날 몸져 눕곤 했다. 그러나 나이 드신 어머니는 고통을 전혀 내색하지 않으셨다. 모질게 살아가는 누나의 처지가 안쓰러웠던지 외숙은 당신의 비옥한 밭 한 뙤지기를 거저 주어 벌어먹게 하고 유치 산골의 전답을 팔아 읍내 마을 근처에 대토(代土)를 마련하라고 적극 권유했다. 혹독한 난리에 가족을 잃는 등 혼쭐난 원주민들 거의가 고향을 등져 버렸고 토지를 사고자 하는 외지 사람도 별로 없었으므로 유치의 전답은 그야말로 똥값이었다. 그로부터 여러 해 후에야 원매자가 나타났으므로 어머니는 유치 산골의 토지를 헐값에라도 처분할 수 있었다. 그 대금으로 석대들 끝자락 '닭바위' 부근에 마련한 농토는 고향에서 소유했던 것의 5분의 1 정도도 안 되었다.

6·25전쟁이 없었으면 먹고 살 만한 집안의 막내로서 귀염을 독차지하며 배움에도 지장이 없었을 내 앞길은 예기치 못했던 전쟁으로 말미암아 파탄의 경지에 빠져들고 만 것이었다. 집안이 결딴난 이후부터 가난은 계속 우리 가족을 괴롭혔고 내 앞길을 가로막는 충실한 장애물 구실을 하고 있었다.

결과론이긴 하지만, 고향의 토지를 헐값에 처분하지 말고 지금까지 일부만이라도 두었더라면 탐진댐 수용 용지에 포함되어 많은 보상금을 손에 쥐었을 터인데…… 인간사 세옹지마. 아쉬움이 많았지만 어쩔 수 없는 현실이었다.

전래 토속 신앙인 미륵을 모신 당집이 있고, 읍내 주민들의 공동묘
지였다가 지금은 장흥 종합운동장이 조성된 미륵댕이 공동묘지 바로
윗마을 장흥읍 사안리 1구 나의 외가 마을, 그곳이 내 제2의 고향이
다. 유치를 떠난 이후 줄곧 소년기와 청년기를 보냈고 군복무를 마치
고 새로운 출발을 위해 광주로 떠날 때까지 짧지 않은 세월을 그곳에
서 보냈지만 왠지 기억에 남는 사연도 없고 별다른 애착도 느끼지 못
한다. 웬일인지 내 뇌리에는 유년기의 고향 유치 산골만이 또렷이 각
인되어 자리 굳히고 있는 것이다. 집안이 쑥대밭이 되고 생사의 고비
를 수없이 넘긴 고향 유치 산골에 더 많은 애착을 느끼고 있다니 이
무슨 아이러니란 말인가? 되돌아보고 싶지 않은 고향, 내게는 저주의
땅이나 다름없는 유치 산골에 무슨 미련이 그리 많은지 그 까닭을 나
자신도 알 수 없다.

2004년 댐이 완공되고 담수가 시작되면 영영 물 속에 가라앉아 버릴
고향을 다시 볼 수 없다는 아쉬움 때문에? 그게 꼭 정답은 아닌 것 같
다. 아마 아름다운 주변 환경에 매료되었던 유소년기의 여러 추억들이
나의 뇌리를 선점(先占)해 버린 게 주된 이유인 듯싶다. 언젠가 나의 안
내로 보림사 구경을 갔다가 내 고향 공수평 마을에 들러 거목으로 자란
당산나무 그늘에서 휴식을 취하며 담소하던 동료들이 공수평 마을 주
변의 아름다운 풍치에 매료되어 감탄을 금치 못하다가 이구동성으로,

"좋은 곳에서 태어나셨구먼. 그래서 신 형이 작가 지망생이 됐나
보네."

하고 아낌없는 찬사를 내게 늘어놓은 적도 있었다.

유치지구 공비 토벌작전에 참전, 전사한 학도위령비.

토벌작전 종료

　　　　　　　　　　군경 토벌대들의 맹렬한 집중 공격
에도 천험한 지형 지물을 은폐 삼아 집요한 숨바꼭질을 계속하며 암
약하던 유치지구의 공비들에게도 최후의 날은 왔다. 대다수 공비들
은 형세가 불리해짐을 간파하고 토벌대에 투항하기 바빴다. 투항을
거부한 골수 잔비들 중 거의는 군경 토벌대에게 사살되었지만 용케
도 목숨을 부지한 일부는 화학산을 넘고 이양, 사평을 지나 지금 주
암댐 상류 지역인 모후산과 백아산에 잠시 머물렀다가 멀리 지리산
으로 들어가 저항을 계속했다.

　장기전으로 내닫던 지긋지긋한 유치지구의 공비 토벌작전은 1952
년에야 마무리되었다. 유치 땅에서 공비들이 완전히 자취를 감춘 것
은 6·25전쟁 발발 3년여 만의 일이었다. 이제 대한민국의 주권이 미
치지 못하는 곳은 험준한 지리산 한 곳뿐이었다. 그러나 지리산의 공
비들도 세력이 현저하게 약화되어 1953년에 완전 소탕되고 대한민국
의 영토 안에서 공비들은 그 존재를 찾아볼 수 없었다.

　유치면의 모든 관할구역이 비로소 대한민국의 통치권하에 장악되
자 장흥읍 예양리 시장통에 임시로 거처를 정했던 유치 면사무소가
제자리로 돌아와 불탄 자리에 가건물을 지어 행정 업무를 수행하였
고, 지서 역시 토벌 위주 작전에서 탈피하여 본연의 치안 업무에 복
귀하였다.

　3년여 동안이나 막대한 병력과 병참, 막강한 기동력을 투입, 유치
지구 공비 토벌작전에 임한 토벌 부대와 이에 죽기 살기로 맞선 공산

세력들과의 전투는 그 횟수를 헤아리기 어렵지만 그 중에서 가장 처절했던 대규모 작전의 한 실상을 장흥군지에 실려 있는 기록을 통해 음미해 볼 필요가 있다.

……당국에서는 1951년 4월 24일 軍警 합동 작전을 전개하였다. 가지산, 깃대봉, 바람재 방면 수색 공격은 강진 부대가 담당하고 운월, 대천, 각수바위 방면은 장흥 부대가, 국사봉 바리산 방면은 장흥 용호 부대가 담당하였다.

화순 방면에서는 제 5사단 20연대 2개 대대가 합동 작전에 투입되었다. 군경 합동 토벌대는 청풍 화학산 방면으로 패주하여 집결한 좌익분자와 5시간여 교전 끝에 생포 156명, 사살 1,200명, 무기 120정 노획, 각종 실탄 2,500발, 기타 다수를 전리품으로 혁혁한 전과를 올렸다.

공비 생포 150여 명, 사살 1,200명의 전라도 토벌대들이 대승을 거둔 이 전투를 가리켜 사람들은 '화학산 전투'라고 부른다. 공비들의 이러한 대참패가 보림사 소실 직후의 일이어서 사람들은, 이구동성으로 '몰지각한 공비들이 천년 고찰 보림사를 불태운 죄과로 천벌을 받은 거라'고 쉽게 말하고 또 그렇게 믿고 있었다(그러나 지금은 보림사 소실에 대해 구구한 설이 난무하고 있는 실정이다).

아무튼 이 전투에서 유치지구를 사수하는 정예 유격대인 3지사 부대와 한월수 부대는 물론 인민군 정규 부대인 남해여단 병력도 치명상을 입었던 것으로 사료된다.

이 전투 후에도 숱한 전투가 전개되었으나 군경 합동으로 마지막벌인 유치지구의 대규모 공비 토벌작전 전말이 장흥군지에 아래와 같이 기술되어 있다.

……당국에서는 또다시 1951년 7월 29일에 유치지구 殘匪 섬멸 대작전을 세웠다. 조재용 보안과장이 지휘하는 도경 직속 기동 부대를 비롯하여 나주, 화순, 보성, 영암, 강진, 광주, 함평, 목포, 무안, 벌교, 고흥, 해남, 각 경찰서 연합 부대 1,560명은 덕룡산, 일봉암, 운월리를 중심으로 일대 포위망을 구축하고 수색 전진 포위망을 좁혀 가던 중, 동일 16시경 서동, 천동, 우치 마을 부근에서 좌익 분자를 발견하였다. 군경 학도 부대는 주변 요소를 점거하여 퇴로를 차단하고 공비를 전면과 측면에서 일제히 맹공을 가했다. 이에 당황한 공비는 기진맥진 의식 없는 항전을 계속하다가 교전 3시간여 만에 탈출구를 뚫고 혼비백산 도망쳤다. 공비는 완전 분산되어 살아 남은 몇몇만이 국사봉 방면으로 도주했다.

이 전투에서 共匪 사살 96명, 三地司 사령관 외 18명 생포, 아식장총 4정, 99식 소총 2정, 각종 실탄 178발, 農牛 2두, 백미 5포, 보리쌀 2포, 수류탄 4개, 솥 8개 등의 전리품을 노획하였으며 공비의 아지트 38개소를 파괴하였다. 군경 학도 부대의 피해는 전사 1명, 중경상 3명이었다.

이 전투로 공비들의 주력은 궤멸되었지만 몇 명 되지 않는 잔비들이 암약하며 명맥을 유지하고 있었으므로 소규모 토벌작전은 계속 진행되었다. 위의 기록에서 유의할 대목은 학도 부대의 존재이다. 학도 부대란 유치지구 공비 토벌작전에 지원 참전한 장흥 경찰서·강진 경찰서 소속 학도 부대를 말한다. 학생 신분인 그들은 정규적인 훈련을 받고 배치된 군경 토벌대원 못지않게 용맹 전진하여 혁혁한 전공을 세웠는데 이에 따른 희생도 적지 않았다. 이들 학도 부대의 맨 처음 희생은 유치면 소재지 수복 작전에서 발생했다. 그 전투에서 산화한 학도병은 장흥 관산중학교 3학년 오연차 군, 광주 숭일중학교 3학년 오원주 군, 광주 사범학교 2학년 문영민 군 등 3인이었다. 당국에서는 유치지구 토벌작전이 종료되자 그들의 숭고한 애국 정신을 함양하고 그 공적을 기리고자 그들의 산화 장소인 면 소재지와 단산 마을의 중간 지점 복거리에 위령비를 세우고 소설가 김동리(金東里) 선생은 비문을 지어 넋을 위로했다.

그러나 위령비가 세워진 복거리 지점은 탐진댐 수몰 지역이므로 위령비를 어디론가 옮겨야만 하였다. 마침 수몰 제외 지역인 봉덕리에 폐교된 유치초등학교 보림 분교가 있어 당국에서는 이를 활용하기로 방침을 정했다. 인근에 문화재를 다량으로 보유한 보림사가 위치하고 주변 경관이 훌륭하여 호국 유적지로는 적지인 때문이었다. 당국에서는 이곳에 '청소년호국수련장'을 개설하고 주변 성역화 작업에 착수했다. 가지산 산자락을 베고 누워 탐진강을 굽어보는 절경에 자리한 폐교 부지는 청소년호국수련장으로 새롭게 태어난 것이었다. 지금 그곳은 휴일이면 보림사 탐방을 겸해 방문하는 인파로 가득할 뿐만 아니라, 방학 때가 되면 심신 단련과 호연지기를 기르기 위해 전국 곳곳에서 몰려든 젊은이들로 문전성시를 이루고 있는 실정이다.

보림사에는 사찰 복원에 이어 또 하나의 색다른 기념물이 들어섰다. 다름 아닌 김삿갓 시비(詩碑)가 그것이다. 시비는 사찰 첫들머리 주차장 못 미친 지점, 동부도로 올라가는 입구 우측 길가에 자연석으로 세워져 있다. 시비 전면에는 「보림사를 지나며」라는 한시(漢詩)를 번역한 시 한 수가 새겨져 있고 후면에는 원문이 그대로 실려져 있음을 볼 수 있는데, 그 한시는 평론가인 광주대 문예창작과 신덕룡(辛德龍) 교수가 발굴한 것이다. 까딱 잘못했으면 묻혀 버릴 뻔했던 김삿갓의 미발표 시를 발굴한 신덕룡 교수는 시비를 세우는 데 크게 공헌하였을 뿐만 아니라 시비 관리를 위해 바쁜 중에도 틈을 내어 광주로부터 내려와 잡초 제거 등 주변 관리를 꾸준하게 해오고 있다.

과거장에서 홍경래 난에 연루된 조부를 욕되게 한 일로 평생 하늘 보기를 꺼려해 커다란 방갓을 쓴 채 주유천하하던 방랑시인 김삿갓은, 전라도 동복 땅에 오래 머물다가 종내는 천하 절경 적벽을 바라보며 파란만장한 일생을 마쳤다고 전한다. 그는 살아 생전 화순 땅 동복과 산세 수려한 유치 보림사 골짜기를 수시로 오가며 호연지기를 기르고 수많은 시를 읊조리다가 한 많은 일생을 마감하였던 것이다.

댐 건설로 폐허가 된 저자의 모교 유치초등학교 교정.

맺는 글

　　　　　　　　　내가 지난 세월의 추억들을 반추하며 상념의 늪에서 허우적거리는 동안, 오랜 시간을 달려온 버스는 덤 재 험한 고개를 훌쩍 넘고 있었다. 버스는 구절양장 험한 고갯길을 서서히 내려왔다. 한대 마을 급커브 지점을 지나자 영암 땅에서 흘러온 유치천이 길 옆으로 비스듬하게 다가와 버스를 껴안았다. 개울 규모의 물길은 도로와 나란하게 어깨를 견주며 하류를 향해 발걸음하고 있었다. 보림사 골짜기를 더듬어 내려온 탐진강 본류가 합류지점인 월천 마을 앞에서 기다리고 있을 것이었다. 갓길이 전혀 없는 비좁은 도로는 마주 오는 차를 만나면 교행하기조차 옹색했다. 이윽고 탐진댐 수몰 경계를 표시하는 붉은 표지판이 산 중턱 여기저기에서 하나둘 모습을 나타내기 시작했다. 수몰 지역이 가까워 오는 것이다.

　유치서초등학교가 위치한 신풍 마을 바로 근처 원등에 새로운 마을이 조성되고 있었다. 댐 상류 지점인 원등 마을에는 공사가 한창이었다. 당국에서는 이곳에 문화 마을을 조성하여 새로운 면 소재지를 만들고 수몰민 일부를 이주시킬 계획이라 했다. 유치 면의 각 기관이며 초·중등학교도 옮겨 올 예정이라는 것이다. 버스는 송정교를 건너 면 소재지에 진입하고 있었다. 명색이 면 소재지이지만 규모가 큰 보통 마을만도 못한 면 소재지는 6·25전쟁과 공비 토벌작전이 완료된 지 반세기에 이르건만 타 지역과는 달리 발전을 멈춘 채 제자리걸음만 하고 있었다. 규격화된 면사무소, 지서, 농협, 우체국 등 관공서 청사 외에는 쓸 만한 고층 건물은 고사하고 2층짜리 건물 한 채 구경하기 어려웠다. 이곳에서 개발이나 발전이라는 용어는 한낱 사치스러운 단어에 불과한 듯싶었다. 보기 드문 산간 오지인 데다가 일찍부터 수몰 예정지로 선정되어 아예 개발에 신경을 쓰지 않은 때문일 터였다. 버스는 한적하기 이를 데 없는 면 소재지를 힐끔 곁눈질하며 줄곧 내달리고 있었다. 나는 이곳 정류장에서 내리고 싶었지만 종점지에 이르도록 도중 정차를 하지 않는 무정차 버스의 특성 때문에 하차할 수 없었다. 그러므로 나는 버스의 종점지 장흥읍 터미널까지 가 군내 버스를 갈아타거나 택시를 전세내어 '수자원 공사 탐진댐 지원 사업소'가 위치한 이곳으로 다시 거슬러 와야만 한다.

나는 차창 왼쪽으로 바라다보이는 금사리 마을을 보고 있었다. 6·25전쟁 때 피난민 수용소가 설치될 정도로 주변이 광활한 금사리는 '금사쟁이'라는 별칭도 가지고 있었다. 연이은 질펀한 습지대와 울창한 대나무 숲은 항상 보아도 인상적이었다. 마을은 온통 백로, 왜가리 등 희귀 철새들의 서식지인데 마을 앞 냇가와 음습한 습지대에 먹이가 많은 때문이었다. 연도에 펼쳐지는 고향 산천은 예나 지금이나 세월에 관계없이 그저 의구할 뿐이었다. 문득, 산천은 의구라고 읊은 고시조 한 구절이 생각났다.

'5백년 도읍지를 필마로 돌아드니, 산천은 의구한데 인걸은 간 데 없네. 어즈버 태평연월이 꿈이런가 하노라⋯⋯.' 나는 야은(冶隱)의 옛 시조를 암송하고 있었다.

금사리 들녘은 지금은 제철이 아니어서 을씨년스러워 보이지만 머지않아 따뜻한 남쪽에서 겨울을 난 철새들이 이곳을 찾아와 둥지를 틀고 새끼를 치게 되면 생동감 넘치는 자연 생태계로 변모될 것이었다.

낯익은 고향 풍경들은 슬라이드의 한 장면처럼 쉼없이 내 뇌리를 스쳐가고 있었다. 시야에 포착된 고향 풍경 모두가 아름다운 건 아니었다. 선사시대의 유물 발굴 흔적들이 그대로 남아 있는 단산 마을을 벗어나고 얼마 지나지 않아 나는 양미간을 찌푸리고 말았다. 도로 연변 곳곳에 너절하게 늘어선 낡은 비닐 하우스들을 목격한 때문이었다. 하우스를 덮은 비닐 천막은 모두 손상되어 너덜너덜 미친년 속옷을 연상케 하였다. 더욱 꼴불견은 방치된 강가의 양어장 시설이며 여태 수확하지 않고 아무렇게나 내팽개쳐 버린 화초밭들이었다. 화초는 대부분이 국화꽃이었는데 눈서리 맞아 시들 대로 시든 채 나뒹구는 모양새가 매우 지저분하여 아름다운 고향을 더럽히고 있었다.

 "때려 죽여도 시원찮을 외지 브로커 놈들이 보상금 타 묵을라고 저따우 짓을 해놨다요!"

 버스가 광주 시가지를 벗어나기 바쁘게 차 안이 진동하도록 드르렁 드르렁 코를 골며 깊은 잠에 빠져 있던 내 바로 앞좌석의 중년 사내가, 언제 깨어났는지 비분강개하여 톤을 높여 말하고 있었다. 임하·용담댐 등 앞서 시행된 개발 지역에서 톡톡히 재미를 본 전국 규모의 상습 투기꾼들이 수몰 보상금을 타 먹기 위해 이곳까지 원정하여 잔머리를 굴린 행위라는 것이다.

 보리모퉁이 커브 지점에 이르자 댐 공사 현장이 바로 눈앞에 바라다보였다. 경관이 빼어나 여름철 물놀이며 천렵 장소로 사랑받던 지천리 협곡은 돌과 흙더미로 가로막혀 흉물스런 몰골로 변해 있었다. 딱정벌레처럼 한데 엉겨붙은 수많은 불도저, 포크레인, 덤프 트럭 등의 중장비들이 뿜어내는 소음으로 적막 강산이나 다름없던 고향 산천은 고요를 잃고 있었다. 보도에 의하면 댐 공정은 가물막이 공사가 완료되고 본댐 공사에 들어간 상태라고 했다. 나는 문득 탐진댐에 관한 자료들을 보고 싶었다. 실무자와 상담에 앞서 사전 지식이 필요했던 것이다.

탐진댐 자료집은 버스 선반에 얹어 놓은 내 손가방 속에 들어 있었다. 나는 손가방을 꺼내 무릎에 내려놓았다. 그리고 나서 가방의 지퍼를 열고 때묻은 스크랩북을 꺼냈다. 글감으로 활용하려고 탐진댐에 관한 신문 기사며 참고 문헌의 자료를 모아 놓은 스크랩북은 부피가 꽤 두꺼웠다. 나는 색이 바랜 묵은 신문지가 끼워져 있는 스크랩북의 한 페이지를 펼쳤다.

완공이 임박한 탐진댐.

……탐진댐은 유치면 접경인 부산면 지천리 협곡에 높이 54m 길이 403m의 댐을 쌓아 총 저수량 1억 8천 3백만 톤의 규모로 조성된다고 한다. 이 댐은 총 공사비 2천 2백억 원을 들여 2002년에 완공되면 목포, 장흥, 강진, 해남, 진도, 완도, 영암 등 8개 시 군의 상수도는 물론 각종 용수를 하루 35만 톤씩 공급받아 만성 물 부족에서 벗어난다는 것이다. 이로 인해 유치면 부산면 일대 10만 평방 km가 물에 잠기고 689가구 2천 1백여 명의 주민이 고향을 떠나야 한다는 것이다……

머지않아 내 고향 마을이 물 속에 잠기고 종내는 이 세상에서 자취도 없어져 버린다는 사실은 이제 돌이킬 수 없는 엄연한 현실로 눈앞

에 다가서고 있는 것이었다.

'고향 산천이여, 안녕!'

나는 갑자기 서글퍼지는 감정을 주체하지 못하고 그만 눈을 감아버렸다.

이윽고 파란 물굽이가 넘실대는 호수가 눈앞에 전개되었다. 호수 위에는 일엽편주가 떠 있고 그 주변으로 무리를 이룬 조류들이 날고 있었다. 그것들은 금사리 들녘에서 본 백로, 왜가리들이었다. 그들 철새들에 뒤질세라 탐진강의 명물 은어들도 눈부신 은린(銀鱗)을 번쩍이며 힘차게 자맥질하기 시작했다.

나는 한참 만에 부스스 눈을 떴다. 비몽사몽의 경지에서 깨어난 내 눈에 탐진강을 겨드랑이에 낀 채 초봄의 화사한 햇살에 알몸을 드러낸 내안리 평야가 바라다보였다. 나는 들녘 한가운데에 오랜 동안 시선을 고정시키고 있었다. 지난날 어머니께서 도보로 내왕하셨던 들길을 찾기 위해서였다. 버스는 이내 강 위에 걸린 교량 위로 진입하고 있었다. 이 교량을 건너면 바로 장흥읍이었다. 다리 아래에는 국사봉에서 발원하여 장장 2백 리 대장정에 오른 탐진강 줄기가 하류를 향해 바쁜 발걸음을 재촉하고 있었다.

고향을 사랑하는 방식

신덕룡(문학평론가·광주대 교수)

1. 산사에서의 한때

지난 여름, 한철을 청원각에서 보냈다. 청원각은 보림사에 딸린 암자인데 본절에서 500여 미터 떨어진 곳에 자리해 있다. 큰스님의 배려로 사람들이 찾지 않는 한적한 곳에 몸과 마음을 풀 수 있었다. 그러나 기대와 달리 이곳에서의 생활은 불면증과 편치 않은 잠자리 때문에 적응하기 힘들었다. 며칠 지나면서 불면증은 사라졌지만 어수선한 꿈자리는 계속되었다. 이상한 일이었다. 대부분의 경우 산란한 마음도 절에 들어와 살면 저절로 편안해지는데, 나는 그 반대였다. 오전 오후로 등산을 하고, 몸을 부지런히 놀려 피곤한 채로 잠이 들어도 어수선한 꿈은 계속되었다. 급기야 청원각 둘레에 있는 10여 기의 폐무덤 때문이 아닌가 하는 생각에 이르게 되었다.

이런 생각이 전혀 근거 없는 것이 아니었다는 것은 소설가 신동규 선생의 방문으로 밝혀졌다. 신 선생은 현광 스님을 만나러 왔다가 요

탐진천변의 노리수 군락지.

양중인 나를 발견하고는 유치의 역사를 얘기해 주었다. 선생의 말로
는 6·25 직후 보림사 주변은 온통 시체로 널려 있었다고 했다. 소위
경찰들의 공비 토벌작전으로 인한 사망자들인데, 보림사가 들어선
이곳 유치 계곡은 인민유격대의 본부가 있던 곳이라는 것이다. 공비
나 빨치산 이야기라면 이태의 『남부군』이나 조정래의 『태백산맥』을
통해 알게 된 전북의 회문산, 전남의 지리산과 보성 등이 떠올랐는
데, 이곳 유치는 생소한 지명이었다. 평소에 보림사를 자주 찾았지만
처음 듣는 이야기였다. 나의 과문을 탓하며 선생의 이야기에 귀를 기

울일 수밖에 없었다.

이야기를 듣고 나서야 비로소 마음이 정리되었다. 잠자리가 불편했던 것은 아마도 1년여의 귀울음으로 고생해서 기가 약해졌고, 그 시절의 고혼들이 예민하게 다가왔기 때문이라는 생각이 들었다. 원인을 알면 치유할 방법도 있는 법, 나는 버려졌던 영혼들을 위해 잠시 기도하고 잠자리에 들었다. 그후부터 잠자리가 편해지기 시작했다. 그리고 유치와 나와의 인연은 잠시 들렀다 가는 곳이 아니라 전생에 이곳에 살았던 사람일지도 모른다는 엉뚱한 생각을 하기에 이르렀다. 그렇지 않고서야 비극적인 유년 시절을 중심으로 쓴 신동규 선생의 『그리고 다시는 고향에 갈 수 없으리』에 어찌 사족이나마 달 수 있었으랴.

2. 역사에 묻힌 고향의 복원

그리운 것들은 대개 과거형으로 존재한다. 따가운 가을볕에 오곡백과가 익어 가던 고향 마을, 한여름 더위를 식혀 주던 동구 밖의 느티나무, 원두막에서 듣던 매미 소리, 맑은 시냇물에서 물고기를 잡으며 물장구치던 깨복쟁이 친구들—이 모든 것들은 한결같이 아름답다. 눈을 감으면 손에 잡힐 듯 선하게 떠오른다. 그러나 아쉽게도 고향에 발을 들여놓는 순간 이 모든 것들은 뒤틀리고 기괴한 형태로 나타난다. 오곡백과가 익어 가던 고향은 가난에 찌들어 있고, 여기저기 폐허가 된 집들이 널려 있고, 그리운 사람들은 고향을 떠났고, 맑은 물

흐르던 시냇물은 바싹 말라 버렸거나 시커먼 폐수로 신음하고 있기 마련이다. 어디에도 옛날의 모습은 없고 추억거리를 되새길 만한 기념물도 없다. 이제 고향은 멀리 떠나 되돌아오기 힘든 사람들의 기억 속에만 존재하는 이상향에 지나지 않는다. 갈 수 없기에 고향이 아름다운 곳이고, 유년 시절을 되돌릴 수 없기에 더없이 아쉬운 것이리라.

잃어버린 것들에 대한 아쉬움은 늘 우리 주변에 머물러 있다. 외로울 때나 사는 일이 피곤하다고 느껴질 때, 우리는 늘 과거의 고향을 떠올린다. 특히 고향에서의 추억이 남과 다르다거나 그 고향이 이제 영영 갈 수 없는 곳이 되었다고 느낄 때 고향에 대한 그리움은 더욱 절실해지기 마련이다. 그러나 『그리고 다시는 고향에 갈 수 없으리』는 평범한 추억 속의 고향 이야기가 아니다. 그 이유는 두 가지다.

첫째는 저자의 고향에 대한 추억이 결코 아름답지 않다는 것이다. 아름답기는커녕 다시는 기억하기 싫은 비극적인 경험으로 얼룩져 있다. 6·25를 전후로 겪었던 가족의 비극적인 수난으로 점철된 곳이고, 그로 인해 고향을 떠나 딴 곳에서 새로운 삶을 시작해야 했던 곳이다. 가족의 비극은 자신들의 의사와는 전혀 관계없이 선택된 운명 때문에 비롯한 것이다. 아버지가 돌아가시고 난 후, 집안의 희망이었던 형제들이 전쟁의 와중에 목숨을 잃은 곳이고 살아 남기 위해 이리저리 쫓겨다니며 온갖 고생을 해야만 했던 곳이다. 그의 체험으로 미루어 고향은 아름답거나 즐거웠던 기억과 거리가 멀다. 어쩌면 영원히 잊고 싶은 지옥과 같은 곳일지도 모른다.

둘째는 고향이 영원히 사라지게 될 운명을 맞게 되었다는 것이다.

2004년이면 탐진댐이 완공되어 그의 고향은 영원히 물 속으로 사라지게 될 것이다. 저자가 말하고 있듯 유치면은 북쪽으로 덤재, 남쪽으로 빈재, 동북쪽으로 피재로 둘러싸여 "하늘에서 내려다보면 소쿠리 형태의 광대한 웅덩이"처럼 생긴 지형이다. 이러한 지형 탓에 인근 지역의 식수난과 공업용수의 부족을 해결하기 위해 댐이 건설되고, 그 여파로 고향의 수많은 역사적 유물은 물론 비극적 사연들도 사라지게 되었다는 것이다.

개인사로 볼 때, 고향의 사라짐은 비극적인 과거를 털어 버릴 기회 (?)일 수도 있으련만 꼭 그렇지도 않은 듯싶다. 지금도 생생하게 떠오르는 비극적 사연들이 배어 있는 곳이건만, 고향은 영원한 유토피아로 작용하는 것이리라. 나이가 들어갈수록 그곳에서의 추억들이 어떤 성격이건 간에 그것은 오늘의 '나'를 만든 성장의 요소요, 또한 그래서 더욱 기억을 되새기고 싶은 것일지도 모른다. 고향에 대한 그의 이율배반적인 감정을 보자.

탐진댐 공사가 시작되고부터 나는 심한 우울증에 시달리는 등 심적 갈등을 겪고 있었다. 단지 고향을 잃게 되는 설움 때문만은 아니었다. 역사적으로 탐구해 볼 가치가 충분한 내 고향의 모든 것들이 자취도 없이 사라져 버린다는 안타까움이 더 큰 비중을 차지한다고 봐야 한다. 그러한 안타까운 심정은 내 가슴 깊은 곳에 응어리되어 활화산처럼 활활 타오르고만 있었다. 국책사업으로 지정된 대역사이므로 이를 백지화시키는 일은 이미 물 건너갔다 할지라도, 뜻있는 고향 사람 누군가가 나서서 고향의 여러 사연을 기록으로 남겼으면, 하고 기대했지만 이 일에 선뜻 나서는 사람이 없었다.

고향이 수몰되는 시기가 다가올수록 "역사적으로 탐구해 볼 가치가 충분한 내 고향의 모든 것들이 자취도 없이 사라져 버린다는 안타까움"이 더 커졌다고 했는데 그 이유는 무엇일까? 그 이유는 오히려 가까운 데 있다. 고향이 겪은 근대사 초유의 비극조차 영원히 잊혀질지도 모른다는 아쉬움이다. 또한 그 비극의 현장에서 온 가족이 겪었던 역사의 피해자로서의 체험 역시 영원히 잊혀질지도 모른다는 두려움이다. 이런 아쉬움과 두려움은 고향이 수몰되기 전에 그가 겪은 사건의 현장을 다시 찾아가게 만들었고, 아직도 과거를 기억하는 사람들을 만나게 했던 것이다. 일일이 현장을 답사하고 또 생존해 있는 이들을 만나 그 당시 이야기를 듣고 종합하는 일보다 더 어려운 것은 지금까지 애써 지워 버린 기억을 되살리고, 그 당시에 죽은 사람들의 후손이 살아 있는 상황에서 글을 쓰는 일이었으리라. 전쟁의 와중에 휩쓸리게 된 마을 사람들은 살아 남기 위해 좌우 어느 편에라도 설 수밖에 없었던 비극의 특수성 때문이었다. 역사의 소용돌이가 몰아치기 전까지 정겹게 살았던 마을 사람들에게 닥친 비극은 고향 사람들에게 다시는 떠올리고 싶지 않은 악몽이었기 때문이다. 오늘날, 누가 그 당시의 수난사를 쓰던지 가해자와 피해자는 나오게 마련이고 또 그것은 서로가 세월 속에 묻어 버리고 새롭게 살아왔던 아픈 상처를 헤집는 일이었기 때문이다.

그럼에도 불구하고 그가 애써 복원한 유치면에서의 비극적 상황은 우리 현대사의 축소판이었다. 물론, 6·25 전후 좌우 이데올로기로 인한 마을의 비극은 어느 한 곳의 특수한 예는 아니다. 이런 성격의 비극은 역사의 현장에서 빗겨나 마을 내부의 문제로 국한되었던 것도 사실이다. 그러나 앞서 말했거니와 대부분의 독자들은 역사의 중심에서 일어났던 비극, 즉 특수한 예로 조정래의 『태백산맥』과 이태의 『남부군』을 기억할 것이다. 빨치산의 활동과 관련해서 조정래의 『태백산맥』, 이태의 『남부군』을 통해 전라남도 보성을 중심으로 한 지리산 일대와 전북도당이 있었던 회문산을 중심으로 한 인근 지역의 역사에 익숙해 있다. 이들 작품을 통해 현대사의 숨겨진 비극을 발견하고 놀랐고 또 민중들의 구체적인 삶 속에서 역사를 새롭게 인식할 기회가 있었다. 그러나 평범한 산골에 불과한 유치면이 여순반란사건 반란군의 집결지, 중화기로 무장했던 인민군 정규군인 남해여단의 주둔지, 인민유격대와 경찰 토벌대의 격전지였고, 역사의 격랑이 집중되어 주민들이 전란의 고통을 온몸으로 겪어야 했던 곳이라고 알고 있는 사람은 그리 많지 않다. 따라서 우리가 대하는 이 책의 내용은 이청준의 『흰옷』에서 잠시 언급했던 것과 달리, 우리의 기억 속에 전혀 존재하지 않는, 아니 존재할 수도 없었던 새롭고 놀라운 사실들이다. 지금까지 어느 누구도 이곳에서 일어났던 비극의 역사를 말한 적이 없기 때문이다.

이런 점에서 저자의 글쓰기는 좌우 이데올로기의 충돌 현장에서 총알을 피해 들짐승처럼 쫓기며 살아야 했던 유소년기의 체험과 사랑하는 가족을 잃은 비극은 물론 누구도 기억하지 않는 역사의 현장이었던 고향을 복원하는 작업인 셈이다. 기억하고 싶지 않은 불행을 하나하나 되씹으며 현재화시키는 일이 쉽지는 않다. 그럼에도 불구하고 영원히 물 속으로 사라지는 고향에 대한 안타까움, 비록 참담했지만 고향의 역사를 써야 한다는 사명감과 또 그것이 우리 현대사의 또

다른 이면이었음을 알리는 것이 과거와 현재의 고통을 동시에 극복하면서 진정으로 고향을 복원하는 일임을 저자는 강조하고 있다.

3. 가족사에서 역사로

『그리고 다시는 고향에 갈 수 없으리』는 1998년도 『신동아』에 응모했던 논픽션 당선작을 토대로 쓴 것이다. 당시 원고지 200자 분량이었던 것을 보다 철저한 고증과 사실 발굴을 통해 유치면의 역사로 확대했고, 글의 성격상 유치 고을에 살았던 한 가족의 비극적인 가족사를 중심으로 재구성한 것이다. 따라서 글의 형식은 르뽀르타쥬라 할 수 있는데, 저자의 유소년 시절에 경험했던 사실을 사건전개에 맞춰 기술했고, 이를 객관화하기 위해 장흥군지를 비롯한 여러 전거를 제시하여 이 글이 허구가 아닌 생생한 사실에 바탕을 두고 있음을 입증하고 있다. 가족사의 측면을 살펴보자.

해방 후 저자의 가족은 작고한 아버지대신 억척스럽게 살림을 꾸려가는 어머니, 장형인 동준과 형수와 두 조카, 둘째 형인 20대 중반의 동숙, 셋째 형인 10대 후반의 동훈, 넷째인 동석, 저자, 누나와 여동생으로 이루어졌다. 장형은 전직 면장이었던 아버지의 뒤를 이어 면사무소 직원이었고, 둘째 형은 6·25 직전에 경찰 대신 보도연맹원을 교화하는 일에 종사했고, 셋째 형은 아버지의 죽음 이후 기울어진 가세 때문에 어머니를 도와 소달구지로 장흥읍내를 오가며 장사를 하고 있었다.

가난하지만 별 풍파 없이 단란하게 살던 이들 가족에 회오리가 몰아치기 시작한 것은 셋째인 동훈의 가출에서 비롯한다. "앞 길이 구만리 같은 놈이 평생을 촌구석에서 마부로 썩을 수만은 없다"고 생각했던 그는 보다 큰 세상으로 나가기 위해 가출하여 국방경비대에 들어갔다. 그러나 그가 들어간 곳은 국방경비대 14연대로 이 부대는 1948년 10월 19일 '여순반란사건'을 일으켰다. 불과 1주일 만에 이 사건은 마무리되었지만, 여기에 속해 있던 반란군들은 산 속으로 흩어져 후에 빨치산 활동에 참여하게 된다. 국군으로 출세하리라던 셋째 형 동훈은 자신의 의사와 무관하게 이 사건에 연루되었고, 쫓기는 반란군 신세가 되어 고향에 와 숨는다. 이후 저자의 가족은 경찰의 감시를 받게 된다. 셋째 형은 친구의 권유로 유치 지서에 자수하여 자유의 몸이 되고 장흥에서 초등학교 청부로 일하게 되었지만, 6·25 직전에 보도연맹 예비 검거로 인해 장흥 경찰서에 수감되었다 풀려난다. 셋째인 동훈으로 인해 이들 가족은 좌익도 우익도 아닌 어정쩡한 상태에서 역사의 격랑에 휩쓸리게 된다. 면장을 지냈던 아버지와 14연대 반란군 출신인 동훈, 그 당시의 눈으로 보면 한 집안에 우익과 좌익이 혼재하게 된 셈이다. 결국 전쟁 발발 이후 유치면이 인민군에게 함락되자 장형은 유치면 용문리 인민위원장이 되고, 둘째와 셋째인 동숙과 동훈은 전남도당 인민유격대 병사로 차출되어 경찰과 대치하다 쫓기는 신세가 된다.

이들 가족은 이데올로기와 무관하게 역사의 현장에 서게 되었고, 이를 온몸으로 체현하는 인물은 어머니였다. 규모가 컸던 집은 남해여단의 본부로 뺏긴 상태에서, 어머니의 관심은 오로지 자식들이 안전하게 살아 남는 일이었다. 어머니는 자식들을 굶기지 않으려고 발버둥치고, 삶의 터전인 고향과 남편이 지은 집을 지키려고 안타까운 노력을 한다. 토벌대에 쫓기는 와중에 열병을 앓으면서도 어린 자식을 위해 어떻게든 살아야 한다는 집념을 보인다. 이러한 사실은 보통의 어머니들과 크게 다르지 않을 것이다. 보통의 어머니들과 다른 점이 있다면 어머니가 처해 있는 현실적 상황이다. 따라서 본능적인 모성애는 좌우 어느 쪽에서도 걸림돌이 된다. 자식들과 함께 살기 위해서 늘 토벌대에 쫓기고, 기세가 꺾인 인민유격대의 횡포가 거세질수록 어머니는 곤경에 처하게 된다.

어머니는 내팽개쳐져 있는 빈 독그릇을 보고 몹시 흥분하셨다.

"엠병할 놈들. 이따위 못된 짓거리를 하니까 성공 못 하고 밤낮 쫓겨다니지, 쯧쯧……."

분을 삭이지 못하고 울화 김에 내뱉은 어머니의 독설은 유격대장의 귀에 들어가 기어코 문제를 만들고 말았다. 혁명과업 완수를 위한 행위에 대해서 불만을 퍼뜨리는 것은 바로 반동의 언동이라는 죄목이었다. 유격대 본부는 부산을 떨었다. 어디론가 전령이 가고 오고 분주하게 움직였다. 곧이어 어머니는 포승으로 결박당한 채 안방에 구금되었다.

용문리 인민위원장과 인민유격대원을 자식으로 둔 억척스런 어머니는 급기야 유격대에 잡혀가고 과거에 면장을 지냈던 아버지의 전력이 보태져 인민의 적이 된다. 소위 인민인 세 아들을 두었음에도 불구하고 그 어머니는 인민의 적이 되는 아이러니를 보게 되는 것이다.

이런 상황은 전쟁 기간 동안 이 마을 사람들의 삶이 바뀌는 것에서도 잘 나타난다. 전쟁이 나기 전까지 한 동네 또 이웃 동네에서 다정하게 살았던 사람들이 원수가 되는 일이 벌어진 것이다. 이유는 간단하다. 내 가족이나 일가친척이 어느 편에 의해 희생되었느냐가 친구와 적을 구분하는 가늠자가 된 것이다. 가해자와 피해자 어느 누구도 직접적인 원한을 산 적은 없었다. 우연히 가족이나 친척 중 누군가가 어느 자리에 있었느냐는 것이 죽고 죽이게 된 이유였다. 따라서 죽음에 대한 앙갚음은 극히 개인적인 일이 된다. 이웃사촌들끼리 오로지 복수를 위해 남을 죽이는 참담한 현실만이 전개된다. 저자의 장형인 동준의 죽음이 바로 그것이다. 은신중에 발각된 동준 역시 이런 상황의 피해자가 된다. "인근 마을에는 반동"이라는 죄목으로 좌익들에게 처형을 당한 사람들이 많았고, "살아 남은 그들 유가족들의 입장에서 보면 가족을 살해한 좌익들이 불구대천의 원수"였기 때문에 인공치하에서 살기 위해 인민위원장이 된 장형은 단지 인민위원장이었다는 이유로 그의 가족과 함께 즉결 처형당하고 말았다. '좌익들'에 의해 죽은 사람들의 유가족이 품은 복수심 때문이었다.

6·25가 이데올로기의 충돌에 의한 역사적 사건이었다고 하지만, 민중들의 삶의 차원에서 보면 단지 살아 남기 위해 서로가 서로를 죽이는 처절한 복수극의 측면이 있었음을 부인할 수 없다. 저자의 기억에 의하면 가족들 중 어느 누구도 좌익이니 우익이니 하는 이데올로기의 세례를 받은 적도 또 선택할 기회도 없이 어느 한 쪽으로 밀려나 서 있었던 셈이다. 따라서 비극은 확고한 신념 때문에 죽었다는 것이 아니라 오로지 살기 위해 발버둥치다 희생되었다는 사실에서 비롯한다. 이런 점에서 보면, 역사 역시 하나의 우연에 지나지 않는

지도 모른다. 엄정한 역사가의 눈으로 보면, 저자의 가족은 처음엔 우익이었다가 자식 대에 와서 좌익으로 전향한 셈이 된다. 세 아들 중 하나는 인민위원장이고 다른 둘은 인민유격대였으니 말이다. 더욱이 전쟁의 결과가 좌익의 패배로 끝나 오늘날의 삶을 이루고 있으니 그 희생은 너무도 당연한 것이다. 그러나 민중들의 삶으로 보면 이런 역사적 상황은 아닌 밤중에 날벼락 격으로 예고 없이 찾아온 불행이었고, 속절없이 희생을 당한 경우였던 셈이다. 문제는 이러한 가족사의 성격에도 불구하고 이것이 부정할 수 없는 우리 역사의 한 측면이었고, 그 후유증은 아직도 우리 곁에 생생한 현실로 존재한다는 사실이다.

4. 역사 복원의 자세

이런 가족사의 이면을 생생하게 옮겨 놓았다는 점에서 『그리고 다시는 고향에 갈 수 없으리』는 소설과 다른 현장감을 획득하고 있다. 허구적으로 재구성해 놓은 것이 아니라 저자가 체험했던 사실 하나하나가 지니는 중요성과 가치 때문이다. 체험 내용 하나하나는 있음직한 이야기가 아닌 그 자체로 현실감과 비극성을 지니게 되는 것이다. 그 당시의 역사를 전체적으로 조망하면서 삶의 비극성을 되새기는 차원이 아닌 구체적인 삶의 현실이 고스란히 재현되는 데서 오는 충격과 감동이 그것이다.

피난길 길목 곳곳에 널려 있는 참혹한 시체들은 참으로 목불인견이었다. 그런 시체들은 한두 구가 아니었다. 지난번 장형네 일가족이 참변을 당할 때 내지 마을 깊숙한 곳까지 쳐들어와 작전을 펼치고 철수한 바 있던 경찰 토벌대들이 저지른 짓이 분명했다. 황급하게 도망가다가 뒤에서 쏘아댄 총알에 맞아죽은 시체는 논두렁이나 둔덕에 엎드린 채로 나자빠져 있었고, 도랑을 뛰어넘다 총에 맞은 시체는 물도랑에 물구나무선 자세로 처박혀 있었다. 어린애에게 젖을 물리다 죽었는지 어느 이름 모를 여인의 시체는 젖무덤을 훤히 드러낸 채 어린아이와 함께 하늘을 향해 벌렁 누워 있었다. 별의별 형태의 주검들을 수습하는 사람은 찾아볼 수 없고, 시체를 탐하는 까마귀들만이 상공을 배회하며 흉측한 울음을 울고 있을 뿐이었다. 평소 같으면 공포와 전율에 떨며 어머니 치마폭에 안겼을 나였지만 왠지 그날만은 아무런 감정도 느낄 수 없었다.

어린아이의 눈으로 본 참혹한 역사의 현장이다. 여기엔 두 가지 사실이 잘 나타나 있다. 하나는 직접 체험했던 어린아이의 눈에 비친 비극적인 살해 현장이고, 또 하나는 지금까지 숨기고 있거나 애써 감추고자 했던 역사의 이면이다. 달리 말한다면, 어느 쪽의 시각에서도 자유로웠던 어린아이에 의한 현장 고발인 셈이다. 어린아이가 증언하는 바는 간단한 것이지만 지금까지는 함부로 말할 수 없었던 것이다. 지금까지 우리는 역사의 현장에서 빚어진 모든 비극적 살해의 현장은 항시 공비들의 소행이었다고 말했고 믿었다. 그렇지 않고서는 참혹했던 살해의 기억으로부터 자유로울 수 없었기 때문이다. 모든 비극적 사건은 적을 퇴치하기 위한 과정에서 빚어진 것이고, 또 그 살해의 주역은 항시 적군이었다. 따라서 역사의 현장에서 행했던 모든 행위들이 불가피한 것이었고 그래서 정당하다는 이유로 스스로에게 면죄부를 줄 수 있었다. 따지고 보면 궁여지책이 아닐 수 없다. 그렇다고 객관적인 사실을 영원히 왜곡하거나 감출 수는 없는 일이다.

당시의 무고한 민중들이 겪은 비극은 대부분 토벌대의 전술·전략의 차원에서 이루어진 것이고, 그것은 움직일 수 없는 사실이란 점이다. 이데올로기적 편견 없이 그 시절을 견딘 어린아이의 눈에 비친 생생한 현장이 이를 증명하고도 남는다. 어린아이의 시선에 비친 이런 장면의 생생함과 판단은 과거사를 기록하는 저자의 솔직성으로 더 큰 설득력을 얻고 있다. 부끄러워 덮어 두고 싶은 기억조차 솔직하게 털어놓은 한 예를 보자.

암천리 문화 마을(수몰민 집단 이주지가 되었다.).

급박한 상황에 직면하자 막내 누이를 업은 채 내 앞을 달리던 동숙 형은 누이 동생을 땅바닥에 내팽개친 채 혼자서만 내달리는 게 바라다보였다. 땅바닥에 나뒹그러진 누이동생은 비명을 내지르며 울부짖고 있었다. 동숙 형을 뒤따르던 나는 누이동생의 울부짖음을 외면한 채 혼자만의 안일을 위해 동숙 형의 꽁무 니만 바라보며 죽을 힘을 다해 달렸다. 내팽개쳐진 누이동생과 어머니를 비롯 한 가족들의 안위가 염려되어 잠시 뒤를 돌아다보고 싶었지만, 내가 고개를 돌 리기라도 하면 토벌대들의 총알이 금방 내 심장을 꿰뚫어 버릴 것만 같아, 오금 이 저려 도저히 엄두가 나지 않았다. 나는 정신없이 동숙 형을 따라 무작정 뛸 뿐이었다.

생각해 보면 참으로 부끄럽고 기가 막힐 일이다. "고개를 돌리기라 도 하면 토벌대의 총알이 내 심장을 꿰뚫어 버릴 것만 같아" 누이동 생과 어머니를 팽개치고 달아났다는 것이니 말이다. 당시 10여 세의 어린이가 겪은 상황으로 보아 충분히 있음직한 일이지만 아무리 절 박했다 하더라도 이런 기억은 부끄러운 것이고 그래서 영원히 감추 고 싶은 상처로 자리해 있을 것이다. 또한 그 누이가 이런 사실을 안 다면 얼마나 섭섭해 할 일인가. 그러나 보다 중요한 것은 이런 부끄 러운 기억조차 솔직하게 털어놓는 자세이다.

과거를 재현하는 데 있어서 이런 솔직성은 매우 중요하다. 과거의 재현은 곧 역사의 복원으로 이어지는 일이다. 그리고 그 역사는 솔직 하고 공정하게 쓰여져야 한다. 개인의 과거를 기술함에 있어 빼놓고 싶은 것들은 의외로 많을 것이다. 쓰는 사람의 처지에 보다 유리하게 작용할 것들을 엮고, 기술하고 싶어하는 것은 인지상정이다. 그러나 이런 유혹에 이끌리다 보면 어느 한쪽의 과거밖에 복원하지 못하거나 있는 사실조차 왜곡하기 마련이다. 그러나 『그리고 다시는 고향에 갈 수 없으리』의 저자는 이런 유혹을 스스로 이겨내고 있다. 자신의 부끄럽고 낯뜨거웠던 과거조차 햇빛 아래 드러내고 싶었던 것이다. 이런 그의 용기 있는 자세는 그가 복원한 고향, 유치의 역사에 신뢰성을 갖게 한다. 신뢰성이란 솔직성에 바탕을 두고 형성되는 것이다. 사적인 감정이나 편견 없이 있는 사실 그대로를 기술하고, 그 나머지 평가는 후손들에게 남기려는 겸손함의 표현이기 때문이다. 비록 가족사를 중심으로 썼지만 가족사를 둘러싸고 전개되었던 역사의 진정한 모습을 구체적으로 또 생생하게 그려놓은 그의 작업에 신뢰와 함께 찬사를 보내는 것은 이런 이유에서다.

5. 다시 유치를 생각하며

나는 유치면과 인연이 깊다. 정확하게는 보림사와의 인연이다. 1991년 처음으로 보림사를 찾았을 때 이 사찰은 신라 말기에 세워졌고, 우리나라에 처음으로 선종이 들어와 불법을 펴기 시작한 선문의 본찰이라고 믿기엔 너무 황량했다. 그러나 이곳이 단일 사찰로는 우리나라에서 보물이 가장 많은 곳임을 알게 되었고, 이런 사실에 걸맞게 지금은 구산선문의 종찰로 규모가 갖춰져 옛날의 위엄을 되찾고 있다. 나 역시 현광 큰스님의 도움으로 동부도전 앞에 김삿갓 시비를 아담하게 세워 마음속에 고적한 뜰을 가꾸고 있는 처지다. 자주 찾아

마음의 평안을 구하고 있었음에도 불구하고 이곳에 과거 인민유격대의 군관학교가 있었고, 천년 고찰이 유격대나 토벌대 어느 손에 의해 서였건 전란의 와중에 불타 버렸고, 유치 계곡이 피비린내나는 역사의 현장이었음을 요즘에 와서야 새롭게 알게 되었다. 절 주변은 물론 계곡의 맑은 물을 따라 오밀조밀 모여 있는 마을들이 역사의 현장이었고, 그 현장을 따라 현대사의 비극을 되새기면서 답사할 기회도 갖게 되었다. 저자의 말대로 움푹한 소쿠리와 같은 넓은 들과 이 들을 둘러싸고 있는 산, 그리고 깊은 계곡의 맑은 물을 따라 천혜의 명당들이 자리해 있었다. 풍수지리에 식견이 없는 사람도 이 땅에 들어와 살고 싶은 마음이 저절로 우러날 정도였다. 이런 곳이 큰 아픔을 지니고 있었다니 지금도 믿기지 않는다.

그러나 이런 기회도 불과 1~2년 정도의 시간밖에 없다. 2004년이면 탐진댐이 완공되어 역사의 현장은 대부분 물 속으로 잠기게 되기 때문이다. 앞으로 이곳 유치를 찾을 많은 사람들이 역사의 현장을 답사하고 현대사의 숨겨진 사실들을 보고 들을 수 있는 시간이 별로 없을 것이다. 만일 신동규 선생이 유소년기의 기억을 더듬어 피눈물로 쓴 유치의 역사, 『그리고 다시는 고향에 갈 수 없으리』란 안내서가 없었다면 영원히 잊혀졌을 일이기에 더욱 소중함과 안타까움이 전해 온다. 고향이란 그곳에서의 추억이 아무리 참혹한 것일지라도 세월의 흐름과 함께 아름답게 윤색되고 그래서 더욱 아쉬운 공간이다. 그러나 그 고향이 사라지고, 사람들은 흩어지고, 기억에서조차 지워진다면 불행한 일이 아닐 수 없다. 어느 누구보다도 유치에 사는 사람들이 아쉽고 서러울 것이다. 그러나 이곳의 숨겨진 역사들이 이 책을 통해 현재화하고 또 언제까지나 기억될 수 있으니 그나마 불행 중 다행이리라. 나아가 고향을 기억하고 고향의 역사를 통해 오늘의 삶을 살피고자 하는 이들에게 이 책은 진정으로 고향을 사랑하는 법을 일깨워 주는 귀중한 자료라 아니할 수 없다.